넌 **늙어** 봤냐?
난 **젊어** 봤다.

아름다운 노년을 위하여

넌 늙어 봤냐?
난 젊어 봤다.

김영빈 지음

도서 출판 **더로드** The Road Books

프롤로그

프롤로그
몸이 먼저고 마음이 따라야 한다

　자기 계발서의 첫 머리는 마음먹기에 달렸다는 두괄식 표현으로 써진 경우가 많다. 일정 부분 인정하는 바이다. 하지만 꼭 그렇지는 않다. 살아보니 그렇다.

　마음은 분명 먹었는데 몸이 따르지 않아서 실행되지 못한 꿈이 부지기수다. 젊은 사람들은 그럴 것이다. 마음먹고 하면 못할 게 무엇이란 말인가. 마음을 먹지 않아서 그렇지 마음만 먹으면 어떤 일도 할 수 있다고 호언장담 할 것이다.

　하지만 나는 이제 조금 알 것 같다. 마음은 나중에 먹더라도 몸이 먼저 꿈을 향해 있어야 한다는 것을, 몸이 먼저 가고 마음이 뒤따라도 무방하다는 것을 말이다.

　책상에 앉아서 공부해야겠다고 마음먹어도 때는 늦지 않다. 빈둥거리고 누워서 공부해야지 하고 수백 번 마음만 먹지 말고 말이다. 우선은 아령을 들고 운동을 해야지 라고 마음을 다그쳐라. 헬스장에 가야 하는데 라고 방구석에서 마음만 자꾸 보채선 운동을 할 수 없는 일이다.

　문제는 몸이 느리고 마음이 빠르다는 속성을 이해하는 것에서 다시 생각해 봐야 한다. 마음먹기는 아주 쉽다. 마음은 늘 바뀌고 바삐 움직이기 때문에 아무리 먼 곳이라도 한 호흡에 달려올 수 있다. 하지만 몸은 그렇지 않다. 생각만큼, 아니 마음만큼 잽싸거나 빠르지 않은 것이다. 더구나 게으르기 그지없어 분통이 터질 경우가 한두 번이 아니다.

　몸은 편하고자 한다. 늘어지게 자거나 쉬고서도 다시 그러한 일을 되풀이하는데 짜증을 내기는커녕 오히려 즐기는 것이다. 그래서 마음보다 몸을 추슬러서 일으켜야 한다. 목표로 향하는 곳에 몸을 두어야 한다. 마음은 조금 늦거나 아주 늦어도 상관없다. 마음을 잊어버리지만 않는다면 걱정할 일이 아니다.

　우선은 몸을 각성하여 목표를 향해 움직이도록 해야 한다. 그러한 몸의 부지런함을 이끄는 것이 마음이라고 한다면, 역설로 몸의 행동력을 자극하는 동기를 이제 더는 마음에서 찾지 말고 몸에서 찾아야 한다.

　눈으로 자신의 몸을 보면서, '아니지, 지금 내가 여기에 있으면 안 되지. 나는 지금 목표를 향해 가고 있어야 하는데.'라고 자신의 몸을 보고 각성해야 한다. 그것도 부족하다면 몸의 느낌을 알아채야 한다.

　일단은 몸이 편하다면 목표와 상당히 멀리 있다고 봐야 한다. 어떠한 목표도 편한 몸으로 갈 수 있는 것이 아니기 때문이다. 그러기에 몸이 편하다면 불편한 곳으로 몸을 이끌어야 한다. 즉 목표가 있는 방향으로 몸을 움직여야 한다는 말이다.

우선은 몸을 자각하는 오감을 통해서 몸을 의식하는 것부터가 중요하다. 의식하지 않는다면 몸은 자유롭고 편하길 원해서 목표로부터 멀어져 가는 것이다.

쉽게 이룬 목표는 많은 사람에게 이롭지 않으며, 유익한 성공의 답이 아닐 것이다. 쉽게 이룬 목표는 자신만을 위한 이기적인 성취임에 틀림없다. 자기만을 위한 목표를 달성하는 일은 몸이 그리 고생스럽지 않아도 되기 때문이다.

하지만 모든 사람이 부러워하는 목표를 이룬 사람의 몸은, 긴 시간을 자신과 투쟁하기 때문에 몸이 고단하고 고통스럽다. 그렇게 이룬 성공은, 많은 사람을 이롭게 하는 이타적 행위로 나타난다. 그러므로 몸이 고단할 때마다 마음이 진심으로 몸을 위로하고 격려해주는 일을 해야 성취의 기쁨에 동참할 수 있다. 그렇지 않고 마음이 목표에 먼저 가서 설쳐대고 으스대면 몸은 안 따라간다. 그런 가벼운 마음의 들뜸에 자신의 몸을 함부로 맡기지 않는다는 것이다.

마음먹기에 달렸다는 속설에 속아서 긴 세월 방황한 젊은 사람들은 새겨듣기 바란다. 마음만 먹어서 이룬 성공은 애당초 없다. 몸이 움직이고 나서 마음이 따라와도 충분하다. 우선은 행동하라. 몸을 느껴라. 그리고 몸에 가해지는 하중의 고통을 음미하면서 힘들어질 때 마음을 불러서 위로받고 격려를 부탁하라. 나 좀 도와달라고 말이다.

미리부터 마음을 보내놓고 나서 몸이 따라가기는 어렵다. 몸이 본래 게으른데다가 무게도 나가서 그렇다. 그러니 마음을 앞세우지 말고 몸을 앞세워서 목표를 좇아라.

　모름지기 살아보니 몸이 우선이다. 그래서 몸 간수를 잘해야 한다. 몸에 이상이 생기면 마음도 아프다. 몸이 자유롭게 목표를 향하도록 건강해야 한다. 몸이 아프면 마음도 움츠러든다. 보기에도 안쓰럽다.

　남들에게 안쓰러운 몸은 동정을 사게 되고 연민을 불러일으킨다. 그러한 주위의 인식은 목표를 향해 가는 당사자에게 독이다. 절대로 힘이 되지 않는다. 연민이나 동정을 받으면 자신을 일으켜 세우는데 걸림돌이 되기 때문이다.

　그래서 몸이 건강해야 한다. 목표를 향해 가는 여정은 긴 시간이 필요하다. 도중에 만나는 험난한 시간을 헤쳐 나가기 위해서는 건강한 몸이 필요하기 때문이다. 먼저 건강한 몸으로 목표를 향해 나아가고 마음을 챙겨라.

　마음부터 먹고 나서 몸을 움직이려면 몸이 거부한다. 몸도 자신을 먼저 움직여주는 마음에 감사하며 살 것이다. 몸도 인정받기를 원한다. 몸을 앞세우고 나서 가벼운 마음을 따르게 하라. 그러면 성공한다.

차례 | 프롤로그

3장   올라가기보다는 나아가기를

제일 늦게 자리뜨기

1

1

말로 명령하고 행동으로 점검하라.

건망증과 치매의 구분을 우스운 얘기로 이렇게 말한다. "한 노인이 화장실에 갔다가 나오면서 바지 지퍼를 올리지 않았어요, 치매일까요? 건망증일까요?"라고 묻는다.

그러면 웅성거리면서 "치매지 치매야!"라는 어른도 있고 "아니야 그건 건망증이야! 나도 그런 적이 있거든."라고 하시는 분도 있다.

그러면 재차 묻는다. "이번에는 말이죠. 한 노인이 화장실에 들어가서 지퍼를 안 내리고 있어요. 치매일까요? 건망증일까요?" 그러면 서로 "그건 치매가 맞다."라고 여기저기서 대답이 튀어나온다.

나부터 고백을 하자면, 두어 번 나도 그런 일이 있었다. 화장실을 갔다가 나오면서 바지 지퍼를 올리지 않은 것이다. 치매가 있어서가 아니다. 이런 일을 두고 건망증이라고 한다.

건망증은 잠시 잊어버리는 현상이고 치매는 왜? 라는 것을 잊어서 바지 지퍼 내리는 일을 모르는 것이다.

중요한 것은 건망증과 치매의 증상이 처음에는 매우 비슷하다는

데 있다. 이러한 건망증이 반복될 때 노인들은 자괴감에 빠지고 수습하는데 열등감을 느끼게 된다. 아니 내가 치매가 아닐까? 속으로 전전긍긍하게 되는 것이다. 나이를 먹으면 실수와 건망증에 대한 강박이 생길 수 있다. 어쩌다 건망증으로 물건을 잃어버리고는 '아차! 싶어 하면서 혹시?' 하고는 고개를 갸우뚱하게 되는 것이다.

그래서 한 가지 특단의 방법을 제시하고자 한다. 이는 물론 과학적으로 증명된 것이 아니다. 나만의 방법을 공유하고자 해서 소개하는 것이다.

우리 뇌는 말로서 지배를 받는다 한다. 말을 하면 뇌가 각성되어 행동으로 옮기기 쉬워진다는 것이다. 그래서 말로서 상황을 지시하는 것이다.

하고자 하는 일에 대한 명료한 자기 명령을 통해서 행동을 바르게 하는 것이다. 일테면 이런 식이다. 음식점에 갔다가 나오면서는 "자, 두고 나오는 물건은 없는지 확인하자."라고 자기 자신에게 말하고는 자리를 한 번 살피고 나오는 것이다. 그러면 물건을 잃지 않고 잘 챙기게 된다.

그리고 구체적으로 말을 하는 것도 나쁘지 않다. 가령 "스마트폰! 지갑! 손수건! 마스크!"라고 물건 이름을 하나하나 불러가면서 챙기면 잃어버리지 않고 나올 수 있다. 유치하게 들리겠지만 자신의 물건을 확인하는 일은 자기 자신한테 성실한 일이다. 상황을 의식하지 못하고 소홀한 것은 오히려 나 자신과 남에게 창피한 일이다.

집을 나서면서도 마찬가지다. 필요한 서류를 가방에 잘 넣었는지 스마트폰은 챙겼는지 지갑은 가지고 나왔는지 하나씩 열거하면서 말을 하고 행동으로 옮기면 실수도 하지 않고 건망증도 피하게 되는 것이다.

그렇지 않고 머리만 믿게 되면 몸이 고생을 한다. 실수나 건망증은 자신을 과신하거나 홀대했을 때 나타나는 현상이다. 그러니 말로써 명령하고 나서 하나씩 점검하고 확인하는 것은 모두에게 좋은 일이다. 시간을 많이 요구하는 일이 아니다. 길어야 30초 정도로 점검이 끝난다. 이 짧은 시간을 놓치게 되면 망신을 당하거나 자신을 귀찮게 할 수 있다. 아니면 다른 사람의 도움을 청해야 하는 이른바 꼰대가 될 수도 있는 일이다. 아무리 준비를 철저히 한다고 해도 미진한 경우가 있다. 그래서 말로 확인하는 일은 매우 중요하다. 자신의 뇌를 자극하면서 다시 한 번 확인하는 과정이기에 그렇다.

한 번은 친구에게 밥을 산다고 호언을 하고서, 맛있게 밥을 먹고는 계산을 하려는데 지갑을 두고 나온 것이다. 민망하기는 했어도 양해를 구할 수 있는 관계였으니 망정이지 큰 망신을 당할 뻔했다.

이처럼 늘 있는 곳에 있던 물건도 챙기지 못하고 잃어버려서 난처한 상황을 맞이할 때가 더러 있다. 그래서 나이 들면 자신을 온전히 믿지 말고 확인 점검해야 한다. 자신을 불신하지 않기 위해서 자신을 점검하는 말을 해야 하는 것이다. 그래 "지갑은 챙겼나 확인! 스마트폰은 있나 확인! 돋보기도 있나 확인! 손수건 확인! 서류 확인!" 등을 외치면서 손으로 하나하나 집어가면 실수를 면할 수 있다. 창피한 일이 아니다. 나이 들면 어린아이처럼 행동하는 것도 나쁘지 않다. 오히려 당연한 일이다.

　말없이 잘 할 수 없다면 말을 하면서 하나씩 확인하는 것이다. 예전에는 그토록 쉬웠던 일이 나이 들어서는 만만치 않다는 것을 알지 않는가. 젊어서는 잘 뛰었는데 지금은 그렇지 않다는 걸 인정하는 것처럼, 실수와 건망증을 경계해야 한다는 것을 받아들여야 한다. 그러므로 건망증으로부터 벗어나는 일은 말로서 명령하고 행동으로 점검하라.

2

현실을 100%로 만나라.

나는 직업상 나이 많으신 어른들을 자주 접한다. 그분들의 일상적인 대화의 주제는 아프고 쑤신 병환을 시작으로 종단에는 죽음에 관한 얘기다. 죽음은 두말할 것도 없는 공포다. 미지의 세계에 대한 두려움은 인간 모두가 갖는다. 아직 가보지 않은 길에 대한 낯선 공포는 가히 상상 이상이다.

그래서 나는 이분들과의 강의나 대화를 통해서 죽음에 대해 두려워하지 않는 마음의 준비를 시킨다. 하지만 이렇게 말하는 나 자신도 감히 죽음을 논할 자격은 없다. 가보지 않고 그 길을 이렇다 저렇다 논할 수 없기 때문이다. 하지만 난 이런 식으로 그분들을 위로하고 걱정을 덜어 드린다.

"우리가 태어나기 전에 아무런 느낌이 없었잖아요? 아프거나 두렵거나 불안하거나 걱정하거나 좋거나 나쁘거나 그런 어떤 감정의 상태가 없이 태어난 것처럼, 우리 죽음도 그럴 겁니다. 아무런 생각이나 느낌이 없는 상태로 돌아가는 것입니다. 그러니까 태어나기 전의 나와 죽음 이후의 나는 같은 상태라는 것이죠. 나라는 존재의 느낌이 전혀 없는 상태, 오직 자연만이 있는 상태. 그 무엇도 아니지만 그 무엇도 될 수 있는 기(氣)의 상태라고 볼 수 있죠. 그러니 편한 마음으로 받아들이면 됩니다."라고 위로한다.

우리는 가족의 죽음으로 그 영원한 이별을 두려워하기 시작했다. 나를 낳아주시고 길러주신 부모님을 하늘에 보내고 나서의 한없는 슬픔은 지대했다. 그렇게 부모님을 땅에 묻고도 살려고 밥을 먹을 때의 회한은 죽음에 대항하는 처절한 투쟁이었다.

하지만 그렇게 지켜낸 삶을 노화로, 또는 병으로 스스로 죽음의 주역이 되어가고 있는 것이다. 모두가 시한부 인생이다. 다만 자기 죽음의 시점을 알지 못할 뿐이다. 죽음은 자명한 진리다. 삶의 뒷면에 죽음이 있다는 사실을 잊고 살거나 부정하고 있을 뿐 떼어놓을 수 있는 것이 아니다. 그래서 누구는 더 안달하며 삶을 부여잡는다. 왜 나만 아프고 왜 나만 이렇게 빠르게 생을 마감해야 하냐고 악다구니를 하는 것이다.

우리는 어떻게 어떤 모습으로 살든 사라진다. 죽음이라는 연기로 이승을 마감하는 것이다. 실로 무상하다. 그러한 무상함으로 공포가 사라지는 것도 아니기 때문에 우리는 두렵다.

다만 두렵다는 것을 말하는 이와 말하지 않고 두려워하는 사람이 있을 뿐이다. 그래서 죽음은 준비되어야 한다. 삶은 준비되지 않았어도 죽음은 미리 준비된 상황을 마련해야 한다.

그래서 나는 사전 사망 의향서를 작성하는 일을 적극 권유하는 사람이다. 내 삶을 정리하고 성찰하고 그리고 남은 생의 방향성을 갖는 것이 좋다고 여겨서다.

우리는 인지하고 인식하는 인간이다. 죽음이라는 미지의 세계로 떠나기 전에 생의 완결 편을 미리 만들어 놓는 것은 어떨까 하는 것이다. 죽은 사람을 기억하는 사람은 많지 않다. 가족도 그렇다. 자기 삶 속에서 죽은 부모나 형제를 기억하는 시간을 따로 마련하는 사람은 그리 많지 않다. 오히려 잘 사는 것이 죽은 사람에 대한 보은이라고 생각하면서 열심히 삶에 몰두하는 것이다. 그리워하고 생각해준다고 죽은 자가 기뻐한다는 보장 또한 없다.

그러니 서러울 것도 두려워할 것도 없다. 죽음 문턱에서의 공포야 어찌할 수 없지만 그다음은 무상이고 자연이다. 그래서 우리는 죽음에 대한 지나친 공포나 두려움에서 벗어나 지금 열심히 살아야 한다.

죽음에 대한 최고의 찬사나 예우는 현실을 100% 만나는 일이다. 그래서 삶에 빈틈이 생기지 않아야 한다. 그렇지 않고 현실에 여백이 생기면 죽음이라는 미지의 공포가 엄습하게 된다. 그런 상황을 만들지 않기 위해서 잠도 잘 자고 밥도 잘 먹어야 하는데 몸은 서서히 죽음의 길로 접어드는 것이다. 부정하고 싶은 만큼 긍정의 발목을 잡고 있는 것이다. 카르페 디엠!

죽음에 대항하는 가장 현명한 일은 지금을 즐기는 일이다. 현실을 100%로 만나라.

3

밥을 사시오.

석사 박사 위에 '밥사'라고 한다. 최고의 학위가 '밥사'인 것은 남을 위해 밥을 사라는 풍자적인 말이다. 나이 들면 베풀 수 있는 기회가 많아야 한다.

젊어 벌어 놓은 재산을 널리 이웃들에게 이롭게 사용해야 한다. 그러지 않고 꼭 쥐고 있다가 저세상으로 가면 참 헛고생하고 죽는 것이다. 사람이 동물과 다른 것은 자기 피붙이만 위하는 것이 아니라 남과 함께 살아간다는 공동체 의식을 실현하는 것이다.

그러므로 봉사활동을 한다며 여기저기 다니는 일도 좋지만 가까운 지인이나 동호회 회원들에게 가끔 밥을 사는 것도 잊어선 안 된다.

요즘 심심찮게 듣게 되는 소리가 있다. "내가 밥 살게! 그리고 나 오늘 손자 자랑해도 되지?"라고 당당하게 말하는 사람이 늘고 있다. 말이 고픈 것이다. 자랑거리는 있는데 풀어 놓을 자리가 마땅히 없다는 신호다.

우리는 밥만 먹고살지 못한다. 말이 고프면 마음이 허기져 외롭기 때문이다. 그래서 애교 반 자랑 반으로 밥 산다고 큰 소리 치는 사람을 볼 수 있다. 이런 경우는 가까운 사람들끼리라 별 뒷말 없이 들어주면 된다. 하지만 밥을 샀다고 너무 자기 자랑만 하면 그야말로 자랑질이 돼 버린다. 밥 사주고 욕먹는 꼴이 되는 것이다. 손자 자랑이건 자식 자랑이건 도를 넘어서 하면 안 되고 자랑의 끝이 너무 허황되어서도 안 된다.

은근히 지피는 불에 따스함을 느끼는 것처럼 은근한 자랑이 말의 기술이다. 상대의 말을 들어주면서 지나치지 않게 슬며시 자랑을 하는 은유적 표현은 최고의 화술이 된다.

하지만 그렇게 말하기가 쉽지 않다. 그러니 자랑을 하지 않는 것이 가장 바람직하다. 언젠가는 알려진다. 굳이 내 가족의 자랑을 내 입으로 한다는 것은 조급증이다. 남들이 알아서 소문을 낼 때 겸손한 가림의 말로 답하면 참으로 미덕이다.

그리고 기억하라, 사람이 몰라주는 것은 반드시 신이 알아준다. 그러니 가급적이면 가족의 자랑스러운 일은 가려야 한다. 오히려 남이 알았을 때 겸연쩍어 하는 모습이야말로 사람을 얻게 되는 것이다. 우리는 겸손한 사람을 좋아한다. 나대고 자랑하고 들뜨고 허둥대는 사람에게는 믿음을 보내지 않는 것이다. 믿음은 바탕이기에 무게감을 요한다. 그러니 믿음으로 관계하는 지속성을 원한다면 제 자랑이나 가족의 자랑은 될 수 있으면 하지 마라. 정히 하고 싶으면 짧게 말하고 아무 일도 아닌 척 의연 하라.

그냥 밥을 사라. 이유나 핑계를 달지 말고 남의 좋은 일에 밥을 사라. 내 좋은 이유로 밥을 사면 그냥 그렇다. 하지만 남의 좋은 일에 기뻐하며 밥을 산다는 것은 사람을 얻게 되는 것이다. 그리고 밥과 함께 술이 반주로 올라오는 것이 대다수다. 술도 사라.

그러나 술은 많이 사면 탈이 난다. 그러니 술은 반주 삼아 적당히 사야 한다. 술을 너무 과하게 사면 과하게 마시고 과한 행동을 보인다. 그것은 이치다.

과유불급(過猶不及)이라고 했던가. 조금 모자란 것이 지나침보다 낫다. 그러니 맛있는 밥과 적당한 술을 사면된다. 어른의 모습이다. 너무 많은 술을 사거나 지나치게 2차 3차 살 필요가 없다. 나이 든 사람은 가능하면 1차에서 자리를 뜨는 것이 바람직하다. 젊은 사람보다 체력적으로 불리하고 술도 빨리 취한다. 취하면 막말이 우습게 나올 수 있다. 정신을 놓아서 풀어지면 실수하게 된다. 그리고 젊은 사람도 술이 거나하면 위아래 구분 못하고 치댈 수 있다. 그러면 어른 체면 구긴다. 구긴 체면 펴려면 그것도 자존심 상하고 시간 낭비다. 그러니 될 수 있으면 1차로 마무리하고 빠져야 한다. 그러면 아주 멋진 어른이라고 생각들 한다. 그렇지 않고 끝장을 볼 때까지 젊은 사람들 따라다니다 보면 힘에도 부치고 뒷 담화에 등장하게 되는 것이다.

아무리 훌륭한 어른도 애들 눈에는 불편한 사람이다. 그러니 밥을 사되 술은 과하게 시키지 말고 적당히 주문하라. 그리고 말을 많이 하지 않아야 한다. 밥 샀다고 혼자 세상 만난 것처럼 우쭐거리면서 떠들지 마라. 밥을 사고도 조용하면 품위가 느껴진다. 어른의 면모인 것이다. 나이 들어 밥을 잘 산다는 사람은 멋있다. 남 좋은 일에는 반드시 그냥 넘어가지 말고 밥을 사고 기뻐하라. 그리고 2차 없이 조용히 나와라. 존경을 받고 사는 길이다. 밥을 사시오.

4

노안이 된 이유를 생각하라.

세대 간 소통은 아주 어렵다. 일상적으로 사용하는 어휘부터가 다르다. 신세대 줄임말을 제대로 알고 사용하는 어른은 그리 많지 않다. 뜻이야 통하겠지만 신세대의 줄임말을 쉽게 알아듣기는 매우 어렵다. 그러니 세대 간에 생각을 공유한다는 것은 쉬운 일이 아니다. 그만큼 시대의 흐름이 빠르다는 반증일 수도 있다.

신세대와의 불협화음이 문제가 되는 것은 멀리 있을 때가 아니다. 가까이 한 공간에서 부딪힐 때다. 가족 간의 소통을 말하고자 하는 것이다. 한 지붕 아래 여러 세상이 공존한다. 학생의 세계, 부모의 세계, 노인의 세계. 삼대가 사는 집안은 그래서 늘 갈등의 여지가 있는 것이다. 내가 아는 세계관으로 학생의 세계관을 나무라거나 질책할 수 없다. 또 학생의 세계관으로 부모의 생각을 무시해서도 안 된다. 서로가 이해의 증폭을 통해서 관계를 잘 유지해야 한다. 물론 쉽지 않다. 경험하지 못했거나 경험을 했다고 해도 너무 오래된 기억과 다른 시대 상황에 따른 이해가 그 심각성을 내포하고 있는 것이다. 그러므로 가족관계는 사랑을 전제로 하며 서로의 입장을 존중하는 방식으로 이루어져야 한다.

그런데 나이가 깡패라고, 나이로 밀어붙여서 자기 생각을 강요하는 어른이 있다. 경험과 연륜을 무시하라는 말이 아니다. 자식은 자기 유전자를 타고 나서 보다 좋은 시대와 좋은 환경에서 살고 있는 것이다. 설령 이해하기 어려운 문제가 있더라도 가능하면 자식의 의견을 존중하는 것이 더 나은 결정일 수 있다는 말이다.

이제는 은퇴라는 이름으로 사회의 이면에서 활동하는 어른이라면, 그의 자녀는 사회의 정면에서 애쓰는 사람 아닌가. 그러니 그 자녀의 의견을 따르는 것이 문제 해결 능력에서 더 좋다는 뜻이다. 물론 자녀도 잘못된 결정을 내릴 수 있다. 하지만 그래도 자녀의 문제는 자녀의 몫으로 놔둬야 한다. 자녀 문제에 일희일비하지 않고 의연한 어른의 품위를 유지하라는 것이다.

사람에게 있어 가장 쉬운 행동은 결론이 난 문제를 탓하는 것이라고 했다. 결론을 뒤집을 수 없기에 얘기하기 딱 좋다는 것이다. 그리고 그런 잔소리를 통해서 어른의 행세를 하기 안성맞춤이라는 것이다. 하지만 과정에 참여하지 않았다면 결론난 문제를 얘기할 자격도 없는 것이다. 대부분의 자녀들은 현안에 더 많이 신경 쓰고 더 고민을 많이 하고 산다. 그러니 지난 연륜을 무기 삼아 자녀의 문제를 침범하지 않았으면 하는 것이 솔직한 심정이다. 자녀가 어떤 결정을 내리든 간에 그것은 자녀 몫의 운명이 될 것이다. 어른은 그저 바라보고 응원하는 것이 상책이다. 어련히 잘 알아서 판단하랴. 조바심으로 걱정하고 노심초사 끙끙거리지 말고 차라리 나가서 운동하고 못 본 척, 모르는 척 하라. 그것이 집안 어른의 역할이다. 감 놔라, 대추 놔라 하는 식의 제사 참견하듯 하면 가족 간에도 갈등이 생긴다. 물론 생각해서 하는 말이라도 그렇다.

노인이 원시안이 되는 것은 멀리 보라는 것이다. 지금 가정사 현안에 매달려서 간섭하라는 것이 아니라고 일러주는 몸의 변화다. 젊어서 근시안인 까닭도 현실 문제를 잘 보라는 의미심장한 몸의 특징이라고 생각하면 된다.

우리는 자연으로 몸을 이해해야 한다. 까닭 없이 늙고 병들어 가는 것이 아니다. 순리고 이치인 것이다. 무리하지 말라는 신호로, 사회적 규범은 은퇴라는 장치를 마련한 것이니 은퇴 후에는 무대 아래서 손뼉 치는 일에 열중하면 된다. 멀리 보며 선문답하듯 말하는 법을 익혀야 한다. 미주알고주알 참견하고 확인하고 잔소리하면 노망이라고 생각한다.

노인은 유유자적 알고도 모른 척하며 살라. 문제는 문제의 당사자가 처리하는 게 맞다. 노인은 방관자가 아니라 방목하는 자이다. 눈을 크게 뜨고 바라보면 된다. 넘어지고 달리고 하는 자녀들의 모습을 지켜보며 기도하고 응원하면 되는 것이다.

원시안인 이유가 바로 이것이다. 그러니 사사건건 현실 문제에 뛰어들지 말아야 한다. 노인은 현자다. 현자는 전체를 보는 것이다. 자식의 길을 넓혀주는 것이지 길목에서 올무가 되면 안 된다. 노인이 원시안이 이유는 바로 그것이다. 멀리 보라는.

5

매일 속옷을 갈아입어라.

　노화는 생명의 순환 단계에 있어 마지막을 알리는 경종이다. 죽어 마땅한 것이 생명이다. 안 죽을 수도 없거니와 죽지 않는 사람은 없다. 그러니 노화를 연민으로만 보지 말고 순리의 가치로 여겨 아름다운 노년을 보내야 한다.

　하지만 노화는 산화다. 기존의 강함이 약함으로 생생함이 시듦으로 고추선 것이 기우는 현상이다. 본질적으로 흉하다. 냄새가 나고 더러워지는 것이 일반적이다. 아무리 청결을 유지하더라도 윤기가 나기 어렵다. 인정해야 한다. 인정하고 나서 대처해야 한다. 무방비로 노화를 지켜볼 것이 아니라 노화를 막지는 못해도 추한 것이 아닌 자연현상이라는 인식을 주어야 한다. 그러므로 스스로 청결해야 한다. 그래야 어른의 모습으로 사는 것이다.

　일설에 따르면 어느 노인이 길에서 가벼운 교통사고를 당한 것이다. 그래서 부랴부랴 병원으로 모셨는데 바지를 안 벗으려고 애를 쓰셨다 한다. 억지로 간호사와 의사가 벗겨서 치료를 해드렸는데 그만

코를 막고 말았다는 얘기다. 아마도 몇 달은 제대로 목욕을 안 하신 것 같고 속옷도 마치 걸레같이 헤지고 더러워서 차마 말로 할 수 없었다고 한다. 노인께서는 그래서 본인 바지를 벗기지 못하게 극구 말리셨던 것이다.

사람은 수치심을 느끼는 유일한 동물이다. 그래서 인간이 만물의 영장일 것이다. 그것은 동물적 본능을 다스리고 남을 의식한다는 점이다.

노인이 다칠 확률은 젊은 사람보다 많다. 몸의 유연성이 떨어지고 운동신경도 둔화되어 순간 대처능력이 없어지기 때문이다. 그래서 가까운 일본만 하더라도 고령의 운전자가 운전면허를 반납하면 정부에서 일반 교통수단의 혜택을 준다고 들었다. 이는 마땅한 처사라 여겨진다. 민첩하게 순발력을 요하는 운전은 단순 기능이라기보다 생명과 직결되어 있기에 고령의 운전자는 운행을 멈추는 것이 맞다. 운전뿐만이 아니라 건강을 도모한다고 하는 헬스클럽에서도 사고가 있다. 노인이 자기 힘의 한계를 모르고 무거운 바벨을 들다 변을 당하는 경우가 있다. 산행을 하면서 미끄러운 바위를 타거나 비탈길을 조금이라도 방심하게 되면 사고가 나는 것이다.

예전만 못한 몸의 상태를 인정하는 것이 무엇보다 우선되어야 함은 말할 것도 없다. 그래서 자기를 아는 것이 최고다. 그런데 그런 자기를 인정하지 않으려는 마음이 든다. 지금의 나를 인정한다는 것, 바로 노인이라는 것을 부정하고 싶은 것이다. 아직도 삶이 창창한데 지금의 내 모습을 인정하고 싶지 않은 것이다. 결코 자랑스럽지 않은 것이다.

하지만 현실은 냉정하다. 가는 곳마다 사고 위험성이 내재되어 있다. 조심하지 않으면 변을 당하고 그것이 나머지 삶을 얼마나 불행하게 만드는지 모른다. 그래서 우리는 그러한 사고를 미연에 방지하는 것이 중요하다. 결국은 마음가짐이다. 언제 어느 때 불행한 사고로부터 자유롭지 못하다는 것을 인지해야 한다.

그리고 더욱 잊지 말아야 할 것은 응급처치 과정에서 벗겨진 자신의 몸을 연상해야 한다. 창피하다. 남에게 누드를 보이는 일은 생사를 오가는 일이라고 해도 수치스럽다. 하지만 목숨보다 소중한 것이 무엇이랴. 어쩔 수 없다면 그래야 한다.

삶은 준비되지 않아도 수용해야 하는 자기만의 몫이 있기 때문이다. 그러므로 겉옷보다 더 신경을 써야 하는 것이 속옷이다. 원치 않은 상태에서 벗겨진 속옷이 더럽고 지저분하다면 얼마나 보기 흉한가. 그래서 매일 아침 속옷을 갈아입는 것이 삶을 정리하며 사는 노인의 중요한 일과라 생각한다. 그리고 몸도 깨끗하게 닦아야 한다. 다칠 수도 있다. 고관절이 약해져서 조금만 기울어진 곳을 밟아도 휘청하고 넘어질 수 있다. 조금만 미끄러워도 삐끗하니 발을 접질릴 수 있다. 슬쩍 부딪혀도 넘어질 수 있다.

예전처럼 강하고 유연하고 순발력이 뛰어난 것이 아니란 것을 알아야 한다. 몸의 노화를 받아들여서 충격을 최소화하는 것이 중요하지 몸의 상태를 부정하려 해서는 안 된다. 그래서 항상 준비해야 한다. 오늘이 삶의 마지막이라면? 하는 생각을 놓아서는 안 된다. 부정하는 것이 아니라 수용하는 것이 진리이고 진실이다. 그러므로 청결하게 몸을 가꾸어야 한다. 흐트러진 머리를 보면 머릿속도 흐트러진 사람으로 보인다고 말하는 사람들이 대부분이다. 신발이 깨끗하지 못하면 단정함을 정의 내리지 않겠다, 고도 말한다. 머리부터 발끝까지를 단정하게 유지하는 사람을 좋아한다는 말이다. 단정치 못한 사람은 별로다, 라는 것이 우리의 상식이다.

우리는 시한부 인생이다. 자명한 일이니 만큼 속옷을 깨끗하게 매일 갈아입고 몸을 청결하게 해야 한다. 겉옷은 화려한 꽃무늬를 입으면서 속옷은 며칠씩 입는다면 완성이 아니다. 얼굴은 떡칠을 하듯 화장품을 바르는데 몸은 씻지 않는다면 영혼마저 더러울 것이란 생각이 지배적이다. 남을 배려하는 일은 나를 사랑하는 일이 우선이다. 자신의 깨끗한 몸과 깨끗한 속옷은 출발이다. 어떠한 일을 하건 그것이 먼저라는 생각이다. 그러니 매일 속옷을 갈아입어라.

6

지공선사는 소리 내지 마라.

좋아하는 사람이 있고 좋은데 안 좋은 척하는 사람이 있다. 간혹 정말로 안 좋아하는 사람도 더러 있다. 지공선사. 지하철을 공짜로 타는 노인을 우대, 빙자해서 하는 말이다. 어떤 사람은 자랑스레 말한다. 이제는 지하철이 공짜니 어디든 갈 수 있다고, 나이 든 사람을 공경하는 이런 복지가 바람직하니 좋다는 것이다. 반면에 자기는 지하철 공짜가 그리 반갑지 않다는 사람이 있다. 속으로는 어떤지 모르지만 지공선사가 된 것이 싫어서 지하철 요금을 내고 타는 어른도 더러는 있다고 들었다.

하지만 사회제도가 마련한 일인데 잘 누리면 된다. 그동안 사회를 위해 헌신했으니 이제 그 혜택을 누릴 자격이 있는 것이다. 하지만 지하철 풍경을 유심히 보면 생각이 많아진다.

지공선사들은 아침저녁 출퇴근 시간은 될수록 피해서 지하철을 타야 할 것 같다. 러시아워에 보탬을 주는 일은 젊은 사람들에게 피곤을 가중시키는 일이기 때문이다. 복잡한 지하철 칸에서 이리저리 몸이 섞이다 보면 본의 아니게 실례를 범하게 된다. 딱히 어떤 제스처를 써서도 아닌데 젊은 사람에게 의지하게 되는 경우 말이다. 몸이 흔들리거나 중심을 잡지 못해서 이리 쏠리고 저리 쏠리다 보면 다른 승객의 가방에 손이 닿기도 하고 신체에 몸을 부딪치게도 된다. 그럴 땐 마치 병원균이나 더러운 물건이 닿은 것 같은 불쾌한 눈빛의 젊은이를 보기도 한다. 젊은이에게 눈총을 받는 것이다. 그러니 복잡한 출퇴근 시간 이용은 자제하는 것이 좋을 듯하다.

그리고 노인이라고 해서 수치심이나 부끄러움에서 멀어지면 안 된다. 많은 사람이 이용하는 공공시설에서 자기 목소리를 제어하지 못하고 큰소리로 전화를 하거나 아는 사람을 만나서 반가운 나머지 다른 승객은 아랑곳하지 않고 떠드는 소리는 많은 사람들을 눈살 찌푸리게 만든다.

간혹 손자를 데리고 타는 노인도 있다. 그러면 자기 손자만 눈에 보이는지 남들은 안중에도 없다. 어르고 달래고 하는 소리가 너무 클 때가 있다. 내 손자 귀하면 남의 자식들도 귀한 것이니 지하철 안에서는 너무 과한 애정표현을 삼가는 것도 예의다. 손자에 대한 애정도 사람들 앞에서 지나치게 하면 경망스럽게 보이는 것이다.

지하철역마다 명소가 있고 지역 문화의 특성이 있다. 그래서 타고 내리는 손님은 그 역의 특성이나 문화에 영향을 받는다. 가령 인사동에서 타고 내리는 손님은 아주 다양한 소품이나 전통의 선물 꾸러미들을 들고 탄다. 남대문역이나 동대문역을 지날 때면 검정 비닐을 여러 개 든 사람들이 타고 내린다.

그런데 유독 나이 드신 분들이 그런 역에서 지하철을 타면 검정 비닐을 수시로 확인하는 것이다. 제대로 물건을 가지고 왔나? 빠지고 안 챙긴 것은 없나? 하고 집에 가서 봐도 될 일을 일일이 검정 비닐을 들춰서 보는 것이다. 그렇게 또 몇 정거장을 가다가 다시 비닐봉지를 뒤진다. 일일이 펼쳐보고 만져보고 하는 것이다.

이왕지사 벌어진 일은 되돌릴 수 없는 경우가 많다. 아니면 다시 내려서 물건 산 곳을 가야 한다. 그럴 수 없으면 빨리 포기하는 것이 낫다. 미련을 버리지 못하고 이것저것 뒤져 봐야 속만 쓰리다. 차라리 집에 가서 후회를 하건 푸념을 하건 해야 한다. 지하철 안에서 혼 잣말로 구시렁거리며 비닐봉지를 이리 만지고 저리 만지고 인상을 구겼다 폈다 하지 말고 말이다. 대부분은 확실하니 물건을 챙긴 것 인데 마음이 평정하지 못해서 자신의 느낌을 믿지 못해 수선을 피우는 것이다.

검은색 불투명한 비닐봉지 안에서는 산 물건이 제대로 있는지 확인하기가 불편하다. 그래서 이리 만지고 저리 만져도 확인하기가 수월치 않은 것이다. 그러니 마음이 찜찜하더라도 집에 가서 천천히 살펴보아야 한다. 그러면 물건이 겹쳐져 있는 경우가 많다. 괜한 마음의 조급증으로 사람들 많은 데서 혼잣말하고 수선을 피워선 곤란하다. 제발 그러지 마시라.

늙음은 고요할수록 멋지다. 소리 나게 늙는다는 것은 껍데기를 연상시킨다. 몸가짐을 바르게 하고 단정하니 앉아서 가라. 이리 뒤척이고 저리 뒤척이다 보면 시선을 끈다. 시선을 받는다고 다 좋은 일이 아니다. 잘 하는 일로 시선을 받아야 좋다. 나이 들어서 잡음 나는 일로 시선을 끈다는 것은 바로 눈총을 받는 일이다. 눈에서 발사하는 따끔한 총인 것이다. 수치심을 느끼는 것이야말로 인간이다. 인간이 수치심 없이 산다는 것은 부끄러운 일이다. 그러니 수선을 떨지 말고 자제하여 지하철을 이용하는 지공선사가 되었으면 한다.

7

치매 예방으로 스피치를 배우라.

가장 심각한 노인성 질환 중에 치매가 있다. 치매의 종류만도 수십 가지고 그 증상 또한 다양하다. 인류의 재앙이라고도 불리는 치매는 자아 정체성의 상실이다. 자기 자신을 모르고 사는 일이니만큼 최악의 상황인 것이다. 그래서 의학적 치료와 병행해서 일반적으로 알려진 두뇌 운동을 권장하고 있는 것이다.

나도 문화센터에서 강의할 때 수강하는 분들의 평균연령이 60대 이상이니까 치매예방 체조를 많이 하는 편이다. 그래서 간단한 걸음 체조로부터 손뼉 치기 등을 하기도 하고 최근에는 구구단 외우기를 한다. 처음에는 쉬운 2단부터 시작해서 9단까지를 암송하고 나서 거꾸로 9단을 9X9 = 81부터 차례대로 내려오면서 2X2=4까지 한다. 많은 분들이 더듬거리기도 하고 틀리기도 한다. 재미도 있고 긴장감도 있는 치매 예방 운동이다.

이렇게 우리가 알고 있는 걸 순서를 바꾸거나 거꾸로 하게 되면 뇌가 긴장하면서 활성이 된다. 익숙한 것은 식상하다. 식상하니까 뇌가 운동을 하지 않는 것이다. 뇌가 편한 만큼 뇌세포가 잠을 자고 있는 것이다.

그래서 강의가 끝나면 "오늘은 집으로 가는 길을 안 가본 길로 가보세요."라고 하기도 한다. 우리는 낯선 경험과 새로운 것을 접할 때 뇌가 활성 된다. 늘 하던 대로 하면 뇌는 편해서 게을러지고 나태해진다.

그래서 작은 변화를 통해서 뇌가 활성화 되도록 노력해야 한다. 공놀이도 아주 좋다. 풍선이나 탱탱 볼을 가지고 하는 놀이도 뇌를 활성화시키는 운동이고 제기차기도 아주 좋은 놀이 겸 치매예방 운동이 된다. 여기에 약간의 경쟁심을 불러일으키면 더 재미있고 신경을 더 쓰게 된다. 조별 시합을 벌이면 열의도 생기고 상품을 준비해서 드리면 아주 신나서 자랑도 하고 후일담도 나누게 되는 것이다.

물론 가장 좋은 치매 예방으로 나는 대중 스피치를 권장하고 있다. 누구나 많은 사람 앞에 서면 떨리기도 하고 두렵기도 하다. 하지만 자기 자신을 가장 잘 성찰하는 시간이 되는 것이다. 그러므로 뇌가 활발하게 움직이는 것이다. 발표하기 전의 설렘이나 긴장감도 뇌를 자극하는데 한 몫 한다. 또 발표 후의 만족감이나 아쉬움도 자기 모습을 제대로 보는 좋은 기회가 되기에 치매 예방에는 이보다 좋은 교육이 없다고 자부한다.

자기주장이나 신념을 조리 있게 표현한다는 것은 멋지고 행복한 일이다. 그러한 행복한 자극은 뇌를 늙지 않게 만드는 일이다. 정신이 새롭고 마음이 설레는 일은 우리를 젊음의 왕성한 뇌 활동으로 이끈다. 마냥 늘어져 왕년 타령이나 하면서 살면 뇌는 진부하여 더 이상 활동하지 않는다. 그러한 생활은 보기에도 지루하다. 그러한 반복된 생활과 반복된 이야기에 뇌는 자극이 필요 없는 것이다.

스피치는 청중 앞에서 자기 얘기를 하는 것이다. 그러면 과거가 재생되며 각색되고 새롭게 해석된다. 자기 삶을 비교 분석하게 되고 다시 삶을 편집하는 과정에서 뇌는 활발하게 움직이는 것이다.

사는 일은 사유하는 힘이 매우 중요한 가치가 된다. 자기 삶의 완성 시기에 정체성을 잃고 치매라는 병으로 산다는 것은 치명적이다. 본인에게나 가족에게나 말이다. 그러므로 자기 정체성을 잃지 않게 노력해야 한다. 그러한 일에 더없이 필요한 것이 스피치 공부라고 천명한다.

대중 스피치 교육은 자기 성장과 발전의 기회를 제공한다. 일정한 주제를 가지고 사유하는 일에 치매가 들어설 자리는 없는 것이다.

의식의 변화와 의식의 변질은 근본부터 다르다. 스스로 나아짐을 선택하는 것은 변화가 된다. 하지만 긴 시간 정체되어 있는 사고는 변질되어 간다. 스피치는 변화를 추구하는 학습이고 훈련이다. 그래서 성장하는 사람이 되고 활성화된 뇌세포가 치매를 예방하는 것이다.

쓸모가 없어지면 사라지는 것이 자연의 섭리다. 뇌세포도 자기 존재의 이유가 없을 때 스스로 멸하는 것이다. 끊임없이 사용해야 살아갈 이유를 갖는 것이다. 작은 뇌세포 하나도 마찬가지다. 그러므로 뇌를 자꾸 써야 세포가 생생하게 활동하는 것이다. 뇌를 사용하는 스피치의 자극은 치매 예방뿐만 아니라 자기계발에도 최고다.

그러니 방 안에서 화투 패나 맞추고 리모컨으로 TV 채널이나 돌리지 말고 밖으로 나와서 깊은 심호흡을 하고 대중 스피치를 공부하라.

남들의 얘기를 통해서 나를 반추하고 내 발표를 통해서 남들이 공감하는 모습을 보면서 변질되지 않고 변화되고 있음을 느껴라. 정신의 노화를 막아라. 젊은이들과 함께 공유하는 스피치 시간은 청춘으로 물들어 갈 것이다.

"청춘은 바로 지금"이라는 '청바지' 건배사처럼 지금 변화하고 지금 나를 움직이면 치매라는 병은 나와는 상관없는 먼 나라 언어처럼 생경할 것이다.

맨 정신으로 살아야 한다. 정신 줄을 놓으면 안 된다. 긴장하고 설레고 웃고 손뼉치고 노래하고 시를 낭송하고 율동을 하는 스피치 강의실을 찾으라. 스피치 교육으로 정신 무장하면 치매는 사라진다.

8

나이 들어 한 방에 훅 가면 회복 불능이다.

유혹하는 세상에 살고 있다. 무엇이든 재화가 되는 것이면 팔려고 야단이다. 자본주의 속성일 것이다. 팔려야 생산이 되고 소비가 이루어져야 재생산이 되는 순환과정으로 자본주의 근간이 유지되는 것이니 그럴 것이다.

그런데 요즘은 눈에 보이는 것만 파는 것이 아니다. 지식산업과 가상화폐가 교환가치로 등장한 것이다. 그래서인지 정보에 민감하지 않으면 자본에서 멀어지고 바보 취급을 받는다. 아직도 그걸 모르냐고 원시인 대접을 받는 경우가 생기는 것이다. 가상현실과 실제 현실을 오가는 게임 세계에서 살고 있는 착각이 들 정도로 세상은 빠르게 돌아간다. 무차별적인 정보의 홍수 속에서 어떤 것이 실제의 일이고 어떤 것이 가상의 일인지 구분하기 모호한 경제 현실에 적응하기가 쉽지 않은 것이다.

나이 들면 정보력도 떨어진다. 그렇지 않은 노인도 더러 있기는 하다. 민감하게 반응하고 선제적으로 대응하는, 아날로그로 태어났지만 디지털의 세상에 최적화된 노인이 있기도 하다, 하지만 소수일 것이다. 대부분의 노인들은 가상현실이나 가상화폐라는 용어 자체가 익숙하지 않을 것이다. 그럼에도 솔깃하니 주변 상황에 귀를 기울이게 된다.

지난날 주식으로 날려버린 뭉칫돈을 회복할 찬스가 온 것이 아닌가 하는 기대감이 없지 않기 때문이다. 실수를 회복하고 체면을 다시 세우고 자본을 확충하는 계기가 되지 않을까 하는 생각에 누군가의 속삭임은 달콤하게 들릴 것이다. 분명 유혹이고 그 유혹을 거절할 만한 경제관념이 확고하지 않으면 십중팔구는 넘어가게 되어 있다.

하지만 세상에 한 방으로 해결되는 그 어떤 것도 흔치 않다. 더구나 돈은 수행으로 벌어야 한다. 남에게 희생하는 정신으로 노동의 땀으로 교환하는 일이다. 그런 돈을 한순간에 벌어야겠다는 발상 자체가 위험한 일이다. 그리고 달콤한 환상은 늘 깨지게 되어 있다. 눈을 뜨면 이미 날아간 파랑새를 쫓는 것이나 마찬가지인 허무함에 몸서리치게 될지 모른다. 이미 손해가 막심한 상황이 될 터이니 말이다. 노력해서 땀으로 눈물로 돈은 벌어야 한다. 한 번에 큰돈을 손에 넣는 일은 사기꾼과 친해야 하고 그 사기꾼과 함께 사기꾼이 되어야 한다. 그런 사기꾼은 세상이 가만두지 않는다. 차가운 냉방 한 칸을 마련해 줄 뿐이다. 그러니 정신 차리고 한 방을 꿈꾸지 마라. 사는 일이 만만치 않다는 것을 잘 알지 않는가.

오랜 세월 남들보다 먼저 살아오고 많이 살아온 나이 든 분들은 이제 그런 허망한 기대를 버리고 허드렛일이나 소소한 일로 푼돈을 벌면 된다. 돈을 쓸 곳을 찾으면 많겠지만 살아온 반경을 조금 줄이고 나면 적은 돈으로도 살 수 있는 곳이 대한민국이다. 욕심 부리지 않으면 많은 사회복지가 제공되니 큰 불편 없이 살 수 있다. 괜히 나이 들어서 얇은 귀 때문에 그나마 가지고 있는 재산 탕진하지 말고 남들이 뭐라 하건 자기 가치관으로 살아가야 한다. 누가 무슨 곳에 투자해서 얼마를 벌었다느니 누가 무엇을 해서 큰돈을 만졌다느니 하는 소리에 귀를 막고 그저 살아온 대로 앞으로 더 잘 살기 위해 어떤 가치를 추구해야 하는가를 곰곰이 생각하기 바란다. 나이 들어서 잘 못 판단한 것은 회복하기가 여간 어려운 일이 아니다. 한 마디로 하면 시간이 많지 않기 때문이다. 살 날 보다 살아온 날이 길다는 말이다. 그러니 무턱대고 몰빵 하는 사기성 말에 기대지 말고 일상적인 감각에 행복을 느끼며 살아야 한다. 명심하시라. 나이 들어 한 방에 훅 가면 회복 불능이다.

9

가끔은 '우아' 떨고 자빠져라.

독서모임 따또를 운영하고 있다. 따로 읽고 또 같이 토론한다는 의미로 작명을 한 모임이다. 사람 사는 일도 이와 같다. 혼자 살지만 함께 사는 일이 삶인 것이다.

내가 아프고 내가 기쁘고 내가 힘들고 내 몫으로 주어진 삶을 누가 대신할 수는 없다. 끔찍하게 사랑하는 손자도 나를 대신하지 못하고 애지중지하는 손자의 일도 내가 대신할 수 없다. 내 몫으로 겪는 희, 노, 애, 락을 그렇다고 내 한 몸으로 승화시키기에는 삶이 너무 버겁다. 그래서 우리는 함께 할 사람이 필요하다. 같이 공유하는 것이다. 그러면 좀 낫다. 아니 많이 낫다. 슬픔은 쪼개져 가벼워지고 기쁨은 배가 되어 부풀어진다. 그래야 살맛이 나는 것이다.

사는 맛은 본래 쓰다. 아무리 애써도 그 쓴맛을 누가 대신할 수 없다. 어쩌다 신맛처럼 느껴지거나 단 맛이 전혀 없는 것은 아니지만 본래 인생의 맛은 쓰다는 것을 안다. 그래서 고달프고 삶이 허전하다. 대책 없이 우울하기도 하고 한없이 초라하기도 하다.

그렇다고 한 목숨 파리처럼 가벼이 여겨서 던져버릴 수도 없거니와 막무가내로 살아서도 안 된다는 것을 우리는 안다. 그러하기에 가끔은 우아 떨면서 자빠져야 한다. 자기 자신에게 사치를 하라는 말이다.

누구를 위한 삶인가? 자식도 손자도 아니다. 배우자도 아니다. 살아보니 배우자가 남보다 못할 때가 더러 있지 않은가. 그러니 내편 네 편 따질 것이 아니라 함께 사는 파트너다. 사랑의 단물이 빠지고 나면 시거나 떫거나 밍밍하거나 그렇다. 마냥 단물이 줄줄 나오는 파트너는 세상에 없다고 한다. 그러니 배우자도 내 삶의 한 쪽일 뿐 전부는 아닌 것이다.

그래서 '우아'를 떨어야 한다. 내 삶을 품위 있게 만들고 나 자신을 스스로 위로하며 격려하려면 가끔은 배려를 해야 한다. 자기 자신한테 말이다.

내가 추천하는 우아는 이런 것이다. 자기 취향이 아니더라도 한 번쯤은 해보라. 우선은 좋아하는 영화를 한 편 보라. 로열석으로 말이다. 요즘은 위치마다 자리 요금이 다르다. 제일 비싼 중앙으로 자리를 잡아서 영화를 재미있게 보고 나와라. 그리고 나서 격조 높은 식당에 가서 맛있는 음식을 주문한다. 동행이 있느냐고 물으면 당당하게 "아니요. 혼자예요!"라고 말하라. 주문한 음식을 천천히 음미하면서 맛있게 먹고는 분위기 좋은 카페, 가능하면 전망이 괜찮은, 흔히 말하는 뷰가 좋은 곳을 잡아서 느긋하게 향 좋은 커피를 마신다.

그리고 집에 와서는 음악을 듣는다. 취향대로 듣되 가능하면 폼

잡고, 잘은 몰라도 클래식 음악을 크게 틀어놓고 한껏 몸을 이완시켜 보라. 그리고 소파에 늘어지게 누워서 자신의 몸과 마음을 향유하라. '우아' 떨고 자빠져 보라. 삶이 충전된다. 자신을 위해서 돈을 쓰고 시간을 써라, 단순한 낭비가 아니다. 아니 그러한 낭비가 삶의 중요한 고비를 넘기는 힘이 될 수 있다.

내 삶인데 누구 눈치를 보고 그러는가. 내가 정하면 길이 된다. 내가 하면 내 인생이 되는 것이다. 항상 누구를 배려하고 이해하려고 나의 안테나가 밖으로만 향해 있다면 이제는 나를 향하게 안으로 방향을 바꾸어라. 내가 소중하니까, 내가 있어 남이 있는 거니까. 너무 개인적이고 이기적인 사람 아닌가, 라는 의구심이 조금 들었다면 된다.

실로 나쁜 사람은, 정말로 나쁜 사람은 이기적으로 살아온 사람은 늘 그렇게 살기에 자기 보상이나 자기 우아 떠는 것을 아무렇지 않게 한다. 그래서 그 시간의 소중함을 모른다. 하지만 어쩌다 하는 소시민인 우리들은 가끔 그런 사치에 놀아나도 된다. '우아' 떨고 있네. 라는 자기만의 행복한 기회를 마련해야 하는 것이다.

자기한테 충실하지 못한 사람은 남에게도 소홀할 수 있다. 자신을 아끼고 사랑하는 일에 만전을 기하는 일은 남을 위한 배려라고 생각하면 된다. 그리고 '우아' 떨고 나서의 시간은 남을 위해 살아야 한다. 마냥 '우아'만 떨고 있으면 촌스럽다. 그것은 과장이고 포장이다. 그것은 삶의 본질이 아닌 것이다. 철학이 빠진 삶은 소리가 난다. 그래서 보여주기 식으로 산다. 남과 비교해서 항상 우위를 점하려는 가벼운 속성이 있어서다.

하지만 열심히 산 당신은 자신에게 줄 선물이 있어야 한다. 크게 벗어나지 않으면서 나를 즐겁게 하고 행복하게 하는 일상 중에서 조금 나은 것을 선택해서 하루쯤 멋지게 놀아보는 것이다.

놀지 못하면 일만 하게 된다. 일만 하는 것은 중독이고 기계가 하는 일이다. 사람은 호모루덴스라고 놀이하는 사람인 것이다. 미래의 가능성을 전제로 하면 AI 인공지능이 대체할 수 없는 분야가 바로 놀이라고 한다. 기계는 놀이에서 즐거움이나 행복을 찾을 수 없기 때문이다. 어쩌면 인간의 전유물이 바로 놀이하는 것이고 그 놀이를 우아하게 할 수만 있다면 품격 있는 인간이 되는 것이다. 그래서 놀 줄 아는 사람이 우아 떨고 자빠져 있는 것이다. 가끔은 그렇게 하라. '우아' 떨고 자빠져 보라.

10
공원에서 나물 채취하지 마세요.

　사실 취미가 아주 다양할 것이라 생각하지만 현실적으로 그렇지 않은 것 같다. 강의 시간에 취미가 무엇인가요? 라고 물으면 뜨개질이나 나물 캐기, 노래하기, 춤추기, 산책 등 딱히 취미라고 내세울 만한 것이 몇 가지 안 되는 것을 알 수 있다. 그중에서도 소일거리 삼아 하신다는 도토리 줍기나 나물 캐기는 할머니들께서 꽤나 좋아하는 취미다.

　반올림 스피치 동호회 회장님도 도토리 줍기에는 열의를 가지고 계신다. 다름 아니라 이벤트마다 손수 도토리 주운 것으로 묵을 쑤어 오시기 때문이다. 도토리가 찰랑찰랑하는 묵으로 변신하기까지는 여러 번의 공정을 거쳐야 한다. 마음이 없으면 절대로 되는 일이 아님에도 자청해서 도토리를 줍고 다니신다. 회원들을 사랑하는 마음으로 취미 삼아 하신단다. 그래서 어느 회원은 힘든데 차라리 사서 묵을 쑤는 게 어떠냐고, 건강을 염려해서 말씀을 드려도 한사코 마다하고 좋아서 하는 일이라고 되받으신다. 비단 회장님뿐만이 아니라 나이 드신 할머니들께서는 도토리나 밤을 줍고 나물 캐는 것을 즐거운 취미로 여긴다.

재래시장으로 가는 길옆으로는 할머님들이 파는 나물을 볼 수 있다. 반 평쯤이나 될까 한 자리를 펴고 채취한 각종 나물을 내놓고 있는 것이다.

그런데 문제는 이 나물들이 가까운 공원이나 부용천변에서 뜯어 온 것이라는 데 있다. 나이 드신 분들이 멀리 나가서 나물을 캐서 오신 것이 아니라 지척에서 재미삼아 뜯어서 온 것을 손자 용돈이라도 주려고 팔러 나온 것이다. 주름진 이마에 쪼그려 앉아 계시는 모습을 볼 때면 사드리고 싶은 생각이 굴뚝같다.

하지만 그럴 수가 없다. 공원이나 부용천변으로는 수시로 농약을 친다. 다시 말해서 지자체에서 공원과 하천 관리를 하기 때문에 농약을 살포하는 것이다. 그럼에도 할머니들은 이곳에서 아랑곳하지 않고 나물을 채취해서 먹고 팔고 하신다. 공원 모서리나 부용천변 길에는 경고문으로 나물 채취를 금하라는 문구가 버젓이 있다. 하지만 소용이 없다. 하고자 하는 분들은 그것이 눈에 보일 리 없고 보여도 무시하는 것이다.

설령 누가 "할머니 그거 농약 뿌린 거예요."라고 하더라도 귓등으로 듣지 않으시고 "물에 씻어서 먹지 그냥 먹어!"라고 오히려 화를 내실 게 뻔하다. 말이야 맞지만 농약으로 관리하는 지역에서 캔 나물이라 먹어서는 안 된다.

할머니들은 봄을 맞아 가까운 산책길로 공원으로 나오셔서 나물을 뜯는다. 조그만 손칼을 들고 검은 비닐이나 가방을 메고서 쑥, 냉이, 씀바귀, 돌나물, 방풍나물 두릅 등 각종 여린 나물을 채취하는 것이다. 언뜻 보면 참으로 정겨운 장면이다. 우리 어릴 적 어머니 할머니의 모습을 보는 듯해서 연민이 생긴다.

하지만 냉철하게 인식해야 할 것을 놓치고 있다는 생각이 든다. 조금만 주의를 살피고 경고문을 읽으면 될 것을 하는 아쉬움 속에, 한 번 말씀을 드려볼까 하지만 조심하게 된다. "아이고, 괜찮아. 물로 씻어 먹지 그냥 먹나?"라고 하면 오히려 계면쩍어지는 것은 내 쪽이기 때문이다.

하여간 지자체에서 더 많이 계도해서 공원이나 부용 천에서는 나물 채취가 이뤄지지 않기를 바란다. 또한 시장 주변 길가에 좌판을 펼치고 파는 나물이 식용하기에 좋은지 여부를 가늠할 기준이 없다는 것 또한 문제이긴 하다.

뉴스 시간 날씨예보를 보면 거의 매일 대기 오염 미세먼지 주의보를 알린다. 봄철에는 더욱 심각한 대기 오염으로 걱정이다. 인간의 이기심이 환경을 파괴하고는 주의를 하라고 당부하고 있는 꼴이다.

믿고 먹는 음식이야말로 신뢰의 사회이건만 먹거리 조차도 우리는 검증해야 하고 주의해야만 한다. 투박한 손으로 내미는 나물도 이제는 잔류농약을 의심해야 하는 오염된 시대에 살고 있다. 어쩔 수 없다면 조심해야 하고 점검해야 하는 절차가 필요한 것이다. 할머니의 인심이라는 미명 아래 농약에 노출된 나물을 덥석 사서 먹기에는 용기 이상의 무모함이 있어야 할 것이다.

도토리처럼 껍질이 있고 여러 번의 공정을 거쳐서 음식이 된다면 모를까 바로 무쳐 먹거나 데쳐 먹는 나물은 아무리 물로 씻는다고 해도 영 기분이 개운치 않은 것이 사실이다.

그러니 재미로 취미로 채취하는 나물이라도 이제는 공원이나 부용 천에서는 캐지 말길 바란다. 눈을 크게 뜨고 우리의 손자가 먹고 우리 가족이 먹는 나물이 농약에 노출된 것인지 아닌지 다시 한 번 확인하기 바란다. 그리고 관계 부처에서는 경고문을 현장 상황을 고려해서 부착하기 바란다. 탁상행정으로 모양새만 갖추지 말고 현장을 발로 뛰며 확인하는 수고를 기대한다.

11

형님 중에 멋쟁이 한 분이 계신다.

이 분의 특징은 아주 젊은 패션에 작은 가방을 메고 다닌다는 것이다. 그 작은 가방은 모름지기 그 형님의 자존심과도 같은 것이다. 내용을 볼라치면 우선은 가그린이 있고 향수와 손수건 그리고 물티슈 박하사탕이 몇 개 있다. 어디를 가든 이 작은 가방은 형님을 따라다닌다. 아니 형님이 그 가방을 늘 챙긴다. 그래서인지 몰라도 그 형님한테는 상큼한 향기가 느껴진다. 그리고 늘 표정이 밝고 화사하며 행동이 단출하다. 미진하거나 아쉬운 면모가 없어 보인다. 성격도 깔끔해서 모 아니면 도다. 이러니저러니 군말이나 핑계 대는 법이 없다. 걸음걸이도 간결하고 옷도 맞춤처럼 근사하다. 그 형님이 투덜댈 때면 어딘가 노인 행색이 마음에 안 드는 노인을 만날 때다.

"아니 저 노인네는 왜 옷차림이 저 모양이야?"라고 할 때 상대방은 배꼽 바지를 입었거나 단추가 제 자리를 잡지 못하고 엇갈려 채워져 있거나 옷에 얼룩이 있는 것을 못 마땅히 여겨 한 말씀하는 것이다.

청결을 노인이 지켜야 할 첫 번째 덕목으로 생각하는 분이다. 나이 들면 노화로 인해서 세포가 많이 죽는다. 세포는 나름대로 생을 마쳐 피부 각질로 떨어져 나간다. 배설로 몸 밖으로 나오는 세포도 부지기수다. 모든 살아있는 생명체는 살아있을 때는 냄새가 덜하지만 죽으면 수분이 마르면서 악취가 난다. 사람의 몸에 있는 세포의 사체도 예외가 아니다. 그러므로 늙으면 좋지 않은 냄새가 많이 난다. 저절로 나는 냄새는 절대로 저절로 사라지지 않는다. 깨끗하게 씻고 닦아야 한다. 그것도 수시로 해야 한다. 젊은이들은 신진대사가 원활해서 냄새가 잘 나지 않는다.

문제는 나이 들어 노인이 되면 세포의 신진대사가 원활하지 않아서 냄새를 없애야 한다는 것이다. 그래서 신경을 써야 한다. 가능하면 매일 샤워를 하고 향수를 뿌리고 탈취제로 옷에 묻은 냄새를 제거하고 매일 갈아입어야 한다. 모름지기 자기 냄새는 5분 이상 맡으면 자기는 모르고 남이 그 냄새를 안다는 데 맹점이 있는 것이다.

음식점에서의 음식 냄새도 그렇거니와 일하는 곳마다 특유의 냄새가 있다. 가령 약국에서 일하는 사람은 소독약 냄새가 난다. 쓰레기 작업을 하는 분들도 냄새가 나고 양계를 하는 사람도 냄새가 난다. 직업상 어쩔 수 없음을 감안해야 하지만 그러므로 더욱 신경을 써서 주위 사람들 눈살을 찌푸리게 해서는 안 된다.

냄새뿐이 아니다. 눈으로 보이는 추함이 또 있다. 코털이 숭숭하니 삐져나온 모습은 보기에 안 좋다. 특히나 마주 앉은 사람의 코털은 대화를 나누는 내내 신경이 쓰인다. 또한 손톱을 깎지 않은 긴 손톱은 불결해 보이고 새끼손가락[소지]의 손톱을 유난히 길러서 귀를 파거나 코를 후비는 것을 볼 때면 인격마저 의심받게 하는 일이다.

그리고 덧붙이자면 난 그럴 일이 전혀 없는 사람이지만 대머리라서, 머리가 엉켜 있어 떡이진 머리카락을 한 노인은 머릿속마저 엉켜 있다고 판단할 것이다. 머리는 단정할수록 품위가 느껴진다. 뇌를 감싸는 피부 옷이라 여기며 손질을 잘 해야 한다. 이리저리 헝클어진 머리는 머릿속을 의심받기에 손색이 없다.

요즘은 글로벌한 시대다. 우리 주위를 살펴보면 외국인이 엄청나게 많다. 그 외국인들도 식성에 따른 체취가 난다. 그래서 독한 향수를 쓴다. 어쩌면 그 독한 향수가 더 역겹게 느껴지기도 하지만 그들도 안다. 우리만큼, 그래서 향수를 뿌리고 나름 신경을 쓰는 것이다.

늙는다는 것은 노화다. 노화도 아름다울 수 있다. 잘 만 하면, 하지만 대체로 아름답기가 쉽지 않다. 추하기 쉽다. 그래서 추하지 않게 노력하는 것이 중요하다. 노인들끼리만 사는 세상이 아니다. 함께 사는 사회의 구성원으로 젊은이도 있고 어린애도 있는 것이다.

섞여서 어우러진다는 것은 배려와 이해가 전제되어야 한다. 그럼으로 사람의 향기가 꼭 인격이나 인품에서 나오는 것만은 아니다. 몸에서도 나야 한다. 지저분하고 역겨운 몸에서 품위 있는 말이 나오기는 어렵다.

동물도 제 몸을 핥고 닦는다. 우리는 청결하게 살아야 한다. 그래서 자기만의 향기를 가져야 한다. 그러기 위해서는 몸을 닦아 몹쓸 냄새는 지워야 한다. 안 닦은 몸 위에 향기를 더하면 더 이상한 악취가 날 수도 있다. 우선은 냄새를 지우는 일에 부지런해야 한다. 그러

고 나서 자기만의 향수를 골라 멋을 내보자. 노인이라고 노인 냄새가
나는 것보다는 은은한 향기가 나는 어른이 좋지 않겠나.

12

명품 별 거 아니다.

명품은 있어 보인다. 흔히 말하는 폼이 난다. 그래서 걸친다. 어깨에 걸치거나 들고 아니면 입고 차고 한다. 몸의 일부에 대거나 밀착시켜서 그 몸을 돋보이게 하고 그 몸을 있어 보이게 하는 것이다. 그래서 명품을 지닌 사람은 속은 어떨지 몰라도 당당하게 다닌다. 하지만 그 몸이 나이 들어가면 이상이 생긴다. 노화는 몸을 힘들게 한다. 한 마디로 폼이 안 나게 만든다. 걸음걸이도 힘이 없고 느리고 자세도 바르지 못해 기울거나 구부러진다. 의지대로 안 되는 것이 몸이다. 내 몸인데 내 마음대로 되지 않는다.

일찍이 어느 선각자가 말했다. "내 몸과 내 마음이 내 것이 아니라는 인식이 가장 큰 깨달음이라고" 내 몸인데 늙고 싶지 않고 노화되고 싶지 않은데 저절로 노화되어 늙는다.

실감은 몸이 비로소 한다. 그런 몸에 명품을 걸치고 들고 손목에 차고 입는다고 해서 몸이 젊어지고 건강해지는 것이 아니다. 그런데도 기필코 명품을 선호하는 나이 든 사람들이 있다. 기가 찬다. 그 허세와 기질이 부럽기까지 하다. 늙으면 명품보다 편하고 가볍고 실용적인 것이 낫다. 나아도 백 번은 더 낫다.

그래서 어느 할머니가 명품을 사온 자식한테 한 소리 했단다. "이젠 명품 소용없다. 명품도 젊어서 명품이지 나이 드니까 무거운 명품 가방이 비닐 천 가방보다 못하다."라고 일갈했단다. 대개의 명품이 클래식하니 투박하고 무겁다. 유행보다는 명성으로 이름값을 하기에 실용보다는 전통적인 보수 성향의 디자인과 크기 무게를 지녀 그렇다. 하여간 명품을 산다고 명품 인격을 갖추는 것이 아님을 나이 들면 안다. 아니 꼭 나이 들어서가 아니라 명품이 실용적 가치보다는 소장의 가치가 더 있다는 것을 알기 때문인데 소장도 거북하다는 것이다. 나이 들어선 단순한 것이 바람직하다. 그래서 관계도 그렇고 옷도 그렇고 간결하게 줄여나가야 한다. 값비싼 명품을 가지고 다닌다고 젊어지는 것도 아닐뿐더러 인격이 올라가는 것도 아니다.

사람은 모름지기 품격이 있어야 한다. 품격은 명품으로 치장을 한다고 생기는 것이 아니다. 몸의 태도와 표정과 순수한 행복감으로 나타난다. 어디서나 미소를 잃지 않고 단순하고 간결한 행동 그리고 정화된 말, 결코 길지 않은 말로서 정리된 언어를 사용한다면 그 사람이 바로 명품 인간인 것이다. 아무리 명품으로 도배를 했다고 해도 천박하고 촐랑거리며 나댄다면 실없는 사람이다. 격이 떨어진다. 명품을 든 놀림감이 되고 만다. 명품을 가치가 없게 만드는 사람으로 전락하게 되는 것이다. 나이 들어 명품을 고집하지 마라. 설령 자식들이 명품을 사주겠다고 해도 한사코 뜯어말려야 한다. 명품도 젊어서 한때 부리는 사치다. 늙어서는 가볍고 편하고 단순한 것이 좋다. 그래야 영혼이 맑아져서 행동이 간결해진다. 치렁치렁하니 명품을 걸쳤다고 명품 행복이 되는 것은 아니다. 인격이 명품이면 무엇을 들고 무엇을 걸치고 무엇을 차고 무엇을 입어도 멋스러운 것이다.

비싼 명품 값을 대신해서 스피치 학원에 등록하라. 아니면 연극 학원에 들어가서 많은 사람들의 삶을 살아보라. 많은 사람들의 얘기를 경청해보라. 뿌옇게 보이던 사물과 상황이 또렷하게 보일 것이다. 명료한 시야가 삶을 투명하게 만들 것이다. 명쾌하고 밝고 건강하게 사는 모습은 한낱 명품으로 자신을 높이려는 가소로운 사람들보다 멋지고 우아하게 사는 길이다. 명품의 가치는 짝퉁이 있어야 한다고 한다. 그것도 많은 짝퉁이 나돌아야 명품이라고 한다.

사람도 마찬가지다. 명품인생은 남들이 따라 하는 삶이다. 당신을 흠모하고 존경하는 사람이 많아서 당신을 닮고 싶어 하는 사람이 많다면 명품 인생인 것이다. 당신이 입을 열면 귀담아들으려고 사람들이 모인다면 당신은 명품 인격을 갖춘 것이다. 그렇지 않고 당신이 입을 열면 귀를 닫고 뒤돌아선다면, 인상을 쓰고 실소를 한다면 아무리 명품을 걸쳤다 해도 보잘것없는 사람인 것이다.

누가 그랬다. '이상은 백화점인데 생활은 다이소'라고 그래도 상관없다. 검소하고 겸허하며 삶의 귀감이 되는 것은, 보여주는 것이 아니라 보이게 사는 것이다. 여미는 손길이 아름다운 것처럼 검소함이 화려한 겉치레를 압도하는 것이다. 독한 향기보다는 은은한 향기가 오래 머무는 것이다. 지독한 냄새는 자극이다. 금방 질린다. 하지만 은은함은 오래 머문다. 삶의 향기를 지녀라. 그러면 명품이 부럽지 않다. 백화점 명품은 눈길만 주어도 된다. 내 것이 아니라도 부러워 마라. 욕심이 나 겉치레는 허영이다. 명품 별거 아니다.

13
혼밥도 정성껏 차려라.

나 홀로 가정이 많아졌다. 가족의 붕괴라고까지 할 수는 없어도 혼자되신 분들이 많아진 것이다. 삶의 풍속도는 변하게 되어 있다. 사회적 현상이기 때문이다. 그래서 혼자 사는 분들의 고충을 사회적 차원에서 돌봐야 한다는 목소리가 높아지고 있다.

마트나 백화점에 가면 아주 작은 포장으로 일인용 상품이 즐비하다. 필요에 의한 공급인 것이다. 앙증맞아 보이는 밥솥을 비롯해서 장난감 같은 주방기구를 보면 갖고 싶다는 욕구가 생긴다. 색상도 화려하고 모양도 예쁘기까지 하다. 혼자 사는 사람이 구매하는 것일 게다. 혼자서 밥을 먹는 것을 흔히 '혼밥'이라고 하는데 마치 소꿉장난처럼 재미있을 것 같다는 상상도 해보지만 실상은 아닐 수도 있다. 들리는 말에 의하면 혼자 먹을 때는 대충 때운다고 한다. 김치 쪼가리 하나 놓고 물 말아서 한 술 뜨고 만다고 하시는 분들이 꽤나 많은 것이다.

그래서 먹는 재미도 없고 먹고 싶은 욕구도 별반 없다는 것이 혼자 사는 분들의 하소연이다. 그런 식습관이 들면 아무래도 건강에도 좋지 않을 것임이 명백하고 스스로를 돌보지 않아서 자존감도 떨어지게 된다. "혼자서도 잘해요."라는 어린이 학습처럼 혼자 사시는 분들도 잘 살아야 한다. 그래서 혼자서도 성찬을 차려서 야무지게 먹어야 한다. 맛있게 먹는 자신을 자랑스럽고 대견하게 여기면서 스스로를 사랑하는 법을 익혀야 하는 것이다.

아무도 보지 않고 아무도 간섭하지 않는다고 해서 대충 차려서 먹고 나면 마음의 허기를 채울 수 없게 되는 것이다. 단지 배만 채웠을 뿐 허허로운 기분이 채워지지 않는다.

형식이 내용을 지원한다고 한다. 혼자서도 깔끔하게 차려서 먹어야 한다. 가능하면 좋은 그릇에 소담스럽게 담아서 먹어야 한다. 골고루 차려서 영양을 살펴야 한다. 먹는 일은 의식이다. 성스러운 의식을 치를 때 가지는 단정한 차림과 고무된 마음으로 음식을 대해야 한다.

아무렇게나 한 끼 때운다는 식이면 곤란하다. 그러한 일이 거듭되어 습관이 되면 뭐든 대충 하려고 할 것이고 그러한 일의 반복은 자기 삶을 비루하게 만드는 일이다.

매 순간을 살아야 삶이 촘촘하게 엮인다. 그래야 보기 좋은 배경이 되고 무늬가 되어 삶의 스토리가 엮이는 것이다. 디테일이 사라지면 아무런 그림이 아니다. 그것은 물감이 아까운 그림이 되고 마는 것이다. 시간의 낭비인 것이다. 혼자일 때 자기한테 미안하지 않게 살아야 한다.

하지만 사람은 늘 편한 쪽으로 기운다. 그래서 마음과 몸은 어떤 규율을 지켜야 한다. 그러한 규율을 마련하는 것은 남이 하는 일이 아니다. 스스로가 만들어서 삶을 살아야 한다. 보기에 좋으니까 나도 저렇게 살아야 한다는 식의 규율은 남의 신발을 신고 달리는 것처럼 헐겁고 힘들게 된다. 나만의 규율을 만들어서 지켜나가야 한다.

어리석은 사람이 간혹 정신력을 꼽는다. 정신력이 있으면 된다, 라는 식으로 삶을 살고자 하는 것이다. 하지만 아니다. 정신력은 체력이 받쳐줘야 하는 것이다. 그렇다고 체력만 믿는 사람도 우매하기는 마찬가지다. 체력으로 되는 것이 있고 정신력으로 되는 것이 있기 때문이다. 체력은 상황변수가 심하다. 하루가 다르게 변하기 때문이다. 그래서 절대 체력만을 믿는 것도 금물이다.

사람은 습관의 평균으로 살아가는 것이다. 극한으로 살 수는 없다. 그것은 매번 실험이고 매번 위험이다. 그러니 삶의 평균으로 살아야 한다. 그러한 평균은 생활 습관이 만든다. 습관은 하루아침에 형성되는 것이 아니다. 그래서 우리는 매일 주어진 삶을 쪼개서 순간에 충실해야 한다.

혼자 밥 먹기나 혼자 운동하기 혼자 산책하기 혼자 살기를 할 수밖에 없다면 자기 자신에게 충실하게 대접해야 한다. 나 자신을 우습게 알면 남도 나를 우습게 여긴다. 나한테 잘하는 일이 가장 좋은 일이다. 내 몸을 지키는 일에 소홀하지 않기 위해서 '혼밥'이라도 정성껏 차려서 먹어야 하고 혼자 있는 시간에도 정신력과 체력을 길러서 그 평균적인 삶으로 살아야 한다. 갑자기 극한적인 정신력을 요구하더라도 또는 극한의 체력을 요구받더라도 침착하게 살아온 평균적인 습관으로 대처해야 한다. 자신의 정신력을 과신하거나 체력을 과신하다 보면 망신당하고 좌절하게 되는 것이다.

혼자 산다는 것은 혼자 선택하고 책임진다는 의미다. 혼자라는 사실을 직시하면 강하게 살아야 한다. 강함은 반복에서 이루어진다. 결코 한 번의 정신력이나 체력으로 강해지지 않는다. 습관적 삶의 평균이 대응점이 되는 것이다. 과신하거나 불신하지 않으려면 자신을 사랑하는 방식으로 '혼밥'이라도 정성껏 차려 골고루 먹도록 하자.

14
책과 친구하면 심심할 틈이 없다.

돋보기로 보는 글은 더 선명하다. 물론 젊어서 원시안이 된 경우를 제외하고는 돋보기를 쓰게 되는 것이 나이가 들어서일 것이다. 흐리게 보이던 세상이 더 밝게 또렷이 보인다. 그 돋보기 안으로 세상의 지혜를 들여다보는 것은 여간 즐거운 일이 아니다. 그야말로 심심할 틈이 없다.

그런데도 노인들은 심심해서 죽겠다고 입만 열면 하소연이다. 그래서 폭탄 같은 제안을 하나 하고자 한다. 책을 읽으면 심심하지 않다. 이것이 결론이다. 그러면 왜 폭탄 같다고 얘기했을까? 생각을 해야 한다. 나이 들기까지 책을 가까이 접하지 않던 사람이 책을 본다는 것은 생활습관을 바꾸는 일이 된다. 이는 어마어마한 변화다. 이런 변화의 기조에는 생각을 바꿔야 하는 어떤 충격이 있어야 하는데 그 충격을 가하는 것은 아마도 폭탄 정도는 되어야 가능하기에 과격하게 표현을 한 것이다.

사람은 자유롭기를 원하고 자유가 보람된 행위를 만든다. 자고로 사람은 자유를 얻고자 본능적으로 움직인다. 그런 자유를 구속하는 일이 책을 읽는 일이다. 정신의 자유를 뺏어서 타인이 하는 말을 듣는 시간이 바로 독서인 까닭이다. 그러니 얼마나 힘들고 어렵겠는가. 나름 습관이 된 나도 책을 보는 일이 락(樂)이 아니라 고(苦)로 느껴질 때가 있으니, 책을 가까이하고 산다는 것은 쉬운 일이 아닌 것이다. 하물며 생전에 책과는 담을 쌓고 사신 분에게 책을 권하는 것은 그래도 책만 한 것이 없고 무료하게 시간을 보낼 때 가장 좋은 것으로 여겨져서다.

책은 그 종류도 다양하다. 자기에게 맞는 것으로 읽기 시작해야 재미를 느낀다. 소설을 좋아했던 경험이 있으면 소설을 찾아서 읽고 아니면 가벼운 수필이 그래도 낫겠다 싶으면 수필부터 집어 들면 된다. 아니면 난 그래도 감성적인 시집이 낫지 하면 시 한 줄부터 시작하는 것이다. 개성이 강해서 추리소설이나 판타지를 좋아하면 그 분야의 책을 손에 잡으면 된다. 사람 수만큼이나 다양하고 특징적인 것이 책이다. 찾으려고 하면 책의 세계에서 노는 재미가 쏠쏠할 것이다. 마치 숨겨진 보물을 발견하는 것처럼 신비감과 놀라움의 연속이 될 것이다. 그러다 보면 심심하다고 하소연하는 사람이 이상하게 보일 것이다.

항상 눈길이 머무는 곳에 책을 두는 것부터 시작하라. 그래야 친해지고 친해지면 자주 만나게 된다. 머리맡에 두고서 잠자리에 들기 전에 책을 들쳐보는 일은 세상사는 재미중에 으뜸이다. 그리고 기상하면서 책을 보고 하루를 여는 것은 스스로도 대견한 일이 될 것이다.

나이 들어서는 서둘 이유가 없다. 천천히 가도 죽음에 가깝게 이르게 된다. 그래서 모든 일을 조바심 내지 말고 여유롭게 살아야 한다. 그러한 여유를 주는 것이 독서의 힘이다.

어른이 조급하여 일을 망치거나 성내거나 하는 것은 전혀 어른답지 않은 모습이다. 이는 생각하는 여유가 없는 모습이다. 이러한 모습을 자주 연출하는 것은 메마른 생활습관 때문이다. 메마른 가슴을 적시는 것은 감성이고 그러한 감성을 길러주는 것이 바로 독서다. 사람을 사람답게 하는 작용을 하는 것이다. 그래서 책을 읽는 노인의 모습은 아름답다. 돋보기를 걸치고 책을 보는 부모의 모습은 자손들에게 최고의 이미지로 남는 것이다.

"이것 해라. 저것 해라. 이러한 것은 이러한 방식이 옳지 않겠니? 왜 너는 그런 일을 망치고 있니?" 하는 어른으로서의 잔소리가 다 맞을지라도 그 말을 받아들이는 당사자는 불편하다. 맞는 말이 잔소리다, 라는 말이 자꾸 생각이 나서 덧붙이는 것이다.

말로써 훈계를 하느니 사는 모습으로 귀감을 보이는 것이 좋다. 어려운 일일 것이다. 그렇다. 어려운 일이니 해보라고 권하는 것이다. 쉬운 일이면 말도 안 꺼냈을 것이다. 쉽지 않은 일이니 우리 나이 든 사람이 해보자는 것이다.

그 일환으로 우선은 책부터 보는 습관을 가질 일이다. 책은 호흡과 함께 한다. 사는 일의 숭고함을 알게 해준다. 나를 성찰하게 하고 남을 이해하게 함으로써 배려를 알려주는 것이 바로 독서의 힘이다. 책을 가까이하는 노인이 되자. 멍 때리면서 동네 한 바퀴 돌고 두 바퀴 돌고 하루 종일 돌다가 머리가 돌 지경이 되어서야 집으로 들어가는 일상을 벗어나라. 아니면 벤치에 앉아서 애견하고 같이 온종일 햇빛 사냥이나 하지 말고 책을 읽어라.

　책을 읽으면 다음 행동의 순서가 잡힌다. 무료하게 무엇을 할 것인가? 온종일 고민해 봐야 뾰족한 수가 나오는 것이 아니다. 독서는 다음 행동을 하게 만든다. 그 행동은 아름답고 이타적이며 품위가 느껴지는 일이다. 왜냐하면 독서는 삶의 방향을 제시하기 때문이다. 할 일이 없다고 푸념을 하지 말고 인생이 심심하다고 불평하지 말고 책을 읽어라. 그러면 세상이 좀 더 밝고 맑게 보일 것이다. 이것은 돋보기의 힘을 빌린 독서의 힘이다.

15

겸손하게 나이 들고 싶어라.

　나이 들어 수치를 모르거나 뻔뻔해져서 부끄러움을 모르면 죽는 것만 못하다. 나는 그렇게 생각한다. 나이 들면 삶을 알아 겸손해져야 한다. 어떻게 살아왔는지 몰라도 안하무인격으로 자기의 신념만 존중하고 나머지는 그야말로 나머지로 생각하는 사람은 한 마디로 재수 없다.

　삶은 대부분 헛고생이다. 그래서 무한의 시공간에 유한한 생명이 숙연해지는 것이다. 자신의 한계를 알고 더는 나아갈 수 없는 운명 앞에서 겸손해야 하는 것이다. 그럼에도 자기 확신이나 신념에 차서 의기양양하게 소리치는 사람을 보면 가히 존경을 넘어 연민의 정을 느낀다.

　정장을 차려입거나 성장을 한 사람 몇몇이 전단지를 돌리고 마이크를 손에 쥔 사람이 힘찬 목소리로 자신의 종교를 알리는 걸 보면 참으로 한심해 보인다. '아닐 수도 있다.'라는 의구심이 전혀 없는 일방적인 호소는 보는 사람을 안타깝게 만드는 일이다.

큰 소리가 판치면 작은 소리는 묻힌다. 우리는 대부분 작은 목소리로 살아간다. 그래야 다른 말소리를 듣게 되니 마땅한 일이다. 자기의 목소리를 크게 하면 자기 외의 소리는 전혀 신경 쓰지 않겠다는 뜻이다. 자기만 안다는 것이다. 더 이상은 존중 불가라는 말이다.

어쩌다 자신의 선택이 최고라고 우기는 모습이다. 아쉬운 면이다. 사람은 전부를 다 볼 수 없다. 뒤에 눈이 달리지 않은 것만 봐도 편견으로 생겨먹은 것이 사람이다. 그러면 자기모순을 알아야 한다. 세상을 한 쪽으로만 판단하지 말고 자기의 생각이 전부가 아니란 걸 알아야 한다. 그래서 목소리를 낮추고 다른 사람의 말도 들으며 살아야 한다. 그럼에도 불구하고 자기가 아는 것이 전부인 양 설쳐대는 것은 과잉이다. 자기의 신앙을 강요하는 것은 타인을 배려하지 않는 불필요한 열정이다.

살아보니 이렇더라고 자기만의 신념을 남에게 억지로 강요하지 마라. 그러는 모습이 불쌍타 못해서 가엾다. 그런 사람 대부분이 선하지도 않다. 그런 사람들은 자기와 같은 처지에서 안정감과 행복함을 느낀다. 그래서 사람들을 같은 처지로 몰아넣으려고 안간힘을 쓰는 것이다. 자기 생각 안으로 사람을 몰아넣지 말아야 한다. 자기주장은 자기 생각일 뿐이다. 자기만의 신앙이 세상의 가치가 되고 세상의 기준이 되는 것이 아니다. 종교의 선택은 자유고 다양한 가치관을 갖는다.

모름지기 자존감이 없더라도 겸손해야 한다. 겸손하면 일으켜준다. 우리는 겸손한 사람을 연민의 감정으로 다가가는 것이다. 설치는 사람보다 조용한 사람을 사랑하는 이유다.

자기 신념에 잘못 학습된 사람은 결단코 상대를 배려하지 않는다. 그런 사람의 특성은 같은 신앙을 가진 사람만을 사랑하고 타 종교를 배타한다. 그래서 겸손할 수 없고 자기 소리만 내는 것이다.

나이 들어서 힘주고 살지 말라 했다. 힘 빼고 너그럽게 이해하고 포용하면서 살아야 한다. 어디서 주워들은 말로써 자신을 보호하는 신념에 가득 차서 남을 설득하고 이용하고 자기 안으로 끌어들이려 해선 안 된다. 내가 최고가 아니듯 내가 가진 생각이 전부가 아니다. 아닐 수도 있다는 가변성에 무게를 두고 말을 아껴야 한다. 종교도 비교되지 않은 바에야 내 신앙이 최고라는 것은 기만이다. 그래서 신념을 강요하는 일은 정신을 구속하는 행위다. 나이 들어서는 관조해야 한다. 세상을 넓게 이해하고 보편적 인류애를 가져야 한다. 이것 아니면 안 돼, 라는 식은 편견이고 불구의 정신이다. 그런 잘못된 확신은 소리만 내지른다. 약하기 때문이다. 진짜로 무는 개는 짖지 않는다. 겁이 많은 개는 낙엽 떨어지는 소리에도 귀를 세우고 마구 짖는다. 혼자서는 안 되기 때문에 주위에 알리는 것이다. 사람도 별반 다르지 않다. 마구 소리 내는 사람은 겁에 질린 것이다. 혹시 나의 신앙이 전부가 아니라면 어쩌지 하는 내심 약한 심리를 가리기 위해 심하게 떠드는 것이다.

당장은 사람들의 눈길을 끌어서 자기의 생각이 옳은 줄 알지만 남들은 속으로 비웃는다. 자기가 알고 있는 것만 오직 진리라고 믿는 것이 얼마나 무식한 일인지 더 나이 들기 전에 깨우쳐야 한다. 그러자면 겸손하게 경청하는 자세로 사는 것이 바람직하다. 나대면 손해본다. 자신을 털리는 것이다. 말은 소비되는 에너지다. 비우는 것이다. 듣는 것은 얻는 것이고 축적이다. 신념을 강요하는 일은 영혼을 굶주리게 하는 일이다.

자만이나 자기 확신의 강요는 사람을 잃게 만든다. 나이 들어서 자기 자신만 옳다고 여기면 죽어서도 욕 듣는다. 살아서 자신을 살펴야 한다. 내가 알고 있고 믿고 있는 것을 확신하기 전에 의구심을 가져 본 적이 있는가? '절대'와 '오직' 그리고 '단 하나'라는 개념에 너무 둔한 것은 아닌지 나의 신념은 이러한 일련의 개념에 얼마나 부합한지, 고민해 볼 일이다. 그러므로 떠벌리는 일보다는 침묵하는 습관을 먼저 배울 일이다.

스피치 강사인 나도 마찬가지지만 수강생도 내 강의를 제대로 들었다면 인간의 성숙도는 침묵의 시간이 길어진 것과 상관관계가 있는 것임을 알아야 한다. 열등생은 지금도 입을 벌리고 무차별 무책임한 말들을 날리고 있을 것이다.

16
삶의 균형감을 가져야 한다.

　우리 부모님 같은 세대가 또다시 올까 모르겠다. 자식을 한두 명이 아니라 굴비 엮듯 대 여섯 명은 보통으로 알고 낳던 시대 말이다. 아마도 없을 것 같아 우리 세대의 마지막 고민이길 바라며 아래에 서술한다. 자식을 많이 낳아서 기르다 보면 자식 중에 잘 된 자식이 나온다. 요즘 말로 잘 나가는 자식이 나오게 되면 부모는 그 자식에게 기대어 사는 것이 보통이다. 기댄다는 의미가 같이 산다는 말은 아니다. 따로 떨어져 살아도 모든 집안 행사의 규모를 그 잘난 자식의 결정으로 하는 것을 말한다. 그러다 보니 다른 형제자매들은 그 잘 나가는 자식의 결정에 따르는 부모님의 그늘에서 자연스레 눈치를 보게 된다.

　물론 현명한 부모님은 그래도 서열과 위계를 지켜서 형제간의 질서를 조정하겠지만 대다수의 부모는 경제력이 있는 자식을 맨 위로 그리고 맨 앞으로 생각하는 것이다. 그러므로 새로운 가계 질서가 생기게 된다. 형과 아우의 역할이 뒤바뀌는 것이다. 정서적으로 순서가 바뀌어서 열등과 우등이 나뉨으로 집안 분위기가 싸늘해지는 것이다.

가풍을 조성하는 것이 부모의 역할임에도 자본주의 제도에서는 어쩔 수 없는 일인가 보다. 자식에 의존하는 부모님의 사랑이 편애로 나타난다. 하지만 세상일에는 경제만 있는 것이 아니다. 전통과 의례가 있고 무형의 자산이 있어 가풍이 형성되는 것이다. 그래서 부모의 역할이 중요한 것이다. 서열과 나이를 감안해서 행사의 주관을 맡겨야 집안이 구순하게 돌아가는 것이다. 그러면 형제자매가 합심해서 효도하고 집안일에 솔선하게 되는 것이다. 누구 덕에 한다는 식으로 공공연하게 말씀하거나 치하를 해서 형제간 감정의 골을 만들면 부모가 돌아가신 뒤에 자식들은 자연스레 분열된다.

어느 분의 하소연이다. 그분의 부모님은 굉장히 세련되셨다고 한다. 그야말로 잘 나가는 자식 중에 막냇동생이 있어서 부모님에게 세상 좋다는 것은 모두 사드린다는 것이다. 그래서 명품 백이니 시계, 자동차 등을 선물해서 부모님이 그야말로 최고의 호사를 누리고 계신다 한다. 그런데 문제는 막내 외에 다른 손위 누나들은 사는 게 만만치 않다는 것이다. 예전에는 살림이 어려워서 부모님이 막내 남동생만 대처로 보내 공부를 시키고 나머지 딸들 7명은 모두 공부를 못 시켜서 무학이라는 것이다.

그래서 여기저기 혼처가 나기만 하면 결혼을 마구 보내서 고만고만하게 사는 모양이다. 막내만 공부를 가르쳐서 사회적으로 성공을 한 것이다. 아마 큰 부자는 아니라도 형편이 폈다고 하니 말이다.

가늠해서 어느 정도 사는지를 판단하기 바란다. 하여간 그 남동생의 효도로 어머님은 지극히 세련되어 가는데 다른 자식들인 딸들 7명은 겨우 빈곤함을 면한 정도라 부모님 생신이나 명절에 모이면 선물 보따리를 내놓기가 민망하다고 한다. 부모님 눈이 높아져서 웬만한 것은 거들떠보지도 않으시고 "너희들은 사는 게 아직도 어렵냐!"라는 식으로 면박을 줘서 친정집 드나들기가 싫어졌다는 것이다.

요약하면 그렇다. 잘 나가는 남동생으로 하여 부모님은 호사를 누리는지 몰라도 나머지 딸자식의 효심은 잃어버리는 형국을 맞은 것이다.

아무리 시대가 변하고 물질이 만능인 시대에 살아도 가족 간 혈육의 정은 천륜이 아니던가. 그 중심에 부모의 역할이 있으니 균형감을 잃지 말고 자식들을 대해야 한다. 열 손가락 깨물어서 안 아픈 손가락이 있어도 다 아픈 얼굴을 보여야 돌아가신 후에도 자식들이 모여서 우애를 쌓아 가는 것이다.

노동력을 상실하게 되는 부모의 나이가 되면 자식의 경제력에 기댈 수밖에 없을 것이다. 젊어서 만든 재력으로 은퇴 후에도 걱정 없이 산다면 큰 문제가 안 되지만 그럴 수 없다면 자식에게 신세를 져야 한다. 마땅히 사정이 좋은 자식은 부모를 공양해야 함이 당연지사다. 하지만 생활을 의존하는 자녀를 너무 공공연하게 편애하는 처사는 자식들의 갈등을 조장하고 균열을 가져오게 하는 일이다.

부모는 균형감을 가지고 살아야 한다. 그래야 자식들이 모두 편안하고 집안일에 솔선하게 된다. 돈으로 서열과 위계를 만들지 말고 나이와 직분으로 사람대접을 해줘야 집안이 잘 돌아가는 것이다. 부모의 큰 역할이니 이러한 일에 소홀함이 없어야 할 것이다.

17
부부간의 싸움과 화해

싸울 수 있는 사람은 만질 수 있는 사람이다. 아무런 관계가 없는 사람과는 싸움의 소지가 없다. 하지만 늘 가까이하는 사람, 즉 가족은 늘 싸움의 대상이다. 그래서 잘 싸우고 잘 용서하고 잘 화해해야 한다.

그리고 흔히 말하길, 국가적인 문제 때문에 다툼이 생기는 것이 아니다. 아주 사소하다 못해서 민망하기까지 한 자잘한 일들이 싸움의 불씨가 된다.

가령 이쪽으로 가야 맞다, 라든지, 아니면 이것을 사는 게 낫다든지, 이 집에서는 이 음식이 맛있다고 한다든지 여기에 놓는 것이 보기에 좋다든지, 생사에는 아무런 문제가 안 되고 생활에 아무런 지장이 없는데도 기필코 자신의 의견을 고집해서 싸움의 빌미를 제공하는 것이다.

좋다. 싸움은 승패를 떠나서 잘 싸워야 한다. 자존심을 건드리거나 아주 먼 얘기를 꺼내서 지금과는 상관없는 일인데도 문제를 심각하게 몰고 가는 것은 진정한 싸움이 아니다.

싸움에는 룰이 있어야 한다. 마치 스포츠 경기를 하듯 지금 현안에 대해서 자신의 의견을 소신 있게 말하는 것이다. 그리고 자신의 기분이 어떤지 설명하는 것이 중요하다. 그렇지 못하고 서로를 질타하고 단점을 들추고, 사느니 못 사느니 하는 극단의 말을 해서는 큰 사단이 나는 것이다. 그리고는 서로 의견 차이가 난다는 것을 확인하고는 싸움을 접어야 한다. 서로 다른 의견을 일치시키려고 애쓰다 보면 싸움이 결투가 된다. 그러면 관계가 엉망이 된다. 회복 불능의 사태에 직면하게 되는 것이다. 그러니 서로 다른 의견을 확인하는 차원에서 그치는 것이 현명한 처사다.

물론 싸움 자체가 현명하지 못한 행동이지만, 사람은 가끔 싸움을 통해서 자기 존재의 실체감을 느낀다. 아주 미련한 방법이긴 하지만 싸울 때는 자존의 위험과 안전에 관해서 민감하기 때문이다.

하여간 이런 원시적이고 본능적인 자존의 실체감을 경험하는 일은 될수록 피하는 것이 상책이다. 피치 못해서 싸우고 나면 그다음의 문제는 화해다.

이때에는 화해하는 방법이 아주 중요하다. "무조건 잘못했어. 아까는 미안했어."라고 하면 대부분의 아내들은 "뭐가 잘못됐다고 하는 건데?"라고 성의 없는 사과에 더 발끈하게 된다. 그러니 진심이 묻어나야 하는 것은 물론이고 마지막으로는 반드시 스킨십이 필요하다. 여자는 몸으로 용서가 되어야 용서를 한다. 그래서 남자는 여자를 제대로 알고 있어야 화해를 잘 할 수 있는 것이다.

다시 말해서 말로써 용서를 구하고 화해를 신청하라. 그리고 반드시 스킨십으로 마무리해야 한다. 그래야 여자는 화해를 받아들이는 것이다. 화해를 청하고 손을 잡는다, 라든지. 머리를 쓰담쓰담 해 준다든지, 아니면 가볍게 뽀뽀를 하거나 포옹 아니면 안마를 해준다 든지, 어떤 식으로든 몸으로 화해를 받아내야만 진정한 화해가 되 는 것이다.

이때에 살짝 거부한다고 해도 정성스럽게 그리고 부드럽게 신체 접촉을 통해서 스킨십을 해서 몸의 긴장과 스트레스를 풀어주어야 한다. 말로만 하는 화해 신청은 여자를 모르는 행위다. 여자는 몸으 로 이해하는 부분이 있다. 그러니 남편은 마음을 다해 화해한 다음 스킨십으로 마무리하는 것을 잊지 말길 바란다.

남자는 조금 다르다. 물론 여자도 남자에게 잘못한 것을 진심으로 말하는 것이 가장 중요하다. 하지만 그 화해의 말 다음에 "당신이 최 고"라는 말로 마무리해주는 것이 좋다.

당신이 오직 세상의 믿음이라는 말을 해주면 싸움 이전보다 더 사 랑스러운 아내로 대우받게 될 것이다. 남자는 희망과 용기를 주는 여 자에게 자신을 희생할 수 있는 것이다. 자신을 가장 존경한다는 여자 에게 생명을 주고 싶은 것이다. 자신을 하나 밖에 없는 소중한 사람 이라고 말해주는 사람에게 사랑을 주는 것이다.

그러니 아내는 화해의 마무리로 "잘못했다, 그러니 다신 그런 일 이 없도록 노력하겠다."라는 다짐의 말로만 하지 말고 "당신이 알고 보니 최고. 역시 당신과 함께 사는 일은 내 생애 최고의 선택이다. 고맙다."라고 말해주라. 그러면 남편은 아내를 위해서 평생 잘 살겠 노라고 마음속으로 다짐할 것이다.

남편은 화해의 마무리로 스킨십을 하고 아내는 마무리를 "당신이 최고"라는 말로 하라. 그러면 상처가 남지 않고 더 좋은 부부관계로 발전할 것이다.

18
취향이 인격은 아니다.

취향이 고상하면 일단 좋아 보인다. 거기다가 외모까지 준수하면 매력이 철철 넘친다.

얼마 전부터 수강을 하기 시작한 중년의 여성분이 그러했다. 항상 깔끔한 외모에 화사한 미소까지 왠지 말을 건네고 싶은 분이다.

차분한 음성으로 자기소개를 하는데 취미가 꽃을 좋아해서 전원 주택 마당에 야생화를 가꾼다고 한다. 참으로 취미까지 모습에 걸 맞는다는 생각을 하고 지냈다. 개인적인 친분이야 강의실 외에는 계절 마다 행사로 가는 둘레길 산책이 전부다.

하지만 수강생들끼리의 친분은 마음이 맞는 사람들은 서로 만나서 차도 마시고 밥도 먹고 가끔은 술도 한 잔씩 하는가 보다. 나야 그런 자리 참석이 거북하기도 하고 초대된 것이 아니라면 굳이 가려고도 하지 않는다. 그래서 수강생 개개인의 사적인 감정이나 관계에 관한 것을 일일이 알기는 어렵다. 그래도 귀동냥이 있어 누구는 어떻고 하는 기본적인 성향이나 배경 등은 어느 정도 알게 된다.

왜냐하면 높은 곳에 올라가면 아래에 있는 풍경이 한눈에 들어오는 것과 같은 이치다.

그래서 강의시간에 종종 이런 말을 한다. "여러분도 기회가 된다면 어느 모임에서나 회장 자리를 한 번 해보세요. 회원들의 동정이 한눈에 들어오기도 하고 일의 전체적인 균형감을 가질 수 있어 좋은 기회가 됩니다." 그러니 사양 말고 리더를 해보라고 권하는 것이다.

참모의 자리와 리더의 자리가 확연하여 그 직위에 따라서 관점이 달라지는 것이 사실이다. 수강생들은 기수 별로 사람이 바뀌기도 하고 몇 년씩 수강을 해서 동고동락을 하는 분들도 있다. 그래서인지 많은 사람의 행동거지를 알 수 있다. 좋은 인상과 좋은 품행으로 모두에게 신망을 받고 생활하는 사람도 있고 처음의 느낌과는 전혀 다른 면을 보여 실망을 안겨 주는 분 또한 있다.

서두에 밝힌 고상한 취미를 가진 분이야말로 반전의 실망을 안긴 사람이다. 꽃을 사랑하여 늘 향기로운 생활을 할 것 같았는데 입에서 나오는 말은 전혀 아니란다. 공개적인 발표와는 다르게 사적인 자리에서는 차마 입에 담지 못할 정도로 거친 말을 한다고 들었다. 물론 나야 직접 들은 바가 아니지만 소식통에 의하면 실로 가관이다. 쌍시옷은 기본이고 남을 험담하는데도 타의 추종을 불허할 만큼 거칠어서 주변 사람들이 혀를 내두른다는 것이다.

사람은 겪어봐야 안다고 사적인 만남이 없어 잘 몰랐던 사실이다. 하긴 꽃에 대한 진실이 그런 것이다. 향기가 좋은 꽃은 전체 꽃 중에서 10%밖에 안 된다고 하니 말이다.

우리가 흔히 모든 꽃에서 좋은 향기가 나는 것으로 알고 꽃을 보면 코부터 들이미는데 꽃의 진실은 그것이 아니다. 거의 대부분의 꽃들은 냄새가 없거나 역하고 나머지 10%의 꽃만이 향기를 지닌다고 한다. 하지만 우리는 그 10%의 향기에 취해서 대부분의 꽃을 미화하고 사는 것처럼 외모가 아름답다고 해서 내면 또한 그럴 것이라고 생각한다. 마땅히 그래줬으면 하는 바람까지 덧붙여서 말이다.

하지만 겉 좋고 속 또한 좋기가 쉽지 않은가 보다. 꽃을 좋아한다고 꽃처럼 사는 것이 아니라는 실망이 쉽게 가시지 않았다.

그러고 보니 지인 중에 유독 강아지를 좋아하는 사람이 있다. 그 사람도 동물을 사랑하여 생명 존중 사상이 투철한 사람이라고 생각을 했는데 그렇지가 않았다. 개는 좋아하는데 고양이는 병적으로 싫어하는 것을 보고는 아연실색했다. 그래서 속으로 '개 같은 경우구먼!' 이라고 생각했다. 단지 취향은 취향일 뿐이었다. 취향이 인격이 아닌 것이다.

나 또한 그러한 면에서 자유롭지 못하다. 스피치를 강의하는 사람이 말을 실수하거나 행동이 따르지 못해서 말뿐이라는 말을 듣게 될 소지가 충분한 것이다.

나는 아직도 미천하여 남을 보고 나를 성찰하는 수준 밖에 안 된다. 스스로 각성하는 단계에 이르지 못해서 남을 보고는 '아차! 나는 어떻지?'라고 돌아보게 되니 말이다. 그래서 아직 멀었다.

수행이 삶으로 대체되려면 아직도 가야 할 길이 멀다. 취향이 인격이 아닌 것처럼 내 삶도 언행일치되지 않는다면 가관 일 것이다.

19

사랑은 얼마나 위험한 일인가

궁극의 사랑은 자기 해체에 있다. 자기라는 인식을 무로 전환하는 아찔한 경험을 말한다. 둘이 하나가 된다는 것은, 나의 반쪽과 상대의 반쪽 결합이 아니다. 온전한 나의 전부를 내주는 일이다. 그래서 겁이 나고 무섭다. 많이 두렵다. 내 실존을 무시하는 나 자신의 용기가 두려워서다.

사랑은 받는 것이 아니라 주는 행위이기 때문이다. 어디서부터 얼마를 주느냐가 아니다. 오로지 내가 가진 모든 것을 주는 것이 사랑이기에 그렇다. 그래서 일부가 아닌 전부, 의식과 육신 그리고 육신으로 할 수 있는 봉사와 희생까지도 당연히 포함하는 것이다.

우리는 자존감으로 삶을 긍정한다. 오감으로 살아 있다는 느낌이 얼마나 소중한가를 익히 알고 있고 그러한 시스템으로 살아가는 것이다

그런데 사랑하는 일은 얼마나 위험한 일인가, 내가 가진 모든 의식과 영혼마저도 주어야 한다는 강박과 신념만이 사랑을 획득하니 말

이다. 이는 엄청난 모험이다. 결론을 알 수도 없는, 온전히 상대에게 모든 걸 맡겨야 하는 운명의 순간인 것이다. 사랑은 그런 모순과 엉터리 같은 일을 요구하는 것이다. 아니 그렇게 요구한다고 믿는 것이다. 그래서 무모해지는 일이다.

사람은 인정욕구가 있다. 내가 인정받는다는 것은 살아 있다는 기쁨을 제공한다. 그러므로 자신의 실체를 느끼며 존재하는 것이다. 그런데 한순간 절대적인 힘, 그러니까 그것을 사랑이라는 숭고한 단어로 명명해서 우리는 삶의 과정을 미화하는 것이다.

인류의 영원한 주제, 생명체의 절대 진리이자 명제인 생존이라는 주제와 번식이라는 부제를 가장 미화시킨 사랑이라는 것을, 인간은 자기 해체를 통해서 이루는 것이다. 완전한 사랑은 완전한 희생이다. 그것은 둘이 다 부서져 새롭게 탄생하는 일이다.

그러므로 새로운 생명을 잉태하게 만드는 것이다. 이는 실로 거대한 신의 작업이며 자연의 섭리를 따르는 일이다. 내가 없어지고 상대가 없어지므로 하나가 되어 다시 분화되는 과정이야말로 인간의 생존 본능과 번식이라는 구체적 행위로 이루어지는 것이다.

인간은 물리적 위험을 알고 있다. 절벽이 까마득한 벼랑길을 걸으면 두렵고 무섭다는 것을 안다. 맹수를 만나서 도망갈 것인지 싸워야 할 것인지를 오래전 유전 인식으로 터득하며 유구한 역사로 이어져 온 진화한 인간은 단순한 존재가 아니다. 하지만 단순해진 행위가 바로 사랑인 것이다. 절벽보다 무섭고 맹수보다 두렵지만 무한 끌림으로 사랑은 거부되지 않는다.

사랑은 인위적으로 보이는 절대 인위적이 아닌 자연현상이고 그 본질에 입각한 행위다. 주는 것으로 전제된 나의 모든 것을 바치는 일이다. 남아 있는 것이 아무것도 없어야 한다. 하물며 의식마저도 준다는, 그런 의식마저도 사랑의 행위에 위배되는 것이다. 그래서 무아를 경험하게 된다. 하지만 그러한 일련의 행위가 너무 위험하고 위험해서 가끔은 사랑을 하는 시간 사이로 자기 존재를 확인하게 된다. 그런 경우 서로 싸움을 하게 되는 것이다. 각자의 존재로 느끼고 싶어서, 자기 실체를 확인하고자 동의할 수 없는 어떤 표현들이 난무하는 것이다. 하지만 그러한 것이 정이라는 인연으로 만들어지지 못하면 이별이라는 남남의 길을 가는 것이다.

하지만 사랑이라는 행위의 틈새에 끼어든 자기 존재감의 구체성이 정이라는 싸움의 흔적으로 남아서 길들여지면 오랜 세월같이 살게 된다. 그렇지 못해서 사랑이라는 날카로운 빛으로만 존재감을 알고자 한다면 서로 다른 길을 가야 할 것이다.

빛은 섬세하다. 그리고 밝음이다. 어둠이 깊어야 한다. 그 어둠에서 빠져나오지 못해야 하는데 그 깊은 절망과 위험한 사랑을 긴 시간 버틸 재간은 누구도 없다. 그래서 사랑은 정이라는 윤기로 남아야 한다. 오래 길들여서 반들거리는 윤기로 남아야 한다.

훗날 사랑만이 남았다면 이미 한 사람은 떠난 추억으로 그 사랑을 지키고 있는 외로운 사람일 것이다. 사랑은 긴 시간을 향유하지 못하는 속성이 있다. 긴 시간 자신을 온전히 희생하는 합일에 전념하기가 어려운 것이다.

그래서 부부는 긴 여정을 길들여진 정으로 살아가는 것이다. 어쨌거나 사랑은 위험한 일이다. 서로가 서로에게 부서져 자존이 없어져야 하는 주검과도 같은 시간을 건너야 하기 때문이다. 이는 실로 엄청난 자기 해체의 두려움을 동반하는 일이다. 하지만 사랑하라. 그래야 생존과 번식이라는 주제와 부제를 수행하고 이 세상에 존재의 증명을 남기는 것이다.

20
제일 늦게 자리뜨기

연말연시는 회식자리가 잦다. 통보를 받으면 여러 가지 생각 중에 이런 생각이 가장 먼저 든다. 불러도 안 가면 다신 안 불러준다는데 하는 것이다. 그래서 거절하는 것도 쉽지만은 않다. 그러다 보니 채비를 하고 나가야 하는데 연말연시라는 것이 겨울 중에도 한복판이라 추위가 기승을 부리는 날이 허다하다. 따라서 갖춰야 하는 옷매무새가 한둘이 아니다. 내 경우는 주섬주섬 챙기다 보면 한 아름이나 된다. 우선은 장갑과 모자 그리고 안경과 목도리 스마트폰 그리고 때에 따라서는 돋보기도 챙기고 나면 한 짐이다.

더구나 자가용을 이용하지 않는 뚜벅이라서 버스를 타거나 전철을 이용하게 되면 차 안의 온도와 바깥의 기온차가 심해서 다시 하나 둘 벗어던지고 나야 잠시라도 적응이 되는 것이다. 그렇지 않고 입은 채로 이동을 하면 감기 걸리기 십상이다. 몸이 기온에 따라 적응을 해주면 좋으련만 이제는 옷으로 체온을 맞춰야 하는 나이가 되었으니 말이다.

이것도 나이 듦에 있어 고려 사항이다. 젊은이들은 새겨들어야 할 것이다. 왜냐하면 나이가 들면 예전만큼 몸이 빠른 적응을 못해 주는 것이다. 몸에 수분이 적어지고 호르몬이 원활하게 화학반응을 하지 못하기 때문에 수선을 피우는 것이다. 결코 성질이 까칠해져서 옷을 벗고 입고 유난을 떠는 것이 아니다.

어찌어찌해서 약속 장소에 나타나면 다시 한숨부터 나오는 곳이 있다. 바로 좌식 장소다. 방바닥에 방석 깔고 앉는 곳 말이다. 다리를 구부리고 앉는 양반자세. 다리를 꼬고 앉아서 장시간 있다 보면 혈액이 잘 안통하고 발이 저려서 여간 불편한 것이 아니다. 그리고 앉을 때 소리가 끙! 하고, 일어설 때도 끙! 하고 나도 모르게 신음소리가 나오는 것이다.

일부러 어른인 채 소리 내는 것이 아니다. 요즘 점잔 뺀다고 알아줄 사람도 없거니와 그러고 싶지도 않다. 그럼에도 소리는 자연스레 난다.

동료들끼리 있을 땐 서로 소리 내지 말자고 하면서 웃어넘긴다. 하지만 좌장인 경우나 모임에 윗사람일 경우에는 장시간 앉아 있기가 고난의 시간이다. 다리를 이리 꼬고 앉았다가 저리 폈다가 해도 역시 불편하다.

그래서 내가 주관하는 모임은 무조건 의자가 있는 곳을 정한다. 맛이 우선이라고는 해도 의자가 있는 곳이 좋다. 불편한 자세에서 맛있게 먹기는 쉽지 않다. 그래서 노인을 모시는 자리라면 의자가 있는 장소를 권하라. 그렇지 않고 방석에 앉는 곳이라면 등받이라도 있는 집이 그나마 낫다.

그리고 많이 아쉬운 점은 나이 들수록 미각을 담당하는 '미뢰'라는 것이 줄어든다는 사실이다. 그래서 미식가 중에는 나이 많은 사람이 없다는 말도 있다. 서글픈 일이다. 맛있는 음식이 영혼을 위로한다는 말이 무색해지는 대목이다. 음식으로 위로받지 못하는 영혼의 나이는 이제 앉는 자리라도 편해야 한다는 것이 내가 가진 평소의 지론이다.

그리고 나이 들면서 빠져나가는 것이 머리카락만은 아니다. 기억력도 사라진다. 그나마 가진 것도 챙기지 못해 어디 가면 물건을 자주 놓고 오는 것이다. 아주 값나가는 것을 잃어버리는 경우는 거의 없다. 값비싼 물건을 챙겨 다니는 노인은 그리 많지 않다.

브랜드나 메이커도 다 젊은이들 애착이지 나이 들면 육체의 병이 생겨서 그런지 유명 메이커 그리 중하게 여기지 않는다. 그래도 애지중지하는 물건을 잃어버리고 나면 자존심부터 상한다. "아니 내 정신 좀 봐, 이 머리를 어디 다 쓴다지," 하며 자괴감이 든다.

자주 잃어버리는 것이 우산이고 그다음은 장갑, 목도리 그런 순일 것이다. 나는 그래도 모자는 잃어버리지 않는다. 왜냐면 일단 밖으로 나가면 머리가 시원해서 바로 안다. 다른 사람은 머리카락이 있어서 모자에 별로 신경을 안 쓰겠지만 나는 예외다. 그 이유를 여기서 밝히라고 하는 사람은 매우 잔인한 사람이다.

저번에 스마트폰을 회식자리에 그냥 두고 온 것이다. 그런데 몇 분 후 지인 한 사람이 헐레벌떡 뛰어오더니 스마트폰을 내미는 것이다.

선생님 자리에서 이걸 놓고 가신 것 같다는 것이다. 그때야 나는 빈 주머니를 뒤적거리다가 내 스마트폰인 것을 알아차리고, 고맙기도 하고 민망하기도 한 표정으로 정중하게 인사를 챙겼다.

그 일이 있고 나서부터 나는 회식 자리에 가면 으레 가장 늦게 자리에서 일어나 나온다. 그리고 회식 자리를 한 바퀴 눈으로 스캔을 하고 혹시나 놓고 가는 물건이 있는지 우선은 내 자리부터 확인하고 다른 자리도 두루 살펴본다.

그래서 어느 때는 다른 사람의 스마트폰을 찾아주기도 했다. 이런 나의 작은 습관이 스스로 대견한 것은 서둘지 않아도 되는 나이에 걸맞은 일을 한다는 그런 기분이 들어서다. 빨리 나가서 집에 간들 몇 분차이다. 그러느니 차라리 늦더라도 내 물건도 간수하고 남의 물건도 챙기는 일이 좋은 것이다. 이번 연말에는 무얼 찾아 줄는지? 가장 늦게 자리뜨기는 역시 내 몫이다.

여기서 잠깐! 그렇다고 계산대를 가장 늦게 나오면 어른의 체면이 말이 아니다. 회식이 무르익어 더 이상 음식 주문이 나오지 않을 즈음에, 그러니까 모임 시간이 대충 3분의 2를 넘어섰다는 느낌이 들 때 슬며시 전화를 받는 척하거나 화장실을 가는 척하며 회식비를 계산하는 일이다. 어른은 자연스러워야 한다. 미리 하는 계산을 눈치 안채게 해야 한다. 그래서 "여기 계산은 저기 모자 쓰신 분이 하셨는데요."라는 말을 귓등으로 듣는 것은 매우 기분 좋은 일이다.

건망증은
치매가 아니다

2

1
고관절 주의 하라.

　머피의 법칙이라는 것이 있다. 순조롭지 않게 일어나는 일련의 불쾌한 사건들 말이다. '내가 선 줄이 꼭 더디게 줄어든다.'라든지 화장을 하지 않고 '민낯으로 나가면 아는 사람을 반드시 만난다.'라는 등의 상황이 누구에게나 일어나는 법이다.

　나 같은 경우는 신호등이 깜빡이면서 시간이 얼마 남지 않았다는 점멸등을 보고 뛰기 시작하면 그날은 건너는 신호마다 시간을 재촉받는 경우가 있다.

　며칠 전 눈이 많이 내렸다. 거리에 눈이 채 녹지 않았는데 날씨가 매섭게 추워서 길이 빙판이다. 뉴스를 통해서 나오는 낙상 사고가 남의 일처럼 느껴지지 않는 것은, 지난해 여름에 물놀이하다 넘어져서 다친 적이 있어서다.

　그래서 요즘은 신호등 교차로에서는 아무리 바빠도 뛰지 않는다. 나이 들면 시야가 밝지 않다. 자기 생각만 하고 주위를 잘 살피지 못하는 경우가 있다. 성숙한 노인이 아니라는 자책이 포함된 말이기는 하다. 나이가 들어 전성기를 지나면 육체의 능력은 감소한다. 시력뿐만이 아니라 마음처럼 몸의 여러 기능이 따라주지 못해서 자잘한 사고가 난다. 그리고 그러한 사고로 몸을 망친다. 망친 몸은 회복이 느리다는 게 또한 문제다.

젊어서처럼 깁스 한 번 하고 나면 더 튼튼한 뼈로 재생되는 것이 아니다. 이제는 낙상이 가장 무서운 사고다. 수족을 마음대로 쓰지 못하면 어지간히 손해다. 자기만 손해가 아니라 젊은 사람 고생시켜 가면서 짜증스러운 말을 들어야 한다. 그래서 조심하는 수밖에 없다. 최대한 자신의 몸은 자신이 잘 간수하는 습관을 가져야 한다. 그런 마음의 다짐이 여러 번 있고 나서 절대로 급하게 서둘지 말아야 할 조항을 몇 가지 마음에 새기게 되었다.

첫째가 신호등 교차로에서 뛰지 않는 것이다. 급하면 사고 난다. 서둘러서 좋을 것 없다. 성질도 급한 놈이 먼저 죽는다고 했으니 차라리 느려서 좋은 것을 더 많이 생각하자고 마음을 먹었다.

그리고 두 번째가 계단을 오르내릴 때는 계단에서 절대 눈을 떼지 않는 것이다. 시선을 먼 곳에 두고 계단을 내려가다 보면 꼭 마지막 한 계단을 놓치고 헛발을 짚는 경우가 있다. 아차, 싶어 몸의 중심을 잃고선 아찔했던 기억이 난다.

나뿐만이 아니라 실제로 내 친구의 부인이 마지막 계단을 바닥인 줄 알고 딛다가 넘어져서 병원 신세를 진 일이 있다. 계단에서는 눈을 떼지 않아야 하고 주머니에서 손을 빼고 걷는 것이 상책이다. 이러한 사소한 지킴이 몸을 방어한다. 이제는 몸이 예전만큼 유연하지 못하다. 그러니 잘 유지 보전하고 외부의 위험으로부터 잘 지켜내야 한다. '왜? 나는 소중하니까!' 어느 CF에서 하는 말처럼!

그리고 화장실에서 조심해야 한다. 바닥 타일이 미끄러울 때가 많다. 각종 세제로 인해서 바닥이 미끄럽거나 물이끼 때문에 많이 미끄럽다. 그래서 발을 조심스레 옮겨야 한다. 여담이지만 노인들이 화장실에서 사망하는 일이 많다고 들었다. 그래서 다반사로 넘어진 곳이 화장실이라니 나이 들어 화장실 사용은 매우 조심할 곳이다.

에스컬레이터도 마찬가지다. 계단이 오르고 내려가는 속도에 맞춰서 발을 옮겨 놓아야 하는데 미처 속도를 따라가지 못하거나 어설프게 오르면 기우뚱 넘어질 수 있다. 조심하고 손잡이를 잡는 것이 무엇보다 안전하다.

안전을 위협하는 일은 사소함을 간과할 때 갑자기 내리는 우박처럼 사람을 당황하게 하는 일이다. 그러니 주의 사항을 지키고 손잡이를 꼭 잡고 서서 에스컬레이터를 이용해야 할 것이다.

또한 이것은 위험하지는 않아도 창피한 일이 될 수 있기에 첨언을 하자면 엘리베이터를 이용할 때의 수칙에 관한 것이다. 엘리베이터 문만이 아니라 모든 문이 그렇지만 내리고 타는 것이 순서고 예의다.

그런데 마음이 급한 노인들은 내리기도 전에 문 앞에서 타려고 몸을 쓴다. 물론 노인들이 다 그렇지는 않다. 일부 노인이 그런 모습을 보인다. 서둘지 말고 내린 다음에 질서 정연하게 타면 되는 것을 문이 닫힐까 조바심이 나서 문 앞에 미리 버티고 서 있는 것이다. 그러면 내리는 사람에게 방해가 된다. 양쪽으로 비켜서 있다가 내린 다음에 타면 되는 일이다.

질서를 지키는 일은 기품을 느끼게 한다. 서두르고 조바심 내고 급하다는 것은 하수의 동작이다. 품격은 여유라 했다. 그러니 서두르지 말고 질서를 지켜가며 사는 것이 노인 건강과 품위에 좋다.

2
밥을 먹다가 자꾸 흘린다.

    할아버지는 처음부터 할아버지셨다. 내가 태어나면서 할아버지셨는데 난 그런 할아버지를 하늘로 보내드릴 때까지 변함없는 노년의 할아버지를 기억한다.

    할아버지께서는 식사를 하실 때면 자주 반주로 막걸리를 한 사발 들이켜셨는데 그 모습이 어찌나 위엄 있고 멋지게 보였는지 모른다. 막걸리가 살짝 묻은 수염을 손바닥으로 쓱 훔치는 모습은 여간 멋들어진 동작이 아니었다.

    그래서 나도 어른이 되면 수염을 길러보고 싶다는 심산이 컸으나 아내가 보기 흉하다고 질색을 하는 바람에 수염을 길러보지 못하고 지금껏 산다. 하지만 세월이 더 지나서 지공선사, 흔히 말하는 노인 반열에 올라서 지하철 공짜로 탑승하는 나이가 되면 수염을 길러 보련다. 할아버지처럼 멋진 수염을 길러보는 것이 작은 소망이다.

    하지만 할아버지 수염에 묻은 밥알은 감히 떼어드리지도 못하고 눈치를 봤던 기억이 난다. 지금 생각하면 너무 엄숙한 분위기의 가풍에서 자란 듯하다. 어쨌건 나도 이제 할아버지가 됐다. 손자 녀석이 태어났으니 빼도 박도 못하고 할아버지가 된 것이다. 기쁘기도 하지만 한편으론 세월의 무상함에 인정하고 싶지 않은 신분이 된 일이다. 하지만 몸은 안다. 마음이 아무리 부정을 해도 예전만 못한 몸의 상태를 말이다. 유연성과 근력이 떨어지고 감각이 둔해져서 청결과 세밀함에 있어 젊은 사람들의 시선에 자유롭지 못하다는 것을 말이다.

요즘은 밥을 먹다가 자꾸 흘린다. 아무리 신경을 쓴다고 해도 가끔 밥을 흘릴 때면 같이 식사하는 사람에게 면구하다. 그뿐만 아니라 칠칠치 못한 면을 보인 것 같아 자존감이 움츠러든다. 그간 살아오면서 어금니가 빠졌다. 고생을 하면 흔적을 남기는 것이 몸인가 보다. 젊어서는 마음이 고생을 하더니 중년에는 몸이 고생을 하며 살았다. 그 시절에 치아가 많이 상했다. 어금니가 툭하니 빠져서 서글프게 울었던 기억이 난다. 자취방에서 밥을 먹다가 툭하니 빠진 어금니를 보면서 서러워 한참을 울었다.

아직도 임플란트를 하지 못한 채 어금니가 아래위로 세 개나 없다. 그래서 한쪽으로 음식을 씹어야 하고 그러자니 자연히 음식물이 앞쪽으로 쏠려서 반찬을 입에 넣으려면 조금씩 흘리게 되는 것이다. 조심해서 음식을 씹어도 가끔은 흘리고 묻히고 한다. 그리고 입술 주위의 감각도 무뎌져서 살짝 묻은 밥알은 신경이 안 쓰이는 것이다. 아내나 가족은 손짓으로 알려주거나 슬며시 휴지를 건네기도 하고 떼어주기도 하지만 남들과 함께 하는 식사 자리는 조심스러워지는 것이다.

젊은 사람들에게 이해를 구하고 싶다. 늙어서 신경이 무디어지면 그렇게 된다. 여러분도 늙는다. 마냥 청춘일 수만은 없는 일이다. 그리고 나처럼 어금니가 없게 되면 음식물이 앞니 쪽으로 밀려 나와서 여간 조심을 하지 않으면 흘리게도 된다. 지저분한 것 좋아하는 사람이 어디 있겠는가. 별로 없다. 청결하고 싶지 않은 사람 또한 없을 것이다. 하지만 사람은 이렇게 추한 모습으로 서서히 늙어가는 것이다. 누구도 예외 없이 나이는 들고 나이 들면 운동신경과 감각신경이 둔해져서 느낌이 작은 것들을 놓치게 되는 것이다.

미래의 자화상을 흉보지 말기 바란다. 일부러 그러는 것 아니면 이해해 주었으면 한다. 조심하는데도 그렇게 되는 경우가 있으니 말이다. 생리적인 방어 능력이 떨어지게 되면 아무리 똑똑한 노인이라도 어쩔 수 없게 되는 일이다. 정신을 무색케 하는 일이 노화로 인한 것이라니 아연실색하게 되는 것이다.

같이 사는 사회에서 이해의 폭을 넓게 가지길 바란다. 젊은 사람들이여! 밥을 흘리는 노인의 마음은 눈물도 같이 흐른다는 것을 알라. 그러니 못 본 척 눈감아 주라.

3
오줌 줄기가 약하다.

오래전 일이다. 자세한 이야기를 지금 기억해 내기는 어렵지만 아마도 아버지께서 힘자랑을 하시면서 아직도 힘은 끄떡없다고 20대가 훌쩍 넘은 장성한 아들인 나한테 팔씨름을 하자고 요청하신 것이다. 그래서 나도 당연히 아버지의 완력에 팔씨름을 하면 지겠구나 하는 생각을 했다. 왜냐하면 그때까지만 해도 아버지는 힘든 일을 하고 계셨고 노동으로 다져진 건장한 몸을 지니셨기 때문이다. 체구가 그리 크진 않으셨지만 전설처럼 내려오는 힘자랑의 에피소드 몇 가지를 지니신 분이다. 우리 가족은 물론이고 가까운 친지들도 아버지의 힘은 익히 아는 바 사실이었다.

특히나 아버지의 팔씨름은 일파만파로 소문이 퍼져서 미군부대 흑인들까지 저희 집으로 와서 시합을 했다는 할머니의 말씀은 귀에 못이 박히도록 듣고 자랐던 일이다. 하여간 아버지와 팔씨름이 시작됐는데 순간 나는 아버지를 이겨야 하나 져 드려야 하나를 짧게나마 갈등했었다. 왜냐하면 백중세의 힘겨루기를 느꼈기 때문이다. 하지만 나는 간절히 이기고 싶었다. 아버지라는 이름의 높은 벽을 한순간에 넘고 싶었다. 그래서 온 힘을 썼다. 결과는 가까스로 내가 아버지를 이겼다.

그때 아버지께서는 허탈한 웃음소리로 민망함을 감추셨다. 의기소침해지신 그 웃음이 아직도 귀에서 이명처럼 아프게 들리곤 한다.

'세월에 장사 없다는 옛말이 틀리지 않았다.' 전설은 봄 햇살에 잔설처럼 스르르 녹아서 사라지는 것인가 보다. 아버지의 기세가 허무하게 무너지고 아들의 기세가 등등하게 교차하는 순간을 지났다. 그리고 그 시절의 아버지 연세를 넘어서 나는 지금 살아가고 있다.

그런데 그 시절의 아버지 힘만큼도 못 지녔을 뿐 아니라 힘으로 자랑할 수 있는 시대 또한 지났다. 그래서 힘이 아니라 지혜로 살아야 하는데 그렇지도 못하니 궁구할 뿐이다.

또한 아무리 지혜롭다 해도 나이 들어가는 늙음을 저지시키거나 미화할 어떠한 것도 갖지 못하는 안타까움 속에 세월은 흐르고 있다. 생리적인 무능력은 지혜로도 극복할 수는 없는 일이다.

어쩌다 공중 화장실을 사용하는 일이 생긴다. 그러면 많은 사람들이 횡으로 줄을 서서 소변을 보게 되는데, 개인적인 소변기의 칸막이가 없는 것이다. 소변기 전체가 오픈 상태로 지어진 건물이 아직도 많이 있다. 그러다 보니 옆 사람의 소변 줄기에 눈길이 간다. 신경이 쓰이는 것이다. 왜냐하면 나이가 들면 소변 줄기가 절로 약해지기 때문이다. 그래서인지 약한 소변 줄기가 힘없이 나온다. 소변을 시원하게 배설하지 못하는 것이다. 대부분의 노인은 전립선 비대로 인해서 소변이 힘없이 나온다. 안타까운 장면이 아닐 수 없다.

남성의 힘과 건강의 상징인 소변 줄기가 자존심을 구기는 순간이다. 개인 칸막이 없이 노출되어 소변을 보는 일은 상대적으로 주눅이 든다.

아마도 나이 든 남자들은 그 심정을 공감할 것이다. 자신만만하게 큰 소리는 칠 수 있어도 자신만만하게 소변을 내깔기지는 못하는 것이다. 그래서 이런 유머가 나돈다. 할머니하고 할아버지가 소변 멀리 보내기 시합을 하면 누가 이길까요? 그러면 단연 할아버지가 이길 거라고 생각해서 "좋아요. 합시다!"라고 호언을 하면, 할머니가 이렇게 말한단다. "단, 거기에 손대지 않고 하기!" 이렇게 말하면 고개를 숙이는 게 할아버지란다. 그만큼 소변 줄기가 약하다는 말이다. 소변 줄기가 약하다 보니 소변보는 시간도 길어지고 뒤에서 기다리는 사람 때문에 심리적 위축감으로 잔뇨가 있는 상태로 마감하는 경우도 생긴다.

그리고 전립선 비대증으로 인해서 항상 뇨감이 느껴지는 것이다. 사실 어떤 때는 심하게 웃거나 몸을 순간적으로 이동할 때 실뇨를 하는 경우도 생긴다. 그러면 여간 찜찜한 게 아니다. 기분이 몹시 언짢아진다. 그래서 어쩔 수 없는 자괴감이 든다. 생리적인 본능을 제어하지 못한다는 자괴와 당당하던 자신감이 풍선에서 바람 빠지듯 하는 것이다. 그래서 종일 그 찜찜함을 감추고 지내야 한다. 요실금이 되어 개운치 않은 몸 상태는 마음을 몹시 위축시킨다.

그래서 사람마다 다르긴 하겠지만 괜한 성질을 내는 노인도 더러 있다. 그냥 자신에게 화가 나는 것을 남으로 향하는 것이다. 자신의 불유쾌함을 남을 향해 퍼붓는 것이다. 일종의 분노고 화다. 그런 노인들은 조급증과 까칠함이 도드라져 있는 것이다.

반면에 자괴감으로 주눅 든 노인들은 수동적 성향을 나타낸다. 능동적이거나 적극적으로 자신을 표현하지 못한다. 그래서 빨리 사회적 공간에서 벗어나서 홀로 있는 공간으로 피신하고 싶어 하는 것이다. 운신의 폭을 줄이는 것이다. 대다수 많은 노인들이 이러한 후자를 선택하고 산다. 그래서 밖에 나와 보면 할머니는 많아도 할아버지는 그 수가 확연히 없는 것을 알 수 있다. 물론 그런 일면도 있다는 뜻이지 모두가 그렇다는 것은 아니니 오해하지 말길 바란다.

생리작용의 조절 능력이 떨어지는 것을 인격과 동일시하거나 지혜롭지 못한 처사로 여기지 말아야 한다. 나도 이 부분에서 자유롭지 못하다는 고백을 한다. 요실금으로 자신감이 떨어질 때가 더러 있다. 하지만 이러한 요실금이 죄를 짓는 일도 아니다. 다만 불편하고 그래서 당당함을 갖지 못하는 요인이 되기는 한다. 이것은 지혜로 해결할 일이 아니다. 사회공공 시설에는 개인 소변 칸막이를 의무화해서 사적인 공간을 마련해주는 것이 노인을 위한 사회복지가 된다는 것을 인식하기 바란다.

실무 책임자도 늙는다. 공간 활용만 목적하지 말고 인간답게 살 권리의 공간도 마련해주면 좋겠다. 먹는 일보다 더 건강하게 만드는 일은 배설하는 일이다. 안전하고 안심하고 소변을 볼 수 있는 개인 공간 마련이 필요하다. 늙어서 인간답게 사는 일은 자존감을 잃지 않는 것이다. 그러한 일에 사회적 공감이 필요하다. 그래서 이 글을 창피함에도 불구하고 쓴다. 소변 줄기는 가늘어진다. 당연한 일인데 의기소침하지 않게 공용화장실마다 개인 소변 칸막이를 설치하라.

4

다리를 절룩이다.

　1년 중에 상달이 10월이라고 한다. 곡식이 무르익고 과일이 달고 탐스러우며 풍요와 결실의 달이기에 그럴 것이다. 더위도 가시고 추위도 오지 않아서 활동하기에 좋은 계절이다. 독서의 계절이라는 세간의 말도 있기는 하나 정작 출판사에서는 책을 내기에 망설여진다고도 한다. 앉아서 책 읽기도 좋은 계절이지만 밖으로 나가서 풍경을 즐기는 사람이 더 많기 때문이란다.

　나는 이 달 10월에 작은 프로젝트가 잡혔다. 그래서 정신 수양 차 집사람과 별거라는, 같은 집 다른 방을 사용하기로 선언했다. 각방을 사용하기로 한 것이다. 프로젝트가 끝나는 시점까지, 책을 읽고 정리하는 나만의 시간을 확보하기 위한 방책이다. 그래서 늦게까지 책을 보거나 늦게 일어나도 눈치 보지 않아서 좋다.

　그런 날들이 하루 이틀 이어지는데 오른쪽 정강이 바깥 부분이 저린 듯하다. 그래서 대수롭지 않게 여겼는데 자꾸 신경이 쓰이고 걷는데 불편함이 생기는 것이다. 원인은 알 수 없고 답답했지만 웬만

해선 잘 참는 성격이고 일종의 노화현상인가 하면서 버티기 작전에 돌입했다.

그렇게 며칠이 지났는데도 나을 기미가 보이지 않는다. 그래서 한편으로 은근히 걱정이 되는 것이다. 이렇게 절룩거리며 남은 생을 살아야 하나? 라는 생각이 미치자 일단은 한의원을 가보기로 한 것이다. 원인이 무언지는 알고 싶은 것이다. 그래서 망설임 없이 눈에 봐둔 한의원을 찾았다. 의사선생님이 차분하게 증상을 묻더니 바로 누워서 오른발을 올려보라고 하시더니 척추에는 이상이 없는데 일단 물리치료부터 받아보자고 하신다. 그리고 자외선 치료와 온열치료를 하고 집으로 왔다. 치료를 받을 때는 뜨거운 찜질 때문인지 조금은 부드러워진 느낌이 있었는데 마찬가지로 다리가 불편했다.

그래서 곰곰 내 생활습관을 되짚어 봤다. 어디에서 출발한 나쁜 습관이 지금의 고통을 주는가 하는 생각을 하다가 잠자는 버릇에 머물렀다. 나는 오른쪽으로 잠들기 시작한다. 그런 수면 습관이 있다. 왼쪽으로 누우면 왠지 불편한 느낌 때문에 첫잠을 청하는 것은 매번 오른쪽이다. 그래서 그런지 두상도 오른쪽이 약간 납작하다. 아마도 어릴 때부터 오른쪽으로 누워서 잤던 모양이다. 하여간 오른쪽으로 누운 것과 연관이 있을 거라는 생각을 하고 그날 밤도 유심히 잠자리에 들었는데 잠자리가 냉골인 것이다. 바닥에 있는 요의 두께가 너무 얇아서 냉기가 올라오는 것이었는데, 요 며칠은 너무 늦게 잠자리에 드느라 피곤해서 바로 곯아떨어져 방바닥에서 올라오는 냉기를 몰랐던 것이다.

그랬다. 바로 이 얇은 요를 깔고 자서 냉기가 올라왔고, 오른쪽으로 자는 버릇 때문에 오른쪽 다리가 불편한 거였다. 만시지탄이지만 다행이었다. 그래서 바로 두꺼운 요를 깔고 잠을 청했더니 다음 날 아침에 다리가 전과 다르게 한결 부드러워진 것이다. '아하! 그랬었구나.' 내가 참 미련한 곰처럼 잘 참는다 했더니 이런 바보 같은 짓을 했구나, 라고 자책을 연거푸 했다.

거의 두 주일을 다리를 절면서 고생을 해왔던 것이다. 나름대로 고쳐보겠다고 체조도 하고 다리운동도 열심히 했는데 그 원인이 냉기였다니 기가 찰 노릇인 거였다.

산책길에 보면 운동을 할 수 있는 기구가 다양하게 설치되어 있다. 그래서 하루에도 두서너 번씩 그곳으로 가서 다리를 마사지하고 두들기고 했다. 그래도 아팠었는데 원인을 알고 나니 허탈하고 자책만 깊어진다.

우리가 흔히 추운 곳에서 자지 말라는 말을 한다. 추운 곳에서 자면 입이 돌아간다는 구안와사를 얘기하고 풍이 온다는 말도 심심찮게 하면서 살아왔는데 정작 내가 그 흔한 옛말조차 무시해서 이렇게 보름간 고생을 한 걸 생각하니 한심하게 느껴졌다.

하지만 이제라도 원인을 알았으니 독자께 간곡하니 전한다. 절대로 냉골에서 자지 마라. 입 돌아가기 전에 다리부터 절게 된다. 냉기가 올라오면 몸의 순환이 안 되는 것은 다 아는 상식이니까 나처럼 우매한 일을 저지르지 말기 바란다.

올겨울엔 난방을 제대로 하고 살았으면 좋겠는데 아직은 그럴 형편이 안 된다. 따뜻하게 난방을 하고 싶은데 경제적 현실이 못 따라준다. 무능한 가장으로서 온몸에 한기가 돈다. 어쩌랴 참아야지. 무능을 분노로 해결할 수 없다면 참는 수밖에 없는 일이다. 일단 올겨울은 나고 보자. 내년에는 좀 나아질 거라는 확신을 한다. 이 글이 따뜻한 방속에서 많이 읽히면 되는데 말이다. 수십만 명이 읽어준다면 아니 될 일도 아닌데.

5
눈이 침침하다.

겨울밤은 길고 깊다. 특히나 어릴 적에는 더욱 그랬다. 등잔불 아래 오순도순 모여서 군고구마를 먹고 화롯불에 군밤을 호호 불면서 먹었던 시절 할머니께서는 눈이 침침하다며 바늘귀를 꿰어 달라고 하셨다.

노화는 눈으로 시작되는지 모르겠다. 사람마다 차이는 있겠지만 눈은 나이와 무관하지 않고 아주 예민하다. 노인이 아프고 나면 눈이 흐릿해진다. 애들은 아프고 나면 눈이 또랑또랑 해지는 반면에 말이다.

눈이 보배라는 말이 있다. 청각 장애도 있고 벙어리 장애도 있지만 보지 못하는 것이야말로 가장 불편한 장애가 아닐까 싶다. 나름대로 장애가 있는 면면이 다 고통스럽기는 하겠지만 말이다. 노화의 시작은 시력이 떨어진다. 그래서 예전만 못한 시력 상태에 짜증이 나고 신경질을 부리는 사람이 있다. 그러한 생활이 습관이 되면 눈에 인상을 쓰게 되고 그렇게 인상을 쓰다 보면 눈가에 깊은 주름이 생겨서 인상이 좋지 않게 된다. 하지만 어쩌랴 노화를 피할 수는 없지 않은가. 그런데 시력이 떨어지면 마음도 흐려지는 것일까?

스피치를 강의하다 보면 유난히 지식이 충만한 분들이 있다. 그러면 여쭈어본다. "책을 많이 보시나 봐요?" 하면 "아니요. 이젠 책을 읽기가 수월치 않아요. 눈이 피곤하고 해서 예전만큼 책을 못 봐요."라고 하신다. 젊어서는 책을 많이 봤지만 이제는 그렇게 긴 시간 책을 볼 수 없다고 말씀하신다. 돋보기를 써도 눈이 금방 피로해진다는 것이다.

근래 들어 나도 자꾸 책을 멀리하게 되는 것이다. 책을 보다가 잠시 쉬면 앞이 뿌옇게 보이고 물체가 어른 거려 보인다. 그래서 한동안은 눈을 감고 있어야 조금 나아진다. 나이가 들어서 수정체 조절이 잘 안 되는 것이다. 회복 탄력성이 떨어지는 현상이다.

예로부터 몸이 천 냥이면 눈이 구백 냥이라고 했다. 눈의 소중함을 일컬어 하는 말이다. 그런데 노화로 원시가 되더니 이젠 독서를 하는데도 어려움이 있다. 눈이 쉽게 피로하고 때에 따라서는 약간 쑤시고 아프기도 하는 것이다. 서글픈 생각이 든다. "세월아! 보는 것도 이리 어려워지면 어떻게 살란 말이냐?"라고

얼마 전에 지인의 권유로 어느 포럼에 참석한 일이 있었다. 많은 사람들이 모였다. 입구에서부터 장사진을 이루어서 줄을 섰는데 참가자 명단이라는 것이 있고 이름과 전화번호를 기입하는 서류철이 있었다. 그래서 펜을 잡고 쓰려는데 참으로 안타까운 것은 기재하는 칸이 너무 작은 것이다. 이름과 전화번호를 적으려면 어느 정도 공

간의 크기가 있어야 하는데 정말 작은 글씨로 써야만 들어갈 정도의 칸으로 된 것이다.

실무진이야 젊은이니까 그 작은 칸에도 이름과 전화번호를 기재할 수 있겠지만 나이 들면 글씨를 작게 쓴다는 것이 여간 어려운 일이 아니다. 그리고 지금은 컴퓨터 자판을 더 많이 두드리기 때문에 손 글씨를 쓸 기회가 많지 않다. 그래서 서식의 작은 칸을 대하면 긴장감마저 드는 것이다. 기다리는 사람도 있고 해서 삐뚤빼뚤 적었다. 그러고 나서 보니 글씨도 형편없지만 글씨가 남의 칸을 침범하는 우도 범한 것이다. 다시 고쳐 쓰기도 뭐하고 해서 그냥 자리를 빠져나와 이동을 했지만 내내 마음이 편치 않은 것이다.

우리는 남을 배려한다고 자기 잣대로 선을 긋고 재단을 하며 사는 것은 아닌가. 많은 내빈 중에 나이 든 사람이 오면 어떻게 해야 하는가라는 질문을 해보면 어떨까. 아주 사소하고 작은 일이지만 나이와 세대를 아우르는 관점으로 일을 하는 것이 좋으련만 아쉽기도 했다.

내가 학교를 다니던 60년대에서 70년대에 면사무소나 우체국에 가면 민원서류나 우편봉투에 글씨를 적지 못하고 망설이는 나이 든 어른들이 꽤나 있었다. 문맹이신 거였다.

하지만 요즘은 그렇지 않다. 세계적으로도 문맹률이 가장 낮은 국가에 속하는 것이 우리나라다. 다만 눈이 침침하고 기입란이 너무 작기 때문에 젊은이들의 손길을 원하는 경우가 더러 있을 것이다.

나는 산책을 죽기 살기로 한다. 나를 다독이면서 살려면 이 방법만 한 게 없다. 그래서 불철주야 산책을 한다. 요즘처럼 추울 때 산책을 하고 오면 눈가의 주름에 눈물이 흘러내린 자국이 남아 있다. 겨울바람에 눈이 시려서 눈물이 흐른 모양이다. 슬퍼서 운 것이 아닌데 눈물 자국이 남은 것이다. 그래도 모르고 나돌아 다닌다. 눈물 자국이 난 것이 창피한 게 아니라 그렇게 눈물을 흘리고도 모르는 무딘 감각이 서글퍼진다.

노화는 사람을 기분 잡치게 하는 경우가 많다. 앞에서 오는 지인을 모른 척했다는 오해를 받기도 하니 말이다.

그러니 젊은이들이여! 나는 주구장창 외쳐 댄다. "인사는 먼저 본 사람이 하는 것이지 나이 어린 사람이 먼저 하는 것이 아니다."라고 그렇게 말해놓고는 내가 앞사람이 흐리게 보여서 그냥 지나쳤다고 '말 따로 사람 따로'라고 인정하지 않았으면 싶다.

나는 다른 것은 몰라도 인사 잘하는 사람으로 정평을 얻고 있다. 그러니 설령 눈뜨고도 그냥 지나가거든, "선생님! 저예요!"라고 얼굴을 들이 밀라. 그러면 큰 소리로 "아! 그래, 친구!"라며 격상시켜 주겠다.

눈이 보배인데 눈이 침침하니 보배를 조금씩 잃어 가는 것이 인생인가 보네그려.

6

보건소를 소풍가듯 하라.

지난주에 했던 강의 내용을 질문하는 경우가 있다. 내 딴에는 중요하다고 생각하는 핵심 키워드를 강조하기 위해 질문하는 것이다. 하지만 수강생 대부분이 기억을 하지 못한다.

독일의 심리학자 헤르만 에빙하우스 말대로 학습 후 10분이 지나면 망각이 시작되고 하루가 지나면 50%를 일주일이 지나면 70%를 잊어버린다고 한 말이 입증되는 순간이다. 그러니 잊어버리는 것이 당연하다.

하지만 중요한 것은 잊지 않으려고 마음속에서나마 반복해야 한다. 그러면 뇌에서 저장을 하게 되는 것이다. 일상적인 것들은 뇌에서 잊는다. 인간의 속성은 자극 없는 일상을 기억할 만큼 적극적으로 뇌가 활동하지 않는다. 다시 말해서 뇌도 편한 것을 원한다. 그래서 특별한 자극이 아니라면 굳이 기억하려 하지 않는 것이다. 그러면 뇌의 활성은 줄어들고 급기야는 치매라는 재앙을 맞이하게 될지도 모르는 일이다. 치매는 인간 최악의 상황이다. 나와 남을 구분 못하는 경계에서 여러 가지 형태의 모습으로 나타난다. 실로 안타까운 모습이다. 흔히 말하는 좋은 치매와 나쁜 치매라고 구분하는, 남을 피곤하게 하는 일련의 행위를 나쁜 치매라 하고 혼자서 즐겁게 사는 치매를 좋은 치매라고 통칭하지만 의학적 구분은 아니다.

하여간 자기 정신의 통제를 못한다는 측면으로 보면 예방이 최선이 아닐 수 없다.

각설하고 예방의 차원에서 가까운 지역 보건소에 가서 간단한 치매 검사를 받아보길 권하는 바이다. 나는 아니겠지 하고 방관하다가 실수를 하거나 실기하는 수가 있다.

시간은 선택적이지 않다. 시간은 평등하다. 그러니 '나는 괜찮겠지'라는 생각을 하지 말고 가서 점검을 받도록 하자. 그래서 정신이 건강하다는 판단을 받게 되면 삶이 좀 더 활기차고 자신감이 넘칠 것이다. 그렇지 않고 조금 노력하고 조심해야 한다면 자신을 돌보고 전문가의 조언을 따라서 행동하기를 바라는 것이다. 나로 인해 누군가가 힘들고 그래서 서로의 삶이 버거워진다면 그건 분명 좋은 일이 아니다.

노인은 차츰 관계에서 밀려나는 사회현상을 거부할 수 없다. 바람은 바람에 밀리고 사람은 당연히 사람에 밀리는 것이 자연의 이치이지만 억지로 밀리거나 스스로 회피한다면 섭리를 거스르는 일이다.

누가 봐도 자연스러운 세대교체가 이루어져야 한다. 그것이 젊은 사람에게 행복을 전수하는 것이다. 그러니 보건소 가는 것을 소풍 가듯 하라. 정기적으로 가서 의논하고 상담 받고 의기충천해서 오라.

그리고 간 김에 불소 양치 용액도 타 오시라.

우리나라 사람 열 명 중에 일곱 명이 치주 질환이나 치주염을 앓고 있다는 말을 들었다. 나이 들면 입 냄새에 신경 써야 한다. 소화 장애로 좋지 않은 냄새가 날 수도 있지만 구강염으로 냄새가 나는 경우도 있다.

그렇다고 남이 "당신 입에서 냄새나요!"라고 대놓고 말하는 사람은 거의 없다. 그러니 가끔은 손바닥을 오므려서 자기 코에 갖다 대고 훅! 하고 입김을 불어서 냄새를 확인하라.

참고로 보건소에서 주는 불소 양치용액은 무료로 주는 것이니 겁부터 먹지 않아도 된다.

그리고 일주일에 겨우 한 번 가글 하는 것이고 그 시간도 겨우 일 분간이다. 단, 불소로 양치를 했기에 약 30분간 물과 음식물을 섭취하지 않아야 한다. 이렇게 불소양치용액을 주 1회 이상 꾸준히 사용할 경우 충치 균 억제, 손상당한 치질의 회복과 강화에 도움을 주어 치아 우식증, 치주 병 예방과 시린 이 증상 완화에 탁월한 효과가 있다고 한다.

아래의 글은 네이버 지식 IN - 치매상담 콜센터님 답변 중에서 발췌했다. 참고하시길

○ 치매검사

보건소에서는 치매의 위험이 높은 만 60세 이상 어르신을 대상으로 치매 조기검진을 실시하고 있으며 소득기준(전국 가구 평균 소득 120% 이하)에 따라 검사 비용이 지원되니 거주하시는 지역의 보건소(치매안심센터로)로 문의하시면 됩니다.(보건소 치매안심센터)

치매선별검사용 간이정신상태(MMSE-DS) 검사 - 무료

○ 치매조기발견과 지속치료의 중요성

치매를 조기 발견하여 조기 치료할 경우 약물치료의 효과가 더 크고, 병이 나빠지는 속도를 늦추어 어르신과 가족의 부담도 크게 줄일 수 있으므로 치매 증상을 보일 때는 빨리 정확한 진단을 받는 것이 중요합니다.

◎ 집에서 간단히 치매를 검사하는 사이트와 몇 가지 유용한 정보가 있는 사이트입니다.

○ 국가 치매관리 업무 수행 : 중앙치매센터 www.nid.or.kr

○ 알짜 정보 내비게이션 : 중앙치매센터
   http://www.nid.or.kr/main/main.aspx

○ 치매 자가진단
   http://www.nid.or.kr/support/hi_list.aspx

○ 치매예방수칙 3.3.3
   http://www.nid.or.kr/notification/preventi

◎ 치매에 대해서는 중앙치매센터 홈페이지(http://www.nid.or.kr)
→ 정보 → 치매 대백과와 자료실의 문서, 영상, 프로그램 자료
등을 보시면 도움받으실 수 있습니다.

◎ 좀 더 자세한 상담을 원하신다면 보건복지부와 함께하는
치매상담 콜센터(1899-9988)로 전화 주십시오. 365일
24시간 상담이 가능합니다.

7

나이 들면 더 춥고 더 아프다.

어릴 적 안방은 외풍이 심했다. 흔히 위풍이라고 하는 냉기가 방 안 가득했었다. 그래서 자리끼로 떠 놓은 물 사발이 아침에 보면 꽝꽝 얼어 있던 기억도 난다. 문풍지 사이로 찬바람이 솔솔 들어오고 벽에는 하얀 성에가 끼어서 번들거렸다.

요즘 한파는 명함도 내밀지 못하는 강추위에 난방은 아궁이 불이 전부였다. 화롯불이 있기는 했어도 가까이 앉아서 불을 쬐면 불 머리를 한다고 하는, 머리가 띵해져 왔다.

그래서 늘 아랫목이 그리웠고 아랫목에다 이불을 깔고 이불 아래에 여럿이 발을 넣고 겨울 추위를 났었다.

어언 50년이 지난 일이니 아마도 젊은 사람들에게 이런 말을 하면 조선시대쯤의 얘기로 치부할지 모르나 윗세대가 겪은 일이다. 지난해는 유난히 겨울옷으로 롱패딩 이라는 것이 유행이었다. 평창 동계 올림픽 공식 지정 패딩이라는 명목 하에 팔린 패딩은 가히 신기록을 수립했다. 매장을 오픈하자마자 패딩을 사려는 사람들로 북새통을 이루었다. 매장 오픈을 기다리는 시간도 몇 시간씩이라니 유행 천국인 나라에 살고 있는 것이다.

특히나 우리나라 사람이 유행에 민감하다. 아마도 공동체 심리가 강해서 그럴 것이다. 하여튼 그 난리를 치고 패딩을 장만한 사람이 꽤나 많고 그 많은 사람 중에서 젊은이들이 압도적이다. 그런데 그렇게 어렵게 경쟁하듯 산 옷을 입고 다니는데 춥지도 않은지 앞 단추나 지퍼는 다 열고 다닌다. 날씨가 아무리 추워도 앞 지퍼를 열고 다니면서 속옷은 아주 얇은 것을 입는다. 요즘 유행하는 스타일로 입어서 그런가 보다.

하지만 보는 사람은 '저렇게 입으면 아무래도 춥지 않나?' 하는 생각이 든다. 그래도 대다수 학생이나 젊은 사람들은 앞 지퍼를 열어젖히고 다닌다. 더구나 여성인 경우는 짧은 치마나 스타킹 아니면 맨다리를 드러내고 겉에만 롱패딩을 걸치는 것이다. 춥지 않을까 염려하고 걱정하는 사람은 나이 든 노인뿐이다.

그들은 젊어서, 젊은 특권이라는 신체의 건강함으로 노출을 즐기는 것이다. 젊은 사람은 몸에 수분이 많고 근육도 많아서 열을 많이 저장하고 있다. 그래서 추위를 덜 탄다. 마찬가지로 더위도 덜 탄다. 어디에 부딪혀서 상처가 나도 빨리 아문다. 면역성이 강하기 때문이다. 문제는 나이 든 노인들이다. 나이가 들면 몸이 노화된다. 노화는 쇠퇴를 이름이다. 다시 말해서 기능이 쇠하여 약해진다는 것이다. 그래서 젊은이들보다 더 춥고 더 아프다. 작은 상처도 잘 덧나고 많이 아프다. 엄살이라고 생각하지 마라. 사실이 그런 것이다. 살갗 아래

수분이 부족하고 호르몬이 왕성하게 작용하지 않아서 더 아픈 것이다. 젊은이에 비해서 말이다. 그러니 부모님이나 어른들이 아프다. 춥다, 덥다고 말하면 진실로 믿어라, "아니 이런 날씨에 뭐가 춥다고 하세요." 그러지 말고 목에 목도리라도 싸매 드려라. 장갑도 챙겨 드리고 단추도 여며 드려야 한다. 늙어 보면 알지만 그때는 이미 후회하는 삶의 경험이 된다.

그리고 당부 하나 드리자면 나이 드신 분들은 젊어서 기준이 되었던 삶의 방식을 이제는 조금씩 바꿔야 한다. 이 정도면 괜찮겠지 하는 것들도 두세 번 점검하기 바란다.

날씨를 확인하라. 온도를 확인해서 옷을 꼼꼼히 챙겨 입어야 한다. 누가 어떻게 보는 것이 문제가 아니라 내가 나 자신한테 충실해야 한다. 패션이 중요한 것이 아니라 체온 유지가 아주 중요하다. 우리 몸은 체온 유지에 가장 많은 열량을 소모한다. 그러니 우선은 따뜻하게 입어야 한다.

마찬가지로 여름에는 시원한 옷차림이 좋다. 민망한 민소매 티만 아니면 될수록 시원한 패션으로 외출해야 한다. 남의 시선에 매여서 자기 생명을 옥죄는 일은 하지 말아야 한다. 그리고 살짝 다쳐도 무심히 넘기려 하지 말고 의사한테 가서 정확한 진단을 받아야 한다. 나름대로의 상식으로 대충 넘기려 하지 말고 약도 바르고 치료도 해야만 상처가 낫는다. 작은 상처가 큰 상처 되기는 아주 쉽다.

자식 걱정시킨다고 적당히 얼버무려서 땜질 하듯 하지 마라. 큰 병 되면 되레 큰 걱정을 만들어 주게 된다. 그러니 작은 상처나 추위에도 민감하게 대응해야 한다. 젊어서 하던 버릇대로 기준을 삼으면 큰일 치른다. 죽을 때까지 삶의 주인은 나다. 나를 홀대하지 마라. 나는 소중하다. 소중하니까 잘 대우해야 한다. 나를 잘 대우해야 남도 나를 잘 대한다.

나를 우습게 여겨서 춥게 만들고 아프게 만들면 남도 나를 개떡같이 안다. 그러면 인생이 개차반 된다. 서글픈 인생 만들지 않으려면 잘 대우해야 한다. 내 몸을 끔찍하게 아끼고 사랑하자.

8
골든타임을 놓치지 마라.

바보는 가르쳐 줘도 모르는 사람을 말한다. 흔히 낫 놓고 기역 자도 모른다는 옛말을 떠올릴 것이다. 하지만 요즘에는 주워줘도 모른다는 말로 회자되고 있다.

자각 증상의 중요성을 얘기하고자 에둘러 표현을 한 것이다. 사람이 살다 보면 별별 일이 다 있지만 그중에도 신체의 변화만큼 예민한 것도 없다. 하지만 그 예민함을 그냥 지나쳐서 아주 큰 불상사를 당하는 경우가 많기에 유념해야 한다. 큰 병도 자각 증세로 나타난다. 우리 몸은 작은 변화에도 신호를 보낸다. 하지만 대수롭지 않게 여겨서 또는 무지해서 큰 화를 입게 된다.

자연재해도 그렇다. 아주 작은 변화를 감지하지 못해서 커다란 재앙을 맞이하는 것이다. 남미의 어느 나라에서 나비 한 마리의 작은 날갯짓이 미국의 플로리다에 커다란 태풍으로 온다는 말이 있듯이 우리 몸의 작은 신호를 간과하면 평생을 불구로 지내게 되기도 한다. 우려가 현실로 오는 것이다. 우리 대부분의 의식은 변화에 당황한다.

당연한 일이다. 그래서 작고 사소한 느낌을 놓치고 화를 입는 것은 매우 안타까운 일이다.

심심찮게 듣게 되는 말이 누가 갑자기 중풍을 맞았다는 얘기다. 그래서 말을 더듬거리게 되었다는 것이나 갑자기 풍이 와서 다리를 절고 팔을 못 쓰게 되었다는 얘기 등이다. 그러한 얘기를 좀 더 자세하게 듣다 보면 자각 증상을 무시해서 그렇게 되었다는 것이 중론이다.

남의 얘기라 치부하고 자기 점검이 없어서 생기는 일들이다. 우리 몸은 정직하다. 아프기 전에 전조증상을 보인다. 그것이 순서이기 때문이다. 어느 날 갑자기 생기는 질환도 그 이전의 어떠한 신호를 무시했기 때문이다.

자연도 그렇고 인간도 그렇다. 이치가 그렇고 순리가 그런 것이다. 아무런 이유가 없이 이루어지는 것은 없다. 그것이 파괴나 절망의 어떤 좋지 않은 결과를 초래하는 것이라도 말이다. 그래서 남의 일을 자기 교훈으로 삼아야 한다. 그저 안타깝다고 혀를 끌끌 차고 말 일이 아니라 내게도 그런 자각 증상이 온다면 어떻게 할 것인가 나름대로 매뉴얼을 가져야 한다. 단계별로 우선순위를 마련하라는 것이다.

누구한테 어떠한 절차를 가지고 연락해야 하는가? 병원은 어디를 어떻게 가야 하는가? 하는 일상의 범위에서 필요한 제반 사항을 위급 시 대처할 수 있도록 해야 한다.

어느 보험설계사의 말이다. 고객 중에 친한 분이 있는데 자주 접촉사고를 내서 보험 상담을 의뢰한다는 것이다. 그래서 한 마디 했단다. "아니 요즘 딴 생각 하고 다녀? 왜 이렇게 자주 사고를 내고 야단이야! 혹시 늦바람 난 거 아냐?"라고 했단다. 고객이나 자기나 이제는 칠십을 넘긴 나이라서 허물없이 지내기에 농반 진반 으로 한 마디 한 것이라 한다.

그런데 그러한 일련의 행동들, 다시 말해 운동신경의 둔화로 잦은 사고를 냈던 것이 몸으로 오는 자각 증상이었던 것이다. 그런데 그러한 자각 증상을 간과해서 결국은 큰 병으로 입원하고 말았다고 한다.

남 말 하기는 쉽다. 문제는 자기에게 그러한 자각 증상이 왔을 때 알아차릴 수 있어야 한다. 특히나 건강에 자신을 갖고 있는 사람일수록 그런 몸의 신호를 무시하는 경우가 많다. 몸에 대해서 지나치게 과신하기 때문이다. 운동을 열심히 하기에 자잘한 몸의 증상쯤은 감기나 몸살 정도로 치부하고 대수롭지 않게 여기는 것이다. 그런데 결국은 그런 사람일수록 큰 화를 당하게 된다. 자만은 금물이다. 젊은 시절을 기준 삼아 지금의 몸을 과신하지 말아야 한다. 마음도 마찬가지지만 몸도 자만하게 되면 화를 입는다.

갑자기 말이 어눌하게 변하거나 걸음걸이가 부자연스럽게 발이 자꾸 끌리거나 평소에는 안 그랬는데 뭔가 몸이 말을 잘 안 듣거나 하면 일단 병원부터 가서 알려야 한다.

흔히 말하는 골든타임이라는 것이 있다. 사건 사고 현장의 늦장 대응이 큰 사고로 연결되는 것은 명약 관하 한 일이다. 정작 자기 문제는 강 건너 불구경 하듯 해서는 안 되는 것이다.

지인의 아는 분이 얼마 전에 실뇨를 하고는 창피해선지 그냥 몇 시간을 허비하고 나서 병원 신세를 지고 있다고 한다. 단순한 실뇨가 몸의 신호였지만 골든타임을 놓친 것이다. 그분은 에어로빅 강사로 그 연세에도 참 대단하다는 주변 사람들의 부러움을 샀던 것이다. 70세의 연세로 노인복지 회관에서 에어로빅 강사를 하시는 분이었는데 어느 날 저녁 집에서 자기도 모르게 오줌을 싸고 만 것이다. 그것도 바지를 입은 채로 말이다. 그래서 수치심과 허탈함을 뒤로 한 채 잠을 자고 나서 아침에 병원을 가려 하니 이미 몸이 말을 듣지 않는 것이다. 늦은 것이다. 몸은 말을 하지 않는다. 하지만 말 이상으로 어떠한 신호를 보낸다. 그 신호를 무시하면 이처럼 화를 입는 것이다. 몸의 신호를 섬세하고 예민하게 들어야 한다. 둔하고 무딘 감각은 큰 병을 초래한다. 주어줘도 모른다는 말을 듣지 말고 남의 안타까운 일을 자기 일처럼 여겨서 미연에 방지해야 한다.

그리고 나이 들어서 어차피 방문하는 증상이라면 골든타임을 놓치지 말고 대처해야 한다. 골든타임의 중요성을 인식하고 사는 것이 운동을 꾸준히 하는 것과 마찬가지로 매우 중요한 일이다. 나이 든 사람은 더욱 명심할 일이다.

9
즐겁게 매일 노래하라.

나이 들면 겉만 늙는 것이 아니다. 인간의 생명은 그 생명 안에 수없이 많은 다른 생명체로 이루어져 있다. 우리 몸 안에는 생명을 지닌 수 십 조개의 세포가 살아있어 더불어 사는 존재인 것이다. 그런데 노화는 그 세포의 원활한 대사가 이루어지지 않는 것이다. 그뿐만 아니라 수없이 많은 혈관이 좁아져 그 혈액의 흐름이 예전만 못하게 된다. 따라서 혈압이 상승하는 것이다. 나이 들어서 혈압이 정상치 범주에 들기 어려운 이유다. 기준치인 80에서 120보다는 수축기 혈압이 높게 나오는 것이 당연한데 많이들 예민하게 생각한다. 그래서 혈압 약을 먹고 유산소 운동을 하는 것이지만 우선은 몸의 변화를 아는 것이 좋다.

우리 몸은 순환 기능이 매우 중요하다. 앞서 말한 혈액의 흐름과 함께 산소 공급이 이루어지는데 호흡이 짧아지는 것이 보통이다. 어려서는 복식호흡이 자연스러웠는데 자꾸 호흡이 위로 올라가서 흉식호흡을 하고 더 심하면 견식 호흡으로 이어져 나중에는 목으로 숨을 쉬다가 결국엔 목숨이 끊어지고 마는 것이 사람의 일생이다.

그러니 호흡은 사람의 일생이다. 라고 감히 힘주어 말하곤 한다. 그래서 깊은 호흡이 좋다는 말을 하는 것이다. 잦고 낮은 호흡은 기가 약하게 된다. 기는 사람의 에너지 기준이 된다. 그것은 힘과 열정의 역할을 해서 살아가는 동력이 되는 것인데 노화는 호흡의 양이 줄어드는 과정인 것이다. 그래서 긴 호흡을 하는 노력을 해야 한다. 연습을 부단히 해서 깊은 호흡, 복식호흡을 해야 건강한 삶을 유지할 수 있는 것이다.

어릴 때는 배가 불룩 나오도록 깊은 호흡을 했는데 나이가 들어가면서는 호흡이 자꾸 위로 올라온다. 어쩔 수 없는 인체 현상이다. 죽음에 이르는 과정을 몸으로 보여주는 것이 바로 노화기 때문이다. 거부할 수는 없지만 그런 노화를 지연시킬 수는 있다. 바로 복식호흡을 유도하는 것인데 이는 아주 쉽다. 방법이 쉬우면 사람들은 자꾸 잊어버리거나 간과하게 되어 있다. 그리고 즐겁지 않으면 어떤 일도 반복하지 않으려 한다. 인간의 속성이다.

그래서 추천하는 것이 바로 노래다. 즐거운 노래를 불러라. 그러면 호흡이 길어지고 깊어진다. 가슴이 시원하게 뚫리는 것 같은 기분을 느낄 수 있을 것이다. 혈액의 흐름과 산소 공급을 원활하게 하는 매우 좋은 습관이 바로 노래 부르기다.

어쩌다 노래방에 가서 고래고래 소리 지르는 일도 좋지만 집안에서 즐겁게 한두 곡씩 매일 노래 부르는 습관을 가지면 좋다.

몸은 기분 좋은 소리에 반응한다. 구슬픈 노래로 감정을 다운 시키지 말고 밝고 즐거운 노래, 경쾌하고 신나는 노래를 불러라. 몸도 마음도 가벼워지고 깊은 호흡에 살맛이 날 것이다. 이런 연습이나 노력을 되풀이하다 보면 일상적인 습관이 되고 그런 생활습관으로 사는 사람은 행복하다. 그런 행복한 사람과 같이 사는 사람 또한 행복하게 되는 것이다.

나는 스피치 강의 시간에도 가끔 노래를 한다. 나만 하는 것이 아니라 합창을 유도한다. 합창을 하면 단합의 의미도 있고 서로 마음을 열게 하는 기능도 있다. 얼굴을 마주 보면서 웃으며 노래를 하는 것은 친밀감에도 도움이 될 뿐만 아니라 발성에도 매우 좋아 거의 매번 이런 합창을 한다. "좋아졌네, 좋아졌어, 몰라보게 좋아졌어, 이리 보아도 좋아졌고 저리 보아도 좋아졌어,"라고 노래를 부르다 보면 정말 행복해지고 깊은 호흡으로 마음이 안정된다.

사람 사는 건 마음먹기에 달렸다, 라고 흔히 말한다. 하지만 요즘엔 몸을 움직여 마음을 간수하는 일에 몰두하고 있다. 몸이 전만 못하니 늘 몸을 점검하여 마음을 두게 하는 것이다. 노화는 몸만 늙게 하지 마음까지 늙게 만드는 것이 아니라서 우선 몸을 성찰하는 것이다.

몸의 건강은 깊은 호흡이 중요하다. 그 깊이를 유지하려면 즐겁게 노래하는 습관이 중요하다. 그러니 "노래하라. 아무도 듣고 있지 않은 것처럼!"

10

밥을 먹었는가? 죽을 먹었는가?

못 먹어서 죽는 확률보다 많이 먹어서 죽을 확률이 높다는 것은 이제 정평이다. 하지만 어떻게 먹을 것인가? 하는 문제가 남아 있다. 무엇을 먹을 것인가는 먹거리가 넘쳐나서 개인의 건강과 취향에 맡길 수밖에 없다. 물론 경제적인 여유를 두고 하는 말이다. 값싼 먹거리를 선택할 수밖에 없다면 그 선택지는 좁아질 수밖에 없다.

하지만 먹거리가 넘쳐나는 것은 사실이다. 갖가지 퓨전으로 발전한 음식은 고유한 맛보다는 여러 가지 맛을 조율해서 판매가 되고 있고 많은 음식 정보가 흘러넘친다. TV 채널을 돌릴 때마다 먹는 방송 일명 '먹방'이라고 불리는 코너가 아주 다양하다. 그래서 여러 가지 취향으로 음식은 발전했다. 살려고 먹는 음식이 취향으로 가기까지 수많은 고난과 과학의 발전이 바탕이 되었음은 말할 나위도 없다. 하지만 어떠한 음식을 먹더라도 그 속도가 빨라서는 안 된다는 학설을 우리는 안다. 알지만 잘 지키지 못한다. 습관 때문이리라. 먼저 먹어야 하고 많이 먹어서 비축해야만 기아의 허덕임에 오래 참을 수 있다는 유전의 흔적이 남아 있어 빨리 먹고 많이 먹으려 한다. 지금이 원시시대가 아님에도 말이다.

그래서 많은 학자들이 말한다. 천천히 먹는 것이 건강에 좋다고 수없이 말을 해왔다. 그럼에도 빨리 먹는 습관을 고치기 쉽지 않다. 몰라서 못하는 것이 아니라서 더욱 안타까운 일이다. 요즘은 어떤 것도 쉽게 정보를 획득한다. 예전처럼 정보가 수직으로 하향하는 시대가 아니라 수평적으로 동시간대에 정보를 취득한다. 그래서 지위 고하를 막론하고 네가 알고 있는 것을 나도 안다고 할 수 있다. 천천히 먹는 것이 건강에 좋다는 것은 상식이다. 하지만 상식을 접하고도 실천하지 않으면 무용이다. 그래서 한두 번쯤은 시도했을 것이다. 천천히 음식을 씹어서 삼키는 것을 말이다. 그러다 어느 순간 자기도 모르게 예전 습관처럼 마구 씹어서 삼키고 말았을 것이다.

나는 알지 못하는 사람을 무식하다고 이른다. 그리고 알면서 실행하지 않는 사람을 몽매하다고 하고 한 번만 실행한 사람을 바보라고 부른다. 아는 것을 실행하고 그 실행을 지속하는 사람을 나는 존경한다. 반복하는 사람을 존경한다는 말이다. 반복하는 일은 어렵다. 더구나 단순한 일을 반복한다는 것은 수련의 과정이다. 밥을 먹는 것도 수행이라고 본다. 삶을 거부하는 거룩한 의식인 것이다. 그러한 일을 아무렇게 하거나 너무 안이하게 빨리 처리하는 것은 삶에 대한 숭고함이 없는 일이다. 그래서 천천히 먹길 바란다. 천천히 씹어서 먹다 보면 밥이 죽처럼 된다. 밥을 먹는 것이 아니라 밥을 먹되 먹기는 죽을 먹어야 한다는 말이다. 그래서 서두에 밥을 먹었는가? 죽을 먹었는가? 물었던 것이다. 밥으로 시작해서 먹기는 죽을 먹어야 함인데 이는 많이 씹으면 밥이 죽처럼 걸쭉하게 된다는 것을 이른다. 많이 씹으면 침이 많이 나와서 밥을 죽으로 만든다.

침에는 많은 소화효소가 들어 있어 건강을 증진시킨다. 침보다 좋은 보약은 없다. 밥을 먹으면서 물을 마시거나 아니면 국물을 들이켜거나 하는 일보다 많이 씹어서 침을 삼키는 것이 좋다. 무엇을 먹든 많이 씹어서 삼켜라. 별도로 콜라나 사이다 같은 탄산음료 우유나 커피를 곁들여서 먹지 않아도 된다. 많이 씹어 먹으면 침이 다 해결한다. 빵이나 과자를 먹을 때도 마찬가지다. 따로 음료수를 마시는 것보다 천천히 오래 씹어서 침과 함께 삼키는 것이 최고다. 따로 소화제를 먹을 필요가 없어진다. 천천히 음미하면서 음식을 먹는 일은 소중하다. 살려는 의지를 반영하기 때문이다. 서두르지 않음은 여유다. 삶에 여유는 멋스러운 일이다. 모든 음식을 죽으로 만들어 먹으면 소화도 잘 되고 여유도 생긴다. 무엇을 먹는가도 중요하지만 어떻게 먹느냐가 중요한 일이다. 저작운동이라는 씹는 동작을 음식 재료 하나하나 음미하면서 먹으면 침이 잘 나온다. 침은 훌륭한 소화제일 뿐만 아니라 최고의 보약임을 잊지 마라. 침은 천천히 오래 씹을 때 나온다. 밥을 먹었는가? 죽을 먹었는가? 이렇게 물으면 '처음엔 밥을 먹지만 죽을 먹었노라고 말하라.'

11

눈 운동만 하지 말고 몸 운동으로 살라.

나이 들면 운신의 폭이 좁아진다. 그래서 치매에 노출되기 쉬운 것이다. 행동반경을 넓혀서 뇌의 활성을 꾀해야 하는데 그리 쉽지 않기 때문이다. 일단은 몸이 쇠약해지면 편히 있고 싶다. 심리가 그렇고 육체가 그렇다. 하지만 그렇게 안주하고 살다 보면 안락사 한다. 심하지 않게 몸을 놀려야 한다. 움직이라는 것이다. 표현이 어떨지 모르나 사부작 사부작거리며 일거리나 놀 거리를 찾아다녀야 한다. 지치지 않고 미치지 않을 적당한 몸놀림은 뇌를 자극하게 되어 생활에 활력을 준다. 그러한 일은 도처에 있다.

우선은 주변을 청결하게 하는데 일조하기 바란다. 나도 좋고 너도 좋은 것이 청소다. 청소를 첫 번째로 꼽는 이유는 청결한 상태는 최적의 환경을 만드는 것이기 때문이다. 그리고 될 수만 있다면 생산적인 일을 하는 것이다. 쉽게 말해서 돈이 되는 일이면 더 할 나위 없이 좋다는 것인데 나이 들어 일자리 찾기가 수월치는 않을 것이다.

물론 젊은 사람처럼 역동적으로 일할 수 있는 여건이 아니기에 소소한 일거리를 찾아야 한다. 그리고 열정을 다해야 한다. 열정은 열만 있어서는 안 되는 것이다. 정이 합해져야 열을 다스린다. 나이 들어 열만 내다보면 잘못하여 쓰러진다. 과한 열은 취약한 노인성 고혈압을 상승시켜 큰 화를 당하게 된다. 그러니 열은 정으로 다스려야 한다. 열을 다스리는 정은 시간을 조율하고 사람을 끌어들인다. 좋은 사람은 좋은 기운이 있어 주변을 밝게 만든다. 이러한 역할을 나이 든 사람이 솔선해야 하는 것이다.

편하게 말하고 자주 웃고 게으르지 않으며 말을 삼가면 젊은이들이 가까이한다. 그럴 때 은근슬쩍 모르는 것을 물어보면 정보를 얻을 수도 있다. 나이 들면 아무래도 디지털 문화에 취약하다. 그래서 모르는 것이 생겨도 전전긍긍 물어볼 때가 마땅치 않은 것이다.

자식을 두어도 마찬가지다. 요즘 젊은이들은 아주 바쁘다. 많이 바쁜 것이 능력으로 평가되는 시대에 살아서 그런지 시간 있냐고 물으면 "왜 그러시냐고?" 성마르게 되묻는 것이다. 참으로 답답할 때가 이만저만이 아니다. 젊다는 것이 마치 무슨 기득권인 양 행세를 할 때가 있다. 디지털 문화를 많이 안다고 인생의 선배처럼 굴 때가 더러 있으니 말이다.

자기들이 손쉽게 하는 것을 우리 기성세대가 모른다고 우쭐하는 모양인데 사실은 우리가 바탕을 깔아놓은 세상에서 살고 있는 것을 망각하는 것이다. 기계를 잘 다루는 것을 세상을 잘 다루는 것처럼 착각하는 것은 어리석은 일이다. 젊다는 것은 가능성이지 완성이 아니기에 기고만장하지 말았으면 한다. 젊은이들은 이 글을 읽고 자숙

하고 어른들께서 묻는 그 어떤 것에도 겸손하게 알려 줄 것을 당부하는 바이다.

그리고 노년의 나이에도 늘 바라보고만 살지 않기를 부탁드린다. 하루 종일 TV를 켜놓고 산다. 보지도 않으면서 적적해서 켠다고들 한다. 집안에 들어오면 썰렁해서 TV부터 켠다고 하는데 그렇게 TV를 보는 시간에 생산적인 다른 일을 해보는 것도 나쁘지 않을 것이다. TV를 보는 것은 수동성이다. 생각 할 여유를 주지 않고 빼앗아 가는 것이다. 다 보여주는 데 무슨 생각할 겨를이 생기겠는가? 생각해보라. 무슨 생각의 여지가 있나 말이다. 다 알아서 보여 주는데 무슨 갈등이 있겠나. 사람은 갈등할 때 사고의 폭이 넓어진다. 선택의 기로에서 생각이 증폭되는 것이다.

그런데 TV는 생각의 말미를 주지 않고 알아서 선택해준다. 아무리 손가락에 마음이 있는 시대(리모컨으로 움직이는 시대)에 살기는 하지만 그래도 마음이 가슴에 있을 때 따뜻해지는 것이다. 머리는 이성적으로 냉철하고 가슴이 뜨거워서 삶이 열정으로 충만해야 한다. 그럼에도 소파에 누워서 뒹굴뒹굴하며 사는 일은 굼벵이에 다름없다. 그런 일로 소일하면 어느 날 고독사가 남의 일이 아니듯 자신도 죽음에 이르게 되는 것이다. 능동적으로 살아야 한다. 그것이 삶의 사명이다.

병원 환자 입원실의 심전도 그래프를 보라. 위아래로 심하게 요동치는 심박동이 있어야 건강한 것이다. 그런데 어느 날 심박동 그래프가 완만하게 그려지더니 나중에는 작은 소폭으로 등락을 거듭하다가 잠잠해지고 지이이익 소리가 끊기면 저승에 가는 것이다. 그러니 심전도 그래프가 파도처럼 춤추듯 신명 나게 활기차게 살아야 한다.

　잠잠해지다가 가지 말고 일정한 패턴으로 활동적인 그 무엇을 해야 하는 것이다. 꼭 일이 아니더라도 취미나 수집이나 소소한 그 어떤 것을 취해야 한다. 그렇지 않고 안방마님이 되어 TV나 하루 종일 틀어놓고 혼자 웃고 울다가 그만 잠들고 하다 보면 저승이 바로 코앞인 것이다. 자고로 움직이면 된다. 사람은 동물이다. 동물(動物)은 움직이는 물체란 뜻이다. 움직임 없이 눈 운동만 하다 보면 눈이 잠겨서 긴 꿈나라에 가게 되는 것이다. 어차피 갈 때 가더라도 활기차게 살다가 가는 것이 좋지 않겠나. 소파에 누워서 세월 보내지 말고 내가 TV 주인공처럼 살아보자. 눈 운동만 하지 말고 몸 운동으로 살라.

12
소식, 간편식 하라

욕심 내려놓기가 만만치 않다. 그중에도 식욕이 으뜸이다. 맛있는 음식을 먹는 것은 행복의 조건 중에도 가장 먼저 드는 것일 게다. 좋은 사람과 함께 하는 음식이야말로 행복의 정점을 이룬다. 그래서 먹는 양도 중요하게 생각된다.

많이 먹고 토해냈던 중세의 부유층은 음식을 많이 먹는 것이 신분을 과시하는 하나의 권력의 상징이었는지 모른다. 하지만 이제는 애써 고통스럽게 많은 양을 먹을 필요가 없다. 지나친 것이 안 좋다는 것은 거의 모든 사람이 안다. 더구나 나이가 들면 많은 양의 음식을 소화할 수 있는 기능이 안 된다. 그래서 미안한 얘기지만 소식을 권하는 것이다.

과식을 하면 전성기의 몸이 아니기에 신진대사가 잘 안 이뤄져 소화가 안 되는 것이다. 먹는 것에 욕심을 버리고 편식도 버려야 한다.

어른인데도 아직까지 콩을 골라내는 사람이 있다. 하물며 파도 못 먹는 사람이 있고 배추도 잎만 먹는 사람이 있다. 식사할 때 편식은 안 좋다. 우리 몸은 생명력이 있는 음식을 원한다. 그러므로 전체식이 좋다. 다시 말해서 어느 한 부위만 골라 먹는 것은 지양해야 한다. 전체 식을 해야만 음식을 제대로 섭취하는 것이다.

우리 몸은 다양한 기능과 함께 다양한 에너지원이기 때문에 식용인 먹거리는 가리지 않아야 건강해진다. 어린애처럼 입맛이 까탈 해서 이것 가리고 저것 가려서 먹는 습관은 바람직하지 않다.

음식에 대한 고마운 마음을 선행으로 소탈하게 먹자. 또한 간편식이 좋을 것 같다. 한 번에 여러 가지 음식을 먹는 것은 위에 부담을 줄뿐더러 음식 자체의 고유한 성분을 음미하는데 실패하게 된다. 흔히 말하는 뷔페는 다양한 음식이 즐비하다. 눈요기도 좋긴 하지만 보기만 해도 배가 부르는 것 같다.

이제는 주 메뉴에 몇 가지 찬으로 나오는 식사가 제격이다. 젊어서는 뷔페가 좋았다. 많은 양과 다양한 음식은 그 자체로 행복감을 느끼게 해준다. 하지만 나이 들어서는 소박한 음식에 간편한 식사가 부담이 없다. 나이 들어서는 간결함이 생활의 주를 이루어야 한다. 너저분하고 과한 것이나 복잡한 것은 피해야 한다. 아니 줄여서 없애야 한다.

생활습관이 성격이나 인생의 항로에 영향을 미친다. 그래서 먹는 것도 간소화하는 것이 바람직하다. 몸은 생각의 집이다. 생각의 집에 온갖 것을 모아두면 생각의 결이 아름답지 않게 된다.

정갈한 음식으로 간편하게 먹고 감사한 마음으로 살아가는 삶이 나이 들어서는 매력적이다. 너무 달거나 부드럽거나 자극적인 음식으로 몸을 혹사시키지 말고 담백하고 결이 느껴지는 음식으로 전체식을 하면서 소식을 하면 생각도 간결해진다.

고민이나 걱정이 있을 경우에는 더욱 간편식을 하라는 말을 하고 싶다. 생각도 복잡한데 먹는 것마저 이것저것 많이 먹으면 생각은 정리되지 않고 소화시키는데 온몸의 에너지가 소비되는 것이다.

사람의 마음은 여러 가지 형태로 보인다. 먹는 것만 봐도 심경을 읽어낼 수 있는 것이다. 한 가지 반찬에만 손이 가는 사람이 있다. 그런 사람은 자기중심적이다. 남을 배려하는 마음이 좁은 것이다. 자기 입맛에 맞는다고 독식하는 것은 생활 전반을 알아낼 수 있는 계기가 된다.

소리 없이 입을 다물고 오래 씹어서 삼키는 사람은 신중하다. 일을 맡겨도 손색없이 잘 해낼 수 있는 재량이다. 그렇지 못하고 입 주변에 반찬을 묻히고 쩝쩝거리면서 먹는 사람은 정서적으로 결핍된 사람일 것이다. 정돈되지 못한 여건으로 사는 사람처럼 느껴진다.

물론 이런 몇 가지 이유만으로 사람을 평가하거나 분석하는 것은 아니다. 그럴 요량도 없다. 다만 소식하고 편식하지 말고 과식하지 말라는 부탁이다. 의식주는 매우 중요한 생활의 방편이다. 특히 먹는 일은 죽음에 맞서는 의식이다. 그러므로 맛있게 먹어야 한다. 마지못해서 먹는 식으로 음식을 대하는 것은 한때의 생명체에 대한 불경이다. 우리는 살아가기 위해서 제물이 된 생명체에 빚을 지고 있는 것이다.

과도한 양이나 편식으로 그 생명체를 모욕하는 일은 없어야 한다.

그리고 편식으로 제외되는 생명체가 없도록 해야 한다. 사는 일이 숭고하기 위해서는 제물이 된 생명체를 욕되게 하지 말아야 한다. 결국 타생명체의 합으로 이루어진 우리 몸은 에너지를 얻기 위해 사는 동안 먹을 것이다. 음식을 소중하게 먹기 위해서 과식, 편식하지 말고 소식과 간편식을 권하는 것이다.

13

잠을 잘 자야 잘 사는 것이다.

나이 들면 건강에 관한 정보를 수시로 접하게 된다. 어떤 사람은 잘 먹어야 한다며 보양식이나 건강 보조식품에 혈안이 되어 있고 또 어떤 사람은 운동으로 몸을 건사해야 한다며 죽기 살기로 몸을 혹사하는 사람도 있다. 또 어떤 사람은 각종 영양제를 한줌 먹어야 직성이 풀리는 사람도 있다. 어느 것이든 건강에 무관심한 것보다는 나을 것이다. 분명 자신을 챙기는 사람은 무신경한 사람보다는 예민하게 몸 상태를 점검하기에 더 건강할 것이다.

몸은 에너지원이다. 그러하기에 에너지가 고갈되면 충전을 해야 마땅하다. 무한정 에너지를 발산할 수는 없다. 다시 말해서 충전하고 쓰고 하는 선순환의 구조로 이루어져 있다.

그래서 잘 사용하는 일만큼 잘 보충하는 것이 중요하다. 그런데 그러한 충전을 하는 것 중에 으뜸이 잠을 자는 것이다. 물론 휴식이라는 개념으로 몸을 편하게 놔두는 것도 일종의 보충이 될 것이다.

하지만 리셋의 상태를 만드는데 보통은 잠으로 원상회복을 하는 것이다. 나는 잠을 자는 일이 가장 쉽다고 여기며 살아왔는데 어느 순간 잠을 잘 자는 것이 수월치 않다는 것을 알게 되었다. 몸이 적당히 고단해야 잠이 잘 온다. 그렇지 않고 마음이 어수선하거나 몸이 너무 쾌활하면 잠이 안 온다. 하루를 잘 보내야 잠도 잘 온다는 것이다. 이유야 어떻든 잠은 나이 들어 큰 숙제다. 많은 생각과 번민으로 잠을 쫓아내는 경우도 있고 몸을 별로 다루지 않아서, 하루 종일 이완된 몸으로 또 다시 이완된 상태의 잠을 청할 때 숙면은 어려운 것이다.

그래서 몸을 각성시키는 어느 정도의 육체적 스트레스가 있어야 한다. 기상부터 하루가 적당히 피곤해야 잠이 달콤하게 든다. 그렇다고 너무 피곤해도 몸은 깊은 잠을 못 자고 설치게 된다. 그런 다음 날은 눈이 침침하다. 몸 상태는 눈으로부터 오는 듯하다. 사람마다 다를 것이나 나는 컨디션이 안 좋으면 눈이 침침하고 보이는 것이 시원치 않게 된다. 그러면 하루가 다 흐리게 보인다. 보이는 것이 흐리면 어떠한 일에도 욕망이 사라진다. 몸에서 아주 예민한 구석이 바로 눈이라 그런가 보다. 그래서 잠을 제대로 못 자면 하루를 망치기 딱 좋은 것이다. 잠이 중요하다. 하루를 상쾌한 기분으로 출발하느냐의 여부가 전날 밤의 잠에 달려 있기에 그렇다. 그래서 나는 잠을 아주 중요시 여긴다.

삼시 세끼 먹는 일보다 중요하게 생각하는 것이 바로 잠이다. 잠자리에 들면 우선 소음부터 신경이 쓰인다. 거실에서 들리는 TV소리를 단속하고 될 수 있으면 아주 깜깜한 상태의 잠자리를 만든다. 커튼

사이로 들어오는 바깥의 조명에 신경을 쓴다. 그래서 커튼을 촘촘히 하고 자리에 든다. 그러고 나서 잠깐 동안의 스트레칭을 한다. 나름 대로 몸을 이완시키는 동작을 하는 것이다. 다리도 펴고 팔과 손가락도 펴고 몸을 완전히 이완시키고는 심호흡을 몇 번 한다.

그리고 생각을 접는데 바로 이 순간이 관건이다. 생각을 접지 못해서 꼬리 물기를 하면 그 밤은 지새기에 손색이 없는 것이다. 생각에 생각은 이어지고 그러고 나면 새벽이 곁에 와 있는 것이다. 다음 날은 마취에서 깨어났지만 덜 깨서 멍한 상태와 같은 하루를 보내게 된다. 이는 참으로 고통스러운 일이다. 그래서 잠을 자는 것이 큰 과제다.

잘 자기는 잘 먹고 잘 놀기 못지않게 내게는 수행의 과정이다. 깊은 수면은 참으로 고맙고 달콤한 휴식이 된다. 그것은 하루를 잘 살아낸 결과물로 얻어지는 행복한 시간이다. 충전과 휴식은 활동의 기저가 된다. 어떠한 일도 에너지 없이는 불가능하기에 잠은 활동의 기본 에너지 저장고가 된다. 그래서 중요하다. 잠을 잘 자는 일은 잘 사는 일이다. 최소한 나는 그렇게 생각한다.

근래에 부러운 사람이 있다. 머리만 닿으면 자는 사람이다. 내가 보기엔 도를 통한 사람이라고 칭하고 싶다. 누우면 자리고 머리만 닿으면 잘 수 있는 마음의 평정심을 가진 사람이 어찌 도인 아니겠는가?

몸과 마음이 일치를 이루어 사는 것은 최상이다. 그것이 바로 행복이다. 마음 따로 몸 따로 살거나, 지금 이 순간의 의미를 부여하지 못하고 떠도는 영혼은 불쌍한 것이다. 그리하여 잠을 잘 시간에 영혼이 분주하다면 하루가 엉망이었거나 보람도 없이 낭비된 시간이었을 것이다. 자신을 성찰하여 몸이 고단하고 마음을 다 잡아서 간결하니 하루의 피로를 잠으로 보충하는 삶은 제대로 사는 일이다. 그렇지 못해서 잠에 부대끼고 잠이 고통스러운 시간이라면 그 하루는 허망한 것이다.

예측이 불가한 삶은 피곤이 가중된다. 예측이 가능하다는 것은 계획된 삶이고 계획하고 사는 사람은 우연보다는 필연적인 일을 하는 사람이므로 그다지 분주하지 않게 된다. 그러면 잠도 잘 오는 것이다. 그러니 예측이 가능하도록 계획된 하루를 살아야 한다.

계획은 목표가 있을 때 세워지는 것이다. 목표는 삶을 정리하고 살아가는 지표가 되며 잠을 잘 자게 만드는 특효약이다. 삶에 목표가 있는가? 자꾸 목표에서 멀어져 가는 하루를 살고 나면 잠이 버겁다. 그래서 잠으로 하루를 점검한다. 목표에 가깝게 살아가면 잠이 잘 온다. 눈이 침침하지 않은 아침을 맞이해야 한다. 비로소 잠을 잘 자는 사람이 행복한 사람이고 잘 사는 사람이다.

14
무리하지 않기

몸을 일으켜야 마음이 일어선다. 마음을 세웠다고 해도 몸이 누워 있으면 마음을 곧게 세우기 어렵다. 나이 들면 몸의 노화로 일컬어지는 제 현상을 고려해야 한다. 그래서 하루하루 무리하지 않게 사는 것이 무엇보다 중요하다. 일에 쫓기지 말아야 하고 일에 밀려나지 말아야 한다. 몸과 마음이 따로 놀지 않게 스스로를 점검하고 확인해야 하는 것이다. 느닷없이 혈당이 떨어져서 길에서 눕게 될 수도 있다. 젊은 시절의 몸처럼 자신의 체력을 과신하여 험한 등산을 하거나 운동을 하다가는 낭패를 당할 수도 있다. 갑자기 기력이 쇠진하여 남의 도움을 청해야 하는 일이 발생할 수 있기 때문이다. 그래서 대책을 강구해야 한다.

사소한 몇 가지의 지침을 나름대로 세워서 갑작스러운 사고에 유연하게 대처하는 것이 바람직한 것이다.

나 같은 경우는 초콜릿이나 사탕을 몇 개 가지고 다닌다. 그래서 혈당이 떨어질 때면 응급처치로 대용하는 것이다. 그리고 스마트폰의 배터리를 점검하고는 길을 떠나는 것이다. 장시간의 여행이나 등산에서는 비상 연락망이 아주 중요하다. 노인의 몸은 믿기 어렵다. 새로운 환경이나 낯선 경험에 몸이 적응을 하지 못하고 거부할 수도 있는 것이다. 그러다 보면 근육 경련을 일으키거나 심장이 부하를 못 이겨서 멈춰버리는 수도 있다.

노화는 퇴행의 과정이다. 급박한 상황이 생길 수 있다는 것이다. 그래서 자기 몸을 관심 있게 보고 체력을 비축하는 나름의 방법을 수행해야 한다. 사람마다 몸의 근간을 이루는 유전적 소인이나 환경, 운동량 그리고 컨디션 등이 다르기에 일정한 룰을 적용할 수는 없다. 하지만 과도하게 무리하지 않는 것을 원칙으로 자신의 몸을 다스려야 한다.

어떤 분은 무슨 일이 있어도 오후 4시에는 잠깐 수면을 취해야 한다고 한다. 그래야 나머지 저녁 시간과 밤 시간을 잘 보낼 수 있다는 것이다. 그렇게 말하는 분에게 모두 공감을 하는 바람에 기억에 남는다.

젊어서 같지 않게 하루 종일 노는 것도 힘들뿐더러 아무리 친하고 좋은 사람과도 점심 함께 하고 차 마시고 그렇게 놀다가도 오후 4시쯤 되면 몸이 노곤하니 지친다는 것이다. 그래서 아무리 예쁜 자식들이 와도 그 시간에는 집에 가라고 말한다는 것이다.

또 다른 분은 점심 식사 후에는 반드시 15분에서 30분은 자야 한다는 것이다. 그래야 상쾌하게 오후를 보낼 수 있지, 그렇지 못하면 생활의 리듬이 깨져서 머리가 띵하고 하루 종일 집중을 할 수 없다고 한다.

　그리고 자식들이 보내주는 효도여행이랍시고 외국으로 일정을 잡는 것을 이제는 피하고 싶다는 말씀도 하신다. 날씨 적응하기 어렵고 말도 안통하고 낯설어서 이제는 외국여행보다는 국내여행을 선호한다고 하신다. 국내는 어디를 가나 정겹고 사람 좋고 말 통하고 음식 맛있어서 좋다는 것이다. 무엇보다도 이제는 음식과 말이 통해야지 몸을 건사하기에 좋다는 것이다. 외국여행도 젊어서 좋지 마냥 좋은 것은 아니라는 것이다. 그야말로 일행과 뒤처지지 않으려고 노란 깃발만 쳐다보다가 오는 경우가 남의 일이 아니라는 것이다. 남에게 민폐를 끼치지 않고 사는 것을 염두에 두면 국내여행이 훨씬 좋다는 결론들을 내리는 것이다.

　또한 여자와는 달리 남자의 나이 듦은 여자들에게 짐이 되는 경우가 많은가 보다. 그래서 이러한 일화가 떠돈다.

　50십 대 남자는 아내가 집을 나갈 때 어디 가냐고 물어서는 안 된다고 한다. 그러면 맞는다고 한다. 60대의 남자는 아내가 나갈 때 같이 가자고 말하면 맞는다고 한다. 혼자 놀라는 것이다. 그리고 70대의 남자는 아내가 나갈 때 일찍 들어오라고 말하면 맞는다고 한다. 포기하고 있으라는 것이다. 80대의 남자는 집안에서 얼씬 거리지 말고 집을 나가서 보이지 말라고 한다. 90대의 남자는 아침에 눈을 뜨면 맞는다고 한다. 아직도 살아 있냐고 해서 말이다. 100세의 남자는 방에서 잔다고 맞는단다. 남들은 산에서 자는데 말이다.

　웃기지만 슬프다. 요즘 말로 웃프다. 현실이 그렇다. 남자들은 은퇴 후의 사회생활에 미숙하다. 새롭게 시작하는 인생 2 막을 준비할 시간도 없거니와 그러한 초보에 적응을 하지 못하는 것이다. 그래서 무리하게 남을 좇다 보면 몸을 망치게 된다. 몸을 망치는 일은 생을 짧게 마감하는 일이다. 오래 산다고 다 좋은 것이 아니지만 오래 살면서 건강하게 사는 것은 최상이다. 그러하기에 나름의 건강 수칙을 마련하여 지켜야 한다. 비상 간식이나 상비약을 지참하는 일도 빠짐없이 하라. 그리고 응급처치에 관한 것을 염두에 두고 살아야 한다. 대책은 위험을 방지한다. 미련한 사람은 사후대책에 바쁘다. 이미 늦은 경우다. 무리하지 않게 사는 것이 무엇보다 중요하다.

15
건망증은 치매가 아니다.

"큰일 날 뻔했어요. 단장님!" 다짜고짜 하는 말이다. "어제 제가 찌개 냄비를 올려놓고 잠깐 쉰다고 방에 들어가서 깜빡했지 뭐예요. 아마 낮잠이 살짝 들었나 봐요. 그런데 꿈인지 생신지 짭조름하니 매캐한 냄새가 나는 거예요. 그래서 어느 집에서 뭘 태우나 하고는, 참 한심한 사람도 다 있네. 라며 방에서 나오는데 그게 글쎄, 우리 집이 잖아요. 주방과 거실이 온통 뿌옇게 연기가 가득 차고, 불 날 뻔했어요!"라며 한탄스럽게 자조 섞인 푸념을 하는 것이다.

이런 말은 종종 듣는다. 나이 지긋한 분들을 대상으로 스피치 강의를 하는 날이면 듣는 얘깃거리다. 하기는 우리 어머니도 그런 일이 한두 번이 아니었다. 그래서 가슴을 쓸어내리시며 하시는 말씀이 새삼 기억난다. "나이 들면 죽어야지, 큰일 날 뻔했어!"

나이 든 다는 것은 여러 가지로 어려운 상황을 동반하게 된다. 그러한 일은 자신감을 결여시킬 뿐만 아니라 자존감을 하락시켜서 삶을 메마르게 한다. 그래서 이러한 일이 반복되지 않도록 미연에 방지하는 것이 최선이다.

젊은 사람들도 건망증은 있을 수 있다. 하지만 그 빈도수가 적다. 그러나 나이 들면 같은 실수를 반복한다는데 그 심각함이 있는 것이다. 그래서 아주 사소한 일이라도 확인 점검이 필요하다. 급기야 화재나 물난리를 경험하게 된다면 그 마음의 후유증은 엄청나게 큰 것이다.

어느 분은 수도꼭지를 틀어놓고 잠깐 다른 일을 보다가 물이 한강이 되었다고 실수담을 발표하기도 했다. 이 또한 있어서는 안 되는 일이 발생한 것이다. 그래서 당부 드린다. 제발 한 가지 일에 몰두해서 그 일을 깔끔하게 마무리하고 다음 일을 하는 것이 좋다고 중언부언하는 것이다. 한 번에 두 가지 일을 한다는 것은 다른 하나를 제대로 하지 못하게 되는 일이다. 사소한 일일수록 더 신경을 써야 한다. 사소한 일은 마무리가 중요하다. 마무리가 어정쩡한 사람은 인격에 흠이 있게 마련이다.

가령, 주방에서 일을 할 때는 그 앞을 떠나면 안 된다. 찌개를 끓이거나 채소를 삶는 일을 할 때에 시간이 많이 소요되더라도 그 자리에서 잠시 운동을 하거나 아니면 명상이나 기도를 하면서 조리하는 시간을 기다려야 한다. 뭐 괜찮겠지 하며 자리를 이동해서 다른 일을 하다 보면 조리하는 일을 잊어버리게 되고 그러면 사단이 나게 된다. 물론 사소한 건망증일 수 있다. 하지만 그러한 일로 자신을 책망하게 되고 '나이 들면 죽어야 한다.'는 쓸데없는 푸념까지 늘어놓다 보면 삶이 시들해지고 즐거움이 사라지게 되는 것이다. 결국 우울증이 시작되는 것이다.

사람은 에너지원이다. 말하는 내용이 듣는 내용이 된다. 실수한 내용을 말하는 사람이나 듣는 사람 모두 기운이 빠지는 일이다. 신나서 하는 즐거운 내용은 말하는 사람이 에너자이저가 된다. 말의 내용이 듣는 사람에게 힘을 주고 기쁨을 주는 것이다. 얼마나 신명 나는 일인가.

어떤 말을 하는 사람들과 사는가가 행복의 척도가 된다. 즐겁고 명랑한 얘기는 살맛나게 한다. 이번에도 실수해서 무엇을 깨뜨렸다거나 못쓰게 만들었다는 얘기는 스트레스로 작용하는 것이다. 물론 매번 잘 할 수는 없는 일이다. 하지만 조심해서 생활하면 가벼운 건망증은 얼마든지 예방이 가능한 일이다. 하는 일에 몰두하고 집중해서 그 일을 마무리하는 것이다. 그리고 다음 일을 하는 것이다. 한 번에 두세 가지 일을 벌이면 모두 잘하기 어려운 것이다. 방심은 금물이다. 나이 들면 사소한 실수도 자신을 괴롭히는 충분한 이유가 된다.

어른이라는 체면이 아프게 하기 때문이다. 수돗물을 틀어놓고 다른 일을 하지 말고 주방에서 불을 켜고 다른 일을 하지 말고 전기 작업을 하다가 다른 일을 하지 말고 컴퓨터 작업을 하면서 다른 일을 하지 말아야 한다.

위험을 방지하기도 하고 자기가 하는 일을 말끔하게 처리하는 것이 우선이기 때문이다.

다음 일은 다음에 하는 것이 맞다. 한꺼번에 많은 일을 한다는 것은 젊은 사람도 벅차다. 나이를 생각해서 한 번에 하나씩 제대로 하

자. 그러면 된다. 그까짓 건망증은 날려 버릴 수 있는 것이다. 한 번의 실수를 했다면 너그럽게 자신을 용서하고 미담으로 남기자. 하지만 반복된 실수로 가슴에 남는 상흔을 더 이상은 만들지 않도록 하자.

올라가기보다는
나아가기를

3

1
기지개 켜기

　사라져버린 인사말인지 모르겠다. 예전에는 "안녕히 주무셨어요?"라는 인사말이 예사로 통용되었는데 어느 순간 우리는 자고 일어나는 것에 무감해졌다. 어른들을 보면 그냥 "안녕하세요?"라는 말로 인사한다. 잠자리에 대한 안부 인사가 사라진 것이다.

　요즘은 동네 개념이 별로 없다. 사는 주소지에 불과하기 때문일 것이다. 하지만 내 어릴 적 동네의 의미는 마을 공동체의 성격을 띠어서 어르신들을 아침에 만나면 안녕히 주무셨냐고 꼬박 인사를 올렸었다. 그랬던 인사말이 사라져 버렸다. 자고 일어나는 것은 본인의 몫이지 그것을 서로 궁금해 하고 안부를 묻는 것은 사생활 침해라는 인식이 자리한 것인지 모르겠다. 아니면 이제는 자고 일어나는 일이 그리 중요한 것이 아니다, 라고 생각하는 것 같다. 하지만 사람이 일어나고 자는 것이 얼마나 중요한 일인가. 새삼스러울 것도 없이 살아 있음을 느끼고 시작하는 첫 단계이기 때문이다.

　잠자리에 들면서 온몸을 비틀고 손발을 쭉쭉, 기지개를 펴는 일은 누가 뭐래도 자연스러운 몸동작이다. 그렇게 기지개를 펴고 나면 온몸이 이완되면서 하루의 피곤이 말끔히 가셔져 깊은 잠을 자게 되는 것이다. 사람마다 잠드는 시간이야 모두 차이가 있겠지만 쭉쭉 기지개를 펴고 잠자리에 드는 것은 실로 행복한 모습니다. 그렇게 기지개를 폈던 습관이 어느 순간 사라져 버렸다. 마치 아침 인사로 안녕히 주무셨냐고 묻던 인사말이 사라진 것처럼 어른이 되면서 어느덧 사라진 것이다.

그러다 어느 지인이 기지개를 펴는 것은 손가락 끝까지 기를 여는 좋은 체조라고 말하는 바람에 언뜻 생각이 미친 것이다. 왜 요즘은 기지개를 펴고 자는 것이 없어졌을까? 아마도 이 글을 읽는 사람들 중에 어른들은 기지개를 잊어버리고 잠자리에 드는 사람이 제법 많을 것이다. 몸의 노곤함을 달래고 긴장을 이완시키는 기지개를 켜지 않고 잠자리에 드는 것이다. 바라건대 잠자리에 들면 손과 발을 쭉쭉 늘려주는 기지개를 펴는 것이 하루의 피곤한 몸을 이완시키는 좋은 동작이다. 어릴 때는 누가 시키지 않아도 몸을 이완시키는 기지개를 펴고 잠자리에 들었었다. 그러던 것이 어느 순간 기지개를 펴는 것이 사라졌는지 궁금해 하지 않고 사는 것이다.

이는 잊었던 친구를 다시 찾은 것처럼 내게는 기쁜 일이 아닐 수 없었다. 그래서 다시 시작했다. 기지개를 맘껏 펴는 것이다. 그리고 잠시 하루 동안 있었던 일을 스크린 한다. 이때는 너무 많이 생각을 집중하거나 반성과 각오의 성찰이 심화되면 잠을 이루기 어렵다. 그래서 간단하게 의미 부여와 좋은 생각으로 마무리를 하는 것이다.

마찬가지로 아침에 일어날 때도 기지개를 힘차게 켠다. 그냥 슬그머니 뱀이 허물을 벗듯이 이불을 빠져나와서 움직이는 것이 아니다. 워밍 업을 잠자리에서 하란 얘기다. 기지개를 펴고 몸을 조금씩 움직여서 근육을 긴장 이완시키고 잠자리를 빠져나오는 것이 하루 종일 사용할 몸에 대한 예의다. 그렇지 않고 슬쩍 빠져나와서 좀비처럼 어슬렁거리는 것은 몸에 대한 배려가 아니다.

우리는 몸이 현재다. 몸이 잠재된 의식을 안고 살아가는 주체다. 그러므로 몸을 잘 간수하고 돌봐야 한다. 몸이 마음을 배신하기는 쉽다. 몸은 아프고 귀찮으면 마음을 괴롭힌다. 그러므로 몸이 안녕한 것이 마음의 안녕을 도모하는 일이다. 몸을 한껏 이완시키고 관절의 굴신을 확인하는 과정을 거쳐서 이불을 나와야 한다. 그리고 한 마디 보태면 어떨까? "좋은 아침이다. 오늘도 행복한 하루를 시작하자!"라고 하면 그 말은 몸을 통해서 마음에 전달된다.

이렇듯 아침을 여는 것은 기지개를 켜는 것으로 하자. 분명 개운한 몸으로 하루를 시작하게 될 것이다. 찌뿌듯한 몸 상태로 하루를 시작하는 것은 개운하지 않다. 마치 이를 닦지 않고 말을 하는 것처럼 하루 종일 찜찜하게 될 것이다. 그러니 이제는 아침에 눈을 뜨고 마주치는 사람에게 "안녕히 주무셨어요?"라고 인사하라. 그리고 당신의 하루를 시작하고 마무리하는 기지개를 반드시 하라. 아직 하고 있지 않다면 오늘부터 당장 기지개부터 켜라. 손끝까지 기가 열리는 기지개는 마음도 열어놓을 것이다. 그 열린 손끝까지 건강과 기쁨이 가득 차도록 살자. 그리고 잊어진 기지개를 되찾는 것처럼 아침 인사도 "안녕히 주무셨어요?"라고 하자.

2
마른세수하기

자기 계발서 마다 자기를 사랑하라는 말이 있다. 스스로 자기 자신을 사랑하지 못하면서 남을 사랑하는 일은 어불성설이라는 것이다. 맞는 말이다. 자기 자신을 사랑하고 정화하지 못한 상태에서 남을 사랑하는 일은 마치 더러운 손으로 남을 잡는 것이라 여겨진다. 마음도 깨끗하고 몸도 깨끗한 상태에서 남에게 손을 내미는 것이 최소한의 예의와 배려라고 생각된다. 그런 의미에서 자신을 사랑하는 법을 나름대로 알고 있어야 하고 실행하고 있어야 한다.

나는 아침마다 일어나서 하는 리츄얼이 몇 가지가 있다. 그중에 마른세수하기도 빠질 수 없는 항목이다. 우선은 가벼운 체조로 몸을 따뜻하게 한다. 이때에는 우리가 초등시절부터 배운 대로 심장에서 먼 곳부터 가까운 곳으로 몸을 풀어주는 것이다. 이렇게 해서 어느 정도 몸이 풀리면 손바닥을 비빈다. 물로 손을 씻듯이 정성스럽게 손을 마사지해서 손에 열이 나도록 한다. 수십 번 문지르고 비벼대야 한다. 그러면서 말을 해도 되고 속으로 뇌여도 된다. 나는 이때 이렇게 말한다. "주는 손이게 하소서. 항상 주는 기쁨으로 손을 내밀게 하소서."
이런 말을 손을 비비면서 암송하는 것이다. 그래서 따뜻해진 손바닥
으로 양손을 이마에 올린다. 참고로 나는 이마가 참 넓다. 이마는 얼
굴에 속하는 부분이 아니라 머리에 속한다는 사실을 뒤늦게 알았지
만, 이마에 올린 손으로 위아래로 비벼댄다. 그러면서 또 주문을 한
다. "현명하고 지혜롭게 판단할 수 있도록 해주세요. 올바른 선택을
하게 하소서,"라고 말하며 이마를 비빈다. 이러한 것도 수십 번에 걸
쳐서 한다. 한 가지 동작을 몇 번을 하는가는 자유다. 하지만 수십 번
을 하면 수십 번의 주문을 외우는 일이다. 그리고는 손을 내려서 눈을
비빈다. 눈을 마사지할 때는 이렇게 말한다. "밝고 맑게 볼 수 있도록
하소서. 아름다운 것을 볼 수 있도록 하소서." 마찬가지로 수십 번을
비비고 나서 손을 귀로 이동한다. 그리고는 귀를 마사지한다. "잘 듣
게 하소서. 귀담아 소중하게 듣게 하소서." 이때는 귀를 접었다 피는
동작도 병행한다. 처음 하는 사람은 귀가 아플 수도 있다. 하지만 귀
에 이상이 없는 사람이라면 수차례 해도 아프지 않다. 한 번 시도해
보라. 그리고 이어서 코를 비빈다. 이때는 손바닥이 아니라 검지로 먼
저 비비면서 "고른 숨을 쉬게 하소서," 하고 주문을 한다. 이어서 중
지로 "깊은숨을 쉬게 하소서,"라고 위아래로 문지른다. 그리고 손바
닥을 얼굴로 이동해서 "화사하게 밝은 표정이게 하소서." 라고 하며
손바닥을 아래에서 위로 추켜올리며 문지른다. 이때는 얼굴에 생기
는 주름을 밀어 올리는 효과도 있다. 그리고 입술을 문지르면서 "좋
은 말을 하게 하소서. 착하고 순한 말을 하게 하소서. 말을 적게 하게

하소서. 아름다운 말을 하게 하소서"라며 입술과 입술 주위를 문지른다. 나는 개인적으로 이 부분을 가장 중요시하는 사람이다. 말로 직업을 삼는 사람이기 때문이다. 그래서 여러 가지 사항을 주문할 때가 있다. 가령 "이해하는 말을 하게 하소서. 배려하는 말을 하고 사랑하는 말을 하게 하소서. 오늘 강의에서 공감하는 말을 하게 하소서." 등을 주문한다. 그리고 이어서 마지막으로 손을 뒤로해서 뒤통수 아래 부분, 머리와 목의 경계선을 따라서 엄지로 누르면서 위로 문지른다. 다시 말해서 엄지로 목선에서 머리 선을 따라 위로 향하는 것이다. 이때의 주문은 "평정심을 갖게 하소서," 라고 말한다. 이러면 목이 시원해지면서 피로감이 사라진다. 아마도 스트레스 근육이라고 하는 목선과 어깨선의 부분을 풀어주기 때문일 것이다. 이렇게 마른세수를 하면 하루 시작을 하는 데 있어 유연한 사고와 부드러운 몸을 갖게 된다. 많은 시간을 소요하는 것도 아니면서 자기 자신을 보듬고 마사지하면서 사랑하게 되는 과정이다. 얼굴은 마음의 밭이다. 그런 얼굴을 소중하게 따뜻한 손으로 만지면서 자신을 사랑하고 남으로 향하는 사랑의 주문을 외운다는 것은 중요한 리츄얼이라 생각한다.

마른세수를 하라. 자주 해도 좋고 자주 할 수 없다면 아침에는 꼭 한 번씩 하라. 그것이 자신을 사랑하는 방법이며 이를 통해서 남을 더욱 사랑하게 될 것이다. 우주의 섭리 중 하나는 남을 돕는 것이 자신을 성공으로 이끄는 것이라 한다. 마른세수를 하면서 자신과 남을 보는 거울로 삼기 바란다. 나는 매일 한다. 얼굴이 빛나 보이지 않는가? 대머리 때문일지도 모르지만.

3
난 약수터까지만 간다.

스피치 강의 프로그램은 4주차도 있고 8주 차 16주 차 이런 식으로 나뉘어 있다. 그래서 기초반 연수반 강사반 등으로 구분하여 강의가 진행된다. 그리고 강의 중에 없어서는 안 될 중요한 스피치의 한 항목으로 건배사 멘트가 있다. 보통은 이론과 실습으로 나누어서 진행을 한다. 실습은 가까운 음식점이나 주점에서 현장학습으로 이루어진다.

스피치 교육은 기수별로 편의상 회장이나 반장을 선출해서 자잘한 학습 진행을 돕는 역할을 한다. 그래서 현장학습을 할 때는 전적으로 회장이나 반장이 주관하는 장소와 시간으로 결정한다.

내가 수시로 말하는 바이지만 음식이나 술을 나누는 것은 인간관계에서 매우 중요하다고 강조한다. 음식을 먹는다는 것은 삶에 대한 욕망을 나타내는 의식이다. 그럼으로 죽음에 대항하는 행위이고 다 같이 음식을 나누는 것은 자신의 본능을 억제하고 함께 한다는 의미가 있다. 그래서 좋은 모임은 뭐든 먹어야 한다고 일갈한다. 그것이 술이든 차든 음식이든 서로 얼굴을 맞대고 먹지 않는 모임은 장수할 수 없다고 말이다.

그래서 스피치 건배사는 매우 중요한 교육과정의 하나다. 또한 이 날은 강사인 나의 새로운 면을 보여주는 날이기도 하다. '아 저분이 우리 강사 맞나요?' 싶을 정도로 막춤과 노래를 선보이는 것이다. 아주 잘 노는 사람으로 변모하는 것이다.

물론 술자리에서 건배사에 대한 교육은 제대로 한다. 돌아가면서 건배사도 시키고 건배사에서 놓쳐서는 안 되는 여러 가지 주의 사항과 중점사항도 빼놓지 않고 점검한다. 가령 건배사를 너무 놀이에 치중해서 저질스럽게 표현하거나 장소와 인적 구성에 맞지 않게 표현하는 것은 지양해야 할 것으로 하나하나 지적을 해준다. 또 너무 길어서 짜증을 부르지 않게 90초 이내에 건배사를 마치도록 유도하고 건배사도 인사라는 측면에서 정중하게 할 것을 요구한다. 그러한 모든 의례적인 교육이 끝나고 나면 자연스럽게 2차로 이어진다.

우리나라 사람 대부분의 여흥 문화로 자리 잡은 노래방을 가게 된다. 이때부터 나는 강사로서가 아니라 참석자의 한 사람으로 즐긴다. 말하자면 강사로서의 권위나 힘은 빼고 자리에 함께한 동료나 친구의 역할을 하는 것이다. 그래서 흥을 돋우고는 한다. 탬버린을 두드리고 노래 선곡을 도와주고 막춤으로 흥을 돋는데 일조하는 것이다. 그러면 일부 수강생들은 놀라기도 하고 의아해하기도 한다. 지금껏 못 보던 모습이라 그럴 것이다.

하지만 내 지론은 그렇다. 존경받는 사람으로 사는 것보다 편한 사람으로 사는 것이 원하는 바이다. 존경하는 사람은 훌륭한 사람으로 좀 멀리 있어도 되는 사람이다. 하지만 나는 수강생들과 함께 하는 좋아하는 사람으로 살아가길 바란다. 그래서 난 늘 이렇게 말한다.

나는 산꼭대기까지는 안 갑니다. 거긴 너무 바람도 세고 춥고 외롭거든요. 저는 약수터까지만 갈 랍니다. 약수터에는 사람도 많고 이야기도 풍성하고 물맛도 좋은 곳이니까요.

사람이 힘들고 어렵고 그래서 괴로우면 누구를 찾아가나요? 존경하는 분을 찾아가서 하소연하지는 않죠? 편하고 좋은 사람을 찾아갑니다. 그것이 인지상정이죠. 저는 그래서 항상 존경받는 사람보다 좋은 사람, 편한 사람으로 인정되기를 원합니다. 그래서 건배사의 2차 현장에서는 허술하게 망가지고 그런 인간적인 편안함이 서로 연대감을 갖게 하는 것이다.

나하고 차원이 다른 세계에서 사는 사람을 가까이하기는 쉽지 않다. 우리와 본능적으로 다를 게 없지만 차별화된 사고와 철학을 가진 사람이 멋진 사람이다.

그래서 나는 흔들린다. 중심을 두고 언제든 흔들린다. 존경받는 훌륭한 사람이 아니다. 편하고 좋은 사람, 언제나 한결같으면서 변화를 추구하는 사람, 언제든 약수터에서 만날 수 있는 사람이다. 그래서 나는 나를 좋아한다. 욕심내지 않고 절벽을 오르지 않기 때문이다. 약수터가 내 삶의 현장이다. 하지만 아직도 나는 산의 입구에 있다. 약수터까지만 오르는 것도 쉽지 않다. 마음이 먼저 가서 그런가 보다. 향하는 발이 무겁지 않게 오늘도 기도를 한다. 함께 가자고, 느리고 더디더라도 우리 함께 약수터까지만 가자고

4

한 번은 친구가 이런 말을 했다.

난 사무관 이상 근무하다가 은퇴하는 사람이 전혀 부럽지가 않다는 것이다. 그런 사람은 대부분 현역 시절 대접을 주로 받아서 은퇴 후 사회에 적응하기가 매우 어렵다는 것이다.

그러면서 시골 동네 이장보다 못하다고 큰 소리를 친다. 듣기 나름이다. 옳고 그름의 문제가 아니라 은퇴 후의 사회 적응 문제에 관한 것이다. 은퇴 후에는 사회생활의 초보로 다시 시작해야 한다. 은행에도 손수 가야하고 택배도 부쳐야 한다. 집 앞의 눈도 손수 쓸어야 하고 심부름 시키던 온갖 사소한 일을 직접 도맡아 해야 한다.

아내를 심부름 시키는 사람이 있다면 일단은 혼부터 날 것이다. "내가 심부름꾼이냐?"라고 대번에 얼굴을 붉히며 대거리를 할 것이다. 뜨거운 밥술이라도 얻어먹으려면 아내의 심기는 건드리는 게 아니다. 그러니 차라리 말단으로 있다가 은퇴하는 것이 사회에 연착륙하는데 오히려 무난하다는 것이다. 소위 말하는 고관대작으로 은퇴하면 누가 알아나 주나, 오히려 그 자리에 있던 것이 독이 되어 자신에게 해로울 수 있는 것이다.

물론 인격적으로 완성이 된 사람이라면 아무런 문제가 없다. 그야말로 잡(job) 티를 내지 않고 살아온 사람이라면 걱정할 필요가 없다. 하지만 잡(job) 티를 내고 살아온, 직업 티를 내고 산 사람이라면 각오를 단단히 하고 사회에 나와야 할 것이다. 은퇴 후 세상은 만만하지 않을뿐더러 에누리가 없다. 자신을 낮추고 솔선하면 살기 편하고 큰 소리나 땅땅 치면서 "내가 누군데" 하는 사람은 창피당하고 홀대받기 딱 좋다.

인생사 끝까지 꽃놀이패를 쥐고 살 수는 없다. 한 때 잘 나갔으면 이제 다른 사람을 위해서 봉사라도 해야지, 그렇지 않으면 천한 취급받기 안성맞춤이다. 은퇴 후에도 거들먹거리거나 현역 시절 불리던 직급이나 지위로 군림하려 하다가는 봉변당하고 망신당할 수 있음을 명심해야 한다. 또한 그런 사람이 은퇴 후에 이름값 할 만한 명예 직급이라도 얻을까 해서 기웃거리는 것을 보면 면상을 쥐어박고 싶다.

세상에는 어떤 조직이건 모임이건 그 나름의 질서가 존재한다. 그곳에는 이미 많은 세월을 함께한 사람들이 우선적 기득권을 가져야 한다. 그럼에도 은퇴 후에도 괜찮은 자리하나 얻을까 기웃거리는 사람은 철면피라는 생각이 든다. 우선은 평 회원으로 지내야 한다. 그래서 어느 정도 모임의 성격과 취지를 이해하고 나서 낮은 자리부터 얻어서 봉사하고 일해야 한다. 그러지 않고 낙하산 인사로 전직을 빙자해서 자리를 차지하려고 하는 것은 가당치 않다. 은퇴의 의미는 여러 가지가 있겠으나 이제는 치열한 경쟁 사회에서 물러나 여유로운 선택과 품위 있는 생활을 하라는 사회적 요구도 있는 것이다. 그러니 욕심을 내려놓고 작고 사소한 허드렛일을 주로 해야 한다. 크고 폼나는 일은 젊은이들한테 맡기고 그들의 뒷바라지를 해야 한다. 언제까지 장군 역할을 하면서 호령하려고 한단 말인가.

설령 전직의 자기 역할이 중차대해서 훌륭한 성과를 냈다고 해도 남에게 치사를 돌려야 한다. 은퇴 후에도 자기 몫의 영광을 누리려고 하는 것은 치졸하다. 사람은 품이 넓어야 한다. 잘잘못에 사활을 걸지 말고 위신이나 체면에 열망하지 마라. 은퇴라는 것은 자신을 돌볼 시간을 부여받는 일이다. 성찰과 반성 그리고 물러섬과 여유를 더 많이 생각하라는 것이다. 나아가고 치적하는 것이 능사가 아님을 사회가 알려주는 것이다.

돌아서면 지워지는 일들을 하라. 청소를 잘하면 된다. 늘 쓸고 닦고 하라. 또 지저분하고 또 더러워지고 하는 곳을 매일 청소하라. 천천히 하라. 눈에 띄게 잘하지 마라. 눈에 안 띄게 차분하게 늘 그렇게 하라. 그래야 멋진 어른이다. 자랑하지 않을 일을 하면 된다. 자랑할 일은 젊은이들에게 하도록 하라. 그리고 허드렛일에 가치를 부여하라. 젊어서 빛났으면 나이 들어서는 윤기가 나는 생활을 해야 한다. 소소한 일에 즐거움을 찾고 나서지 않으며 잔잔한 미소를 짓는 일을 하라. 결국은 청소와 봉사다. 나대지 말고 완장 차지 말고 없는 듯 없으면 안 되는 사람으로 한가롭지 않게 바쁘지 않게 허드렛일로 삶을 채우라. 충만한 기쁨에 매일 기도하게 될 것이다.

5
스마트폰에서 멀어지기

　요즘은 손가락이 하나 더 있다는 느낌이다. 아주 넓적한 손가락이 하나 더 있어 그것만 들여다보고 사는 것 같다. 아침부터 밤에 잠들기 전까지, 그야말로 몸의 일부다. 그런 수족 노릇을 하던 스마트폰이 갑자기 작동이 안 된다. 먹통이다. 검은색 표면이 깜깜한 표정으로 나를 쳐다본다. 아무리 만지고 다시 리셋을 해도 소용이 없다.

　원인 없는 결과가 어디 있으랴, 곰곰 생각을 해보지만 그래도 잘 모르겠다. 분명 조금 전까지 카톡을 주고받고 동영상을 봤는데 먹통이 된 것이다. 한순간에 아무짝에도 쓸모가 없는 무용지물이 된 것이다. 알다가도 모를 일이다. 전신에 힘이 쭉 빠지고 피가 역류하는 것처럼 혈압이 오른다. 연락해야 할 메시지, 받아야 할 전언이 모두 불통이 돼 버린 것이다.

　'대략난감 헐! 이라 해야 하나. 헉! 이런 젠장, 이라 해야 하나?' 아무튼 '헐'아니면 '헉'인데 난 '헉'에 가깝다. 가슴에 묵직한 돌덩이가 내려앉는 느낌이다. 어쩌지? 하필 오늘이 일요일이니 서비스센터가 쉬는 날인 것이다.

아! 통재라. 머릿속이 하얘진다. 아주 가까운 지인들 전화번호가 전혀 생각이 안 난다. 세상 참, 사람 한 명 바보 만들기 쉽다. 스마트폰 통신 두절이 아이큐를 한자리로 전락시키는 일은 누워서 떡 먹기보다 쉬운 일인가 보다. 모든 스케줄과 연락망이 한순간에 사라지니 나라는 존재는 바보라기보다 멍청한 사람이 된 것이다.

'그래, 현실 인식이 필요한 때야. 안 되는 걸 가지고 때리고 부수고 할 수도 없는 일.' 스마트폰 가격이 만만치 않다. 일을 망쳤다고 내던지고 싶지만 참자. 참고 기다렸다가 손을 봐서 다시 사용해야 한다. 자, 그럼 됐다. 하지만 기분이 문제다. 기분은 어떻게 푼다. 그래 이참에 책이나 볼까, 그것도 괜찮은 생각이긴 하지만 기분 풀자고 책을 본다는 게 영 내키지 않는다.

일단은 지금 이 더러운 기분이 팽창한 곳을 떠나자. 그래서 새로운 공기 속에서 새로운 산소를 좀 마시고 오자, 그게 상책 일 듯싶다. 장소가 바뀌면 보이는 것이 바뀌고 보이는 것과 들리는 것이 바뀌면 기분이 새로워질 것이다.

이럴 땐 운동화 끈을 동여매고 산에라도 가면 좋으련만 밖에는 철 지난 비가 오고 있다. 우산을 쓰고 나가야겠다. 마음과 날씨가 같아서 위로가 될까 모르지만 하여간 기분전환이 우선이니까.

우산을 받쳐 들고 산책길에 섰다. 우산 안에 있는 몸과 마음이 비 때문에 가까워짐을 느낀다. 그리고 손가락처럼 붙어 다니던 스마트폰으로부터의 해방감이 무엇보다 시원하다. 묵직한 주머니나 아니면 손안에 늘 껌처럼 붙어 있었는데 말이다. 처음에는 무언가 상실감이 들더니 잠시 시간이 지나서는 후련하다. 그 작은 기계에 묶여 있었다는 생각마저 든다.

어쩌다 산책길에 스마트폰을 두고 나오면 몹시 불안했었다. 내가 무슨 중요한 국가 대사를 책임진 사람도 아니면서, 그리고 자주 중요한 약속이 잡히는 사람도 아니면서 스마트폰이 없으면 조바심이 나고 그랬다. 그러던 것이 아예 고장이 나서 무용하게 되니 차라리 해방감이 드는 것이다. 그리고 중요한 사실 하나를 발견했다. 나도 언젠가는 자연으로 돌아가는 것인데 뭐 그리 스마트폰이 요긴하다고 그토록 애착을 하고 있었나 하는 것이다.

"소식 없으면 나간 줄 알라"고 큰 소리쳤다. 그런데 이제 와서 스마트폰이 고장 나서 연락이 두절됐다고 안절부절 한다는 건 소인배가 아니고 무엇이란 말인가.

앞으로는 가끔 스마트폰을 멀리하는 시간을 가져야 할 것 같다. 나를 붙잡고 있는 사물로부터 관계로부터 멀어지는 연습이 필요하다. 우리는 모두 잊힌다. 필연이다. 내가 그들을 잊지 않는다고 장담할 수 있는가, 그들이 나를 기억한다고 믿을 수 있는가?

죽은 자는 말이 없다. 죽음을 목전에 둔 노인들은 '애착물'로부터 자신을 격리시키는 시간을 가져야 한다. 아니 문명 공간에서 멀어져 사는 연습을 해야 자연으로의 귀환이 이질감 없을 것이다. 인간은 자연이다. 그동안 자연과 너무 멀리 있었다는 생각이 든다. 모든 생활 공간이 전자제품이 제공하는 편리함과 안락함에 빠져서 자연을 등한

시하는 것은 자기 정체성을 배제하는 행위다.

젊어서는 몰라도 나이 들어서는 자연친화적인 삶을 살아야 할 것이다. 스마트폰이나 전자제품으로부터 가끔은 해방되어 사는 것이 죽음을 준비하는 자세일 것이다.

내 문제가 아무리 답답해도 조금 멀리서 나를 바라본다면 그래서 짜증내고 툴툴거리는 모습을 먼발치서 볼 수만 있다면 문제는 아주 간단해 보인다. 별일이 아닌 것이다.

세상이 그리 쉽게 망하는 것도 아니고 세월이 그 사이 더 빠르게 지나는 것도 아니다. 남들과 중요하게 약속할 일도 자주 벌어지지 않는다. 며칠 만에 인생사의 전환이 될 만한 일이 연락이 안 돼서 안 이루어진다면 그것은 운명이다. 그리 알고 나 자신도 여유를 가지고 자연과 함께 하는 시간을 가져야겠다. 기계와 멀어지고 나 자신과 직면해서 주거니 받거니 말을 터야겠다. 무엇이 소중한 것인지, 앞으로 무엇을 위해 살아야 할지. 디지털이 아닌 아날로그의 생이 추구하는 삶의 목적이 무엇인지 고민해야겠다.

6

주변을 정리정돈 하라

가난한 집의 특징은 외려 간단하다고 한다. 방송국 담당 피디들은 가난하고 못 사는 집을 설정하는 일을 간단하게 치러낸다. 온갖 생활 잡동사니를 방안에 어지럽게 늘어놓는 것이다. 그러면 못 사는 집 구석을 설정하는 그림이 잘 나온다고 한다. 아닌 게 아니라 잘 못 사는 집의 풍경은 그렇다. 낮은 지붕과 촉수 낮은 전등 그리고 여기저기 무당집처럼 걸린 옷가지와 가재도구들이 제 자리가 없이 이리저리 나뒹굴고 있는 모습이다.

나는 그렇게 생각한다. 가난한 것은 노력 여하를 떠나서 생활이 불편한 것이지 잘 살고 못 살고의 인격적인 문제가 아니라고 본다. 그래서 가난한 삶을 빈정대거나 불평하지 않는다. 나 또한 현실적으로 가난하고, 가난하게 살고 있다. 하지만 부끄럽지 않다. 아마도 근거 없는 자신감이 팽배해서 그런지 몰라도 나는 어느 시점에는 부자가 되리라 믿고 있다.

정말 근거는 없지만 그런 배짱 비슷한 게 늘 가슴 한편에 버티고 있는 것이다. 하지만 가난은 자존감과 별개로 불편함을 요구한다. 그래서 나는 아내와 잦은 마찰을 빚으면서도 가능하면 전등을 죄다 켜고 다닌다. 아내는 난리다. 전기세 운운하면서 길길이 뛸 때가 많다. 하지만 나는 소귀에 경 읽기 식으로 못 들은 척하고 불을 켜고 다닌다.

또 하나 가난한 사람들은 기본적인 열등감이 내재한다. 왜냐하면 자본주의 사회에 적응이 안 되었건 능력이 떨어졌건 기득권 계층에서 밀려난 아웃사이더인 것이 사실이다. 그래서인지는 몰라도 목소리가 대부분 작다. 자기주장이 불확실하다. 말의 뒤끝이 확실하지 않고 얼버무리는 경향이 많다. 자기 말에 대한 확신과 책임이 없기 때문이다. 그래서 말이 어눌하게 들리곤 한다. 물론 다 그런 것은 아니다. 하지만 내가 그렇게 살아왔기에 하는 말이다. 난 잘 살아본 경험이 없다. 불행히도 과거 속에 부자로서의 생활은 없는 것이다. 그래서 늘 주눅이 들어 있었고 남 앞에서 자신감이 결여되었던 것이다. 하지만 지금은 그렇지 않다.

희망은 기다리는 것이 아니란 걸 알았다. 희망은 찾아가는 것이며 생각만으로 이루어진 것은 없다는 걸 안다. 행동하고 실천하는 자만이 희망으로 갈 수 있고 부자가 될 수 있다고 믿는다. 그래서 목소리에 힘을 실어 말한다. 또박 또박 한 음절 한 음절 정확하게 표현한다. 큰 소리로 상대가 이해할 수 있게 말하는 것이다.

그리고 눈길에 마음이 머문다는 것을 이해한다. 눈길이 머문 곳이 너저분한 옷가지나 살림살이라면 기의 흐름이 흐트러진다. 그래서 정리하고 정돈한다. 안 쓰거나 못 쓰는 것은 버린다. 버리지 못하는 것도 정신병의 일종이라고 한다. 나는 감히 그렇게 규정한다. 그래서 잘 버리고 잘 정돈하려고 노력을 한다. 기운이 드나들어야 한다. 기운이 사물에 막히면 정신이 순환되지 않아 냉철한 판단과 지혜로움이 설자리가 없다. 기운은 잘 통해야 한다.

기운이 기분을 만든다. 기운이 가라앉거나 기운이 이리저리 흩어지면 기분이 분산되어 집중과 몰입을 하지 못한다. 그렇게 집중과 몰입이 안 되면 전혀 행복하지 않게 되는 것이다.

기운이 잘 통해야 행복한 것이다. 기운이 잘 통하게 하려면 살림살이를 잘 정돈해야 한다. 그래야 새로운 기운의 맑은 정기가 흐른다. 그러면 기분이 상쾌해진다. 기분은 정신 상태를 이끈다. 집중과 몰입은 눈에 보이는 것들이 정리될 때 가능하다. 산만한 곳에서는 집중하기가 쉽지 않다. 마음이 눈길에 머물기 때문이다.

그러니 나이 들어서 할 일은 내가 사는 공간을 잘 정리 정돈하는 일이다. 몸이 가는 길을, 마음이 가는 길을, 눈길이 가는 길을 잘 닦아야 한다. 그래야 정신과 영혼이 맑고 밝아진다. 그러한 일에 게으르면 산만해지고 지저분해진다. 너저분한 잡동사니가 있으면 가난한 생활을 드러내는 것이다. 이는 자본주의 사회에서 어쨌거나 패배자이다. 그런 식으로 패배를 인정하지 말고 깨끗하고 정리 정돈된 상태에서 희망을 좇으라. 지금은 비록 가난할지라도 부자가 될 희망을 안고, 정리정돈을 하면서 살자. 희망을 내팽개치지 말고 희망이 들어오게 희망을 찾아 나서게 생활쓰레기를 버리고 집안을 구석구석 정리하고 정돈하자. 그것이 나이 들어서 할 일이다. 나의 공간이 청결하면 내 공간으로 새롭고 희망찬 기운이 들어오고 나의 의지가 희망을 향해 나아갈 것이다. 그러니 정리정돈하고 살자.

7

경제적 능력이 있으면 분가하라.

　주거 공간은 편해야 한다. 집안 구조도 그렇고 가족 구성원도 마찬가지다. 혈연으로 엮인 관계라 해도 예외일 수 없다고 생각한다. 예전에는 한 집안에 3세대가 동거했다. 함께 살았다. 아주 잘 살았다. 그런데 작금에는 그렇게 3세대가 잘 살기 어렵다. 3세대는 고사하고 2세대가 같이 사는 것도 문제가 야기된다. 문제는 풀 수 있다면 그다지 문제가 되지 못한다. 하지만 세대 간의 문제는 쉽게 해결하지 못한다는데 그 심각함이 있다.

　자식이 독립하여 사회인으로 자리 잡기 전까지 부모로서는 양육의 책임이 있다. 하지만 그 후에 사회인으로서 활동하고 경제적으로 독립이 가능하면 부모가 분가를 하건 자식이 분가를 하건 독립된 두 가정으로 살아가는 것이 마땅하다고 여긴다. 그래야 세대 간 불협화음을 보지 않게 되는 것이다. 불협화음은 서로 다른 소리를 내는 것을 말한다. 한 가지 상황에 다른 견해를 가진 것을 이른다.

　자식이 결혼을 하면 배우자가 생기게 된다. 배우자는 다른 가정에서 자랐기에 그 가정에서 익힌 가풍을 토대로 살아온 사람이다. 그러니 다른 두 가정에서의 삶의 방식을 한 가정에 맞춰 살기란 여간 어려운 일이 아니다. 그것이 부부가 갖는 애로사항이다.

하물며 두 세대가 한 집안에 사는 것은 세대 간의 갈등뿐만이 아니라 새로운 방식에 적응하는 다른 가풍의 충돌로 마음 편할 리 없는 것이다. 이러한 일상이 반복되면 가족 중 어느 한 사람은 맞춰 사는 일이 고역이 되어 마음에 병이 생기고 결국엔 육신의 병으로까지 전이되는 것이다.

그러므로 어느 정도 경제적 여유가 된다면 같은 세대끼리 살아야 마땅하다. 한 집안에서 두 세대가 같이 공동 생활하는 것은 서로의 기운이 다르다. 빠른 템포와 섞인 느린 템포는 음악적 요소가 아니다. 듣기에 불편하다. 바로 불협화음인 것이다. 자식 세대의 디지털 마인드와 부모 세대의 아날로그적 사고는 타협의 여지가 없을 수 있다. 있다고 해도 억지의 요소가 포함될 것이다.

70대 초반의 어느 할머니가 분가를 선언하셨다. 자식과는 도저히 같이 살 수 없노라고, 그동안 푼돈을 모아서 작은 오피스텔로 가신 것이다. 대략적인 이야기는 이렇다. 할머니는 하루 종일 식구들 밥을 하고 반찬을 골고루 준비해서 하루를 보내는 것이다. 본인 시간이 많을 줄 알았던 노년의 삶이 너무 바빠진 것이다. 손자들 뒤치다꺼리도 해야 하지만 때때로 음식 반찬을 바꿔야 하는 일도 그렇고 넓은 집안 청소와 빨래도 여간 노동이 심한 것이 아니었다. 그럼에도 결벽증에 가까운 며느리 눈에는 청결 상태가 마음에 안 들었고 아이들 교육도 할머니 식으로 오냐오냐 하는 것이 며느리 마음엔 안 들었던 모양이다.

하지만 시어머니께 일일이 말할 수 없어 며느리는 남편을 들볶고 남편은 어머니 눈치 보랴 아내 눈치 보랴 가자미눈으로 살아가는 것이다. 그래서 할머니께서 용단을 내리셨다.

'나 이제 더는 이런 식으로 안살아! 아니 못 살아!' 이제껏 자식에게 희생 봉사하고 살아왔는데 늙어서까지 내 시간도 없이 여유롭지 못하고 운신의 폭이 없이 산다는 건 너무 억울하다고 생각하셨다 한다.

그래서 작은 원룸으로 삶의 터전을 옮기고 나서 스피치 강의에 나오신다. 지금의 생활이 당신은 너무 좋다고 하신다. 맘껏 공부하고 늦게까지 책도 볼 수 있고 맛있는 것도 사 먹고 잠도 늘어지게 잘 수 있어 좋다고 하신다. 전 같으면 손자 올 시간에 맞춰서 집 앞에서 학원 버스를 기다리고 반찬거리 마련하느라고 시장 보고 청소하고 나면 몸이 천근만근 늘어진다는 것이다. 그리고 퇴근하고 오는 자식 내외 밥 차리고 하다 보면 내 인생이 더부살이 같고 자신감이 없어져서 살고 싶은 생각마저 안 들었다고 하신다.

하지만 지금 자존감이 높아진 이유는 물론 열심히 공부해서 한문 1급 검정시험에도 합격하셨고 초등학교 방과 후 교사로 활동하고 계신다고 하니, 너무 멋진 인생 이야기다.

능력 있다면, 몸이 허락한다면 분가를 권하고 싶다. 자식 눈치 보면서 사느니 당당하게 내 살림을 꾸리고, 내가 편한 공간에서 나만의 인생을 살아가는 것이 멋진 삶이다.

물론 자식들과 아무 문제없이 잘 사는 세대가 있다. 더 없이 좋은 경우다. 하지만 모두가 그러하지는 않을 것이다. 세대 간의 문화나 정서를 공유할 수 없다면 그래서 한 세대가 일방적으로 피해를 보거나 억울하다면 분가를 하는 것이 옳다고 본다.

연습 없이 사는 한 번뿐인 인생인데 즐겁게 살아야 하지 않을까. 아무리 혈육으로 엮인 관계라 해도 내가 편하지 않다면 삶의 방식을 바꾸어야 한다. 하지만 그러기 전에 자립할 수 있는 경제력과 자존감이 있어야 할 것이다. 무턱대고 나가려 하는 것은 불행을 자초하는 것이다. 대책 없이 사는 것은 젊어서는 가능해도 나이 들어서는 신중해야 한다.

한 가지 첨언한다면 자식이 사는 곳에서 수프가 식지 않는 거리에 있어야 한다. 다시 말해서 급한 일에 자식이 119보다 빠르게 도착할 곳에 살아야 한다는 말이다. 지리적으로 너무 떨어져 있으면 곤란한 경우가 생긴다. 응급상황이 발생하면 그래도 가족이 먼저 와 줘야 한다. 그럴 때 멀리 있으면 골든타임을 놓치게 된다. 이는 굉장히 큰 불상사를 초래할 수 있다. 그러므로 지근에서 독립된 생활을 하는 것이 현명한 처사다. 경제적 능력이 있고 몸이 건재하다면 한 번 자기만의 공간에서 세대 간의 불협화음을 없애고 사는 것을 생각해 보길 바란다. 이는 나이 들어 가족에게도 폐가 되지 않는 생활 방식인 것이다.

8

소주에서 청하로 바꿔라.

바꾸지 못해서 바뀌면 괴롭다. 그 괴로움이 배가 된다. 그것은 능동과 수동의 차이이다. 스스로 알아서 바꾸면 그 어려움에 대한 각오가 있어서 고통이 감소되는 반면 수동적으로 바꾸게 되면 예측을 벗어나는 고통에 좌절하게 된다. 그래서 우리는 바꾸는 시점을 점검해야 한다. 나는 술고래는 아니라도 술을 즐겨 한다. 그건 지금도 마찬가지다. 술은 독으로 작용하기보다 약으로서의 기능을 더 많이 한다고 생각하는 사람이다. 그래서 반찬도 안주로 보일 때가 많아서 반주를 하고 버거운 삶의 무게를 술로 덜어내는데 주저하지 않는다.

그런데 어느 순간 주량이 예전과 못한 것을 느꼈다. 전 같으면 끄떡도 없을 양을 마셨는데도 취기가 올라오고 다음 날 숙취로 고생을 하는 것이다. 그래서 친구들한테 선언적인 말을 했다. 약간의 모양새를 띤 선언 아닌 선언을 했다. "이제부터 난 한 병으로 끝이다. 더는 권하지 마라." 그런지 벌써 삼 년이 지났다. 그런데 상황은 늘 변한다. 늦게 오는 친구의 술을 받고 따르고 하다 보면 내 술 한 병을 지키기가 수월치 않고, 잔 수를 세고 먹는다는 것이 생각보다 어려웠다. 그래서 고심 끝에 이제는 청하로 술의 도수를 낮춰서 먹기로 했다.

나는 내가 지켜야 한다. 친구 눈치 보고 남 생각하느라 내 건강을 못 지키면 좋은 사람을 볼 수가 없게 될 수도 있다. 내가 있고서 비로소 남이 존재한다. 이기적인 사고가 아니라 현실이 그렇다. 남을 향한 배려심이나 이해심을 거부하는 것이 아니다. 내가 건강하게 살아 있어야 남을 위해 무엇이든 할 수 있다. 그렇지 않고서 병원에서 의사의 권유로 절주를 결심하게 되면 낭패다. 이미 늦은 사태에 원치 않는 자제력을 발휘해야 할 수도 있고 남들에게 좋지 않은 이미지를 남길 수도 있다는 말이다. 그러기 전에 내가 스스로 결심해서 지켜야 자유를 얻는다. 그렇지 못해서 빼앗긴 자유는 구속이 된다. 사람은 자유롭길 바란다. 그러한 자유가 보장되어야 의지를 가지고 살아갈 수 있는 것이다. 스스로의 규범을 가지지 못한다면 타인의 의해 지켜야 하는 규범으로 삶이 팍팍하게 될 것이다.

젊은 시절의 몸 상태를 지켜내려는 것처럼 우매한 일은 없다. 누군들 예전처럼 살고 싶지 않겠는가. 두주불사하고 마셔대던 젊은 날은 지칠 술 몰랐다. 술 마신 다음날 저녁이면 다시 술집을 찾아 친구들을 불러내고, 또 밤새껏 부어라 마셔라 해도 몸이 건재했었다.

하지만 이제는 아니다. 마시고 난 다음날은 허탕이다. 썰물처럼 빠져나가는 기억도 문제지만 하루를 아무런 가치도 없이 몸을 추스르는데 보내야 하니 인생을 낭비하는 일이다.

이는 실로 사람답게 사는 모습이 아니다. 그러니 남이 주량을 조절해 주기 전에 내가 스스로 몸을 건사해야 한다. 의사가 술을 자제하라고 하기 전에 내가 우선 나에게 강하게 명령을 내려야 한다. 그래야 친구도 오래 보고 술도 즐길 수 있다. 오기와 패기만으로 살기에는 나이 든 몸이 버겁다. 주량과 함께 도수도 내려서 몸을 변화에 맞춰야 한다.

고집스럽게 아니면 남자다운 면모를 과시하려다 먼저 저승에 가서 자리를 잡게 될지 모른다. 그건 인생 선배가 할 일이 아니다. 좋은 예가 못 되는 것이다. 실수하기 전에 몸에 이상신호를 느끼기 전에 미리 예방하는 것이 최선이다. 사후 약방문은 속담으로만 존재해야지 그 속담의 주인공이 되어선 안 된다. '친구들아! 나는 이제 소주와 이별을 고한다.' 그토록 사랑했던 수 십 년 지기인 소주를 이젠 떠나보내고 새로운 술 청하를 맞이할 것이다.

짜릿하고 독한 맛에 길들여진 속을 이제는 순하고 부드러운 맛으로 길들여야 한다. 처음에는 밍밍한 맛에 "무슨 술이 이래!"라고 할지 모른다. 하지만 다 사귀고 나면 장점이 눈에 들어온다. 아니, 순한 맛에 길들 것이다. 그래야 몸이 순해지고 마음이 온화해져서 오래 살 것이다. 건강하게 살 것이다.

나는 친구들한테 이렇게 말한다. "난 오래 살고 싶다. 세상이 점점 더 좋아지는데 빨리 갈 필요 뭐가 있냐? 천천히 가도 내 자리는 있을 터인데 급할 거 없다. 나는 오래 살고 싶다." 단, 단서가 붙는다. 건강하게 오래 살고 싶다. 물론 염원이다. 염원대로 살아지는 게 인생이 아니란 걸 알기에 더 힘주어서 말하는 것이다. 앞으로 나하고 같이 술을 먹으려면 청하부터 시켜야 할 것이다. 순한 술로 순해지는 내 모습이 자랑스럽도록 살아가고 싶다. 아마 그렇게 노력을 할 것이다. 두고 보라. 청하와 함께 하는 느린 삶의 춤을……

9

명분 있는 거절은 삶의 무게를 가볍게 한다.

가르치는 일은 곧 배우는 일이다. 가르치기 위해서도 배우지만 가르치는 수강생을 통해서도 많이 배운다. 나 같은 경우는 수강생 연령이 높은 편이다. 그래서 나보다 나이가 위인 분들이 많다. 그런 분들과 강의 중에 피드백을 통해서 얻는 삶의 지혜는 너무도 소중하고 고마운 일이다. 일일이 나열하기조차 어려울 정도로 많은 경험을 공유하게 되는 것이다.

고마운 일이 아닐 수 없다. 하지만 가끔은 내가 상담역을 할 때도 있다. 이분들이 어려움을 겪는 이유 중 하나는 거절을 잘 못한다는 것이다. 살아온 세월만큼 수용하는 폭이 크기 때문이다. 자식 문제건 친구 문제건 주변 사람들을 편하게 하려고 그들의 요구를 대부분 들어주고 사시는 것이다. 그래서 삶이 버겁다고 하신다. 일이 겹치고 하니 몸이 힘들다고 하소연하시는 것이다.

그러면 나는 거절을 하라고 말씀드린다. 하지만 그마저도 쉬운 일이 아니라고 한다. 사람이 습관적으로 하던 일을 바꾸는 것은 생각보다 어렵기 때문이다. 의리상, 인정상 할 수 없이 받아들이고 나서는 감정적인 문제부터 시간에 쫓기는 일까지 너무 벅차고 바쁜 일상을 살아가고 있는 것이다. 그러다 너무 힘든 한계점에 이르면 나한테 어떻게 하면 좋은지 물어보시는 것이다.

그럴 때 난 거두절미하고 이렇게 말한다. "거절하세요. 못한다고 딱 잘라서 말씀드리세요. 그렇게 몇 번만 하시면 사는 게 훨씬 수월해집니다."라고 힘줘서 말한다. 사실이 그렇다. 우리가 하는 일은 내가 반드시 해야만 하는 일이 있다. 그런 일은 해야 한다. 그것은 의무이기도 하기 때문이다. 하지만 맺은 인연 때문에 어쩌지 못해서 하는 일은 능률도 떨어지거니와 마음의 괴리가 생겨서 힘들고 짜증도 나는 것이다.

얼마 전에도 그런 상담을 받았다. 문화센터에 수강비를 지불하고 나니까 이 번 달에 행사가 많다는 것이다. 가족끼리 여행도 있고 제사도 있고 친구 모임까지 겹치는 날이 많은데 요가를 배우겠다고 신청을 하고는 갈등을 하고 있는 것이었다.

요가도 처음으로 하는 것이어서 결석을 한다는 것이 마음에 내키지 않는다고 한다. 그렇다고 친구 보임노 빠지기는 싫고 여행도 벼나야 하고 매주 겹치는 일이 있다면서 속상해하시는 거였다. 그래서 내가 말했다. "그럼 문화센터에 가서 이번 달은 행사가 많아서 다음 달에 수강을 할게요."라고 말하고 수강료를 받아 오라고 했다. 그랬더니 어떻게 어제 한 일을 그렇게 쉽게 뒤집을 수 있냐고 하신다. 맞는 말이긴 하지만 그렇게 해야만 일이 간단하게 해결되는 것이다. 그렇지 않고 모처럼 배우겠다고 한 요가를 자주 빠지게 되면 수강료도 아깝고 그렇다고 친구 모임과 여행을 못 가게 되면 인간관계가 원만하게 되지 않을 것이다. 어차피 요가는 시간을 요하는 운동이니까 우선순위에서 다음으로 미루는 것도 나쁘지 않다. 그리고 다음 달부터는 요일을 조정하든 다른 문화센터에서 하는 요가 시간을 살펴보고서 겹치지 않는 요일을 선택하면 되는 일이다.

문제는 이분들이 자기가 한 말을 지키려고 하는데 어려움을 느끼는 것이다. 내 입으로 두 번 말하는 것을 죽기보다 싫어하신다. 그것을 마치 큰 신뢰를 깨뜨리는 행위라고 여기는 것이다. 그래서 반품이나 거절을 잘 못하는 것인데, 그러므로 일이 많아지고 힘든 것이다. 명분 있는 거절은 삶의 무게를 가볍게 한다. 내가 소중하다고 생각하는 우선순위를 정하고 나머지는 가차 없이 잘라내야 한다.

그리고 버린 것에 대한 미련을 갖지 말아야 한다. 마음이 거절한 것에 가 있으면 현재가 어수선하고 복잡해진다. 자기 스스로 삶을 간소화해야 한다. 그래야 사는 데 짐이 가벼워서 경쾌한 삶을 유지할 수 있게 되는 것이다.

발걸음이 가벼우려면 거추장스러운 것들을 버리고 가야 하는 것처럼, 인생도 마찬가지다. 명랑하고 기분 좋게 살아가려면, 손발에 묶여 있는 것들을 거절할 수 있는 명분을 쥐고 단호하게 거절해야 한다. 명분 없이 거절하면 꾀가 많은 사람으로 낙인찍힌다. 그러나 명분 있는 반려나 거절은 품위마저 느끼게 한다. 범접할 수 없는 위엄과 삶의 진중한 면을 발견하게 되기 때문이다.

거절은 내 삶의 필요 없는 부분을 덜어내는 작업이다. 감정적으로 처리할 문제가 아니라 살아가는 학습의 일환인 것이다. 이성적으로 판단해서 간결하게 사는 일은 나이 들어서 필수적인 요소다. 이것저것 전부 다 걸치고 휘청거리면서 살지 말아야 한다. 가벼운 발걸음처럼 사는 일이 경쾌하려면 명분 있는 반려나 거절도 불사해야 한다.

10

남은 생을 무작정 열심히 살지 말라.

조급증과 서두름이 노인의 성미에 착 달라붙어 있는 경우가 많다. 자고로, 살아온 날들보다 살아갈 날들이 적다는 것이 원인을 제공해서 그런지 모른다. 하지만 그렇다고 무작정 아무 일이나 아무 곳에서나 열심히 살려고 발버둥 거리지 마라. 삶은 쫓아가서도 안 되고 쫓겨서도 안 된다. 흐름을 타고 살아야 유유자적하니 멋스럽다.

살기 좋은 나라는 우리나라가 맞다. 어디를 가나 노인을 위한 복지 센터가 있고 그 복지센터에 안에는 문화 강좌 프로그램이 수십 개나 있다. 마음만 먹으면 비용도 저렴해서 하루 종일 배울 수 있다. 그래서 살펴보니 정말로 죽기 살기로 배우고자 힘쓰는 노인 분들이 많다. 참으로 고마운 일이다. 보기에 따라서는 말이다. 하지만 그렇게 온종일 배우고 익혀서 삶을 낭비하는 것은 아닐까 하는 생각이 드는 것은 왜일까?

나머지 생을 채우기 위해 열심히 살았노라고 하면 남들도 보기 좋고 본인도 위로가 될지 모른다. 하지만 무작정 배우기만 해서 무작정 열심히만 산다고 좋은 것이 아니다. 그것은 허탈함을 메우기 위해 처절하게 몸부림치는 것과 별반 차이가 없어 보인다.

사람은 사람답게 자기 몫의 소명을 다할 때가 아름답다. 힘에 부치는 계획표를 만들고 기계처럼 열심히 산다고 잘 사는 것은 아니다. 누가 무엇을 하건 그것이 그렇게 좋아 보인다고 해도 나에게 맞는 것이 있고 맞지 않는 것이 분명 있을진대 무조건 하고 보자는 식은 참으로 우매한 결정이고 선택이다. 사람에게 주어진 하루의 시간은 같다. 효율적으로 사용해야 한다. 좋아 보여서 열심히 하는 것도 좋지만 좋아서 해야 한다.

나도 한때는 자격증 열풍에 몸살을 앓았던 적이 있다. 지금도 그 자격증이 십여 가지가 넘는다. 하지만 사용하는 것은 한두 가지가 전부다. 나머지는 그 나머지로 분류되어 장기 보관 중이다.

마치 운전하지 않는 사람이 장롱에 고이 보관한 운전면허증과 다를 바 없는 것이다. 유행처럼 떠도는 자격증 장사에 한몫 보탤 생각을 하지 마라. 평생 몇 번 갈까 말까 하는 외국여행 때문인지는 몰라도 외국어 회화에 열중하거나 실효성도 없는 민간 자격증을 취득하려고 머리 싸매고 공부하지 마라.

그럴듯한 포장으로 꼭 필요할 것 같지만, 냉정하게 생각해보면 써먹을 수 있는 자격증은 손가락에 꼽을 정도밖에 없다. 그런데도 따 두면 다 소용이 있겠지 하는 생각으로 열심히 공부하고 실습하다 보면 생활의 지평은 넓어질지언정 삶의 질은 바닥을 기고 있는 것이다. '열심히' 가 '잘 함'과 같은 등식이라는 생각부터 버려야 한다. 이미 많은 사람이 등록되어 있는 자격증 반은 경쟁력이 뒤진다는 사실을 염두 해야 한다.

수요가 많으니까 공급도 많겠지 하는 등식도 면밀하게 검토해야 한다. 시장에서 균형을 잡는 경쟁력은 만만치 않다.

남은 생이 많지 않다고 무작정 열심히 산다는 설정은 버리고 알차게 살아야 한다. 그러려면 자기 성찰을 통해서 과거의 스펙을 잘 들여다보고, 자기만의 특성을 살려서 전문화하는 것이 바람직하다. 이것저것 여러 우물을 파다 보면 뭐라도 나오겠지 하는 사고방식은 젊어서 하는 것이지, 나이 들어서는 그야말로 시간이 많지 않다. 오로지 전문화된 실력과 능력으로 살아야 한다. 그럴 때 사회가 인정하고 자기 자신에게 뿌듯한 삶이 되는 것이다.

고독한 깊이가 전문성을 길러준다. 많은 사람들이 가는 길에 들어서면 소속감과 안정감을 얻을 수는 있어도 무개성으로 삶이 보편화되고 그 보편성은 자기 상실을 의미하게 된다.

결국 나답게 살지 못하고 남처럼 살아서 아무런 삶의 가치를 인정받지 못하는 것이다. 그러다 보면 남들과 비교하게 되고, 비교는 곧 자기 비하나 우월감으로 인해 자존감을 잃게 되는 것이다. 인생의 마무리로서는 최악의 시나리오가 되는 일이다.

그러다 보면 조급증은 더 심해지고 삶이 추해지는 것이다. 나름의 방식과 전문성을 가지고 느긋하게 한 길로 가라. 자기만의 특성을 알고 심취하라. 그래야 서두르지 않고 살아가는 품위가 생긴다. 자기만의 전문성을 가져야 사회에 빛이 되고 삶이 윤기 나는 것이다. 살아서 윤기가 죽어서 빛나는 별이 된다. 기억하라. 살아서 반짝이지 못하면 죽어서도 빛나는 별이 될 수 없다.

11
드나드는 이웃을 두어라.

행복한 삶에는 반드시 친구의 얘기가 나온다. 친구를 두어야 행복하다는 것, 그것도 많을수록 행복도가 올라간다는 것이다. 맞는 말이다. 부정할 여지가 없다. 하지만 친구 만들기가 그리 만만한가, 차라리 길에서 사랑을 구걸하는 것이 훨씬 빠르다. 그래서 더 친구가 소중한 인생의 동반자인지 모른다. 친구의 개념은 각자 다르다. 어느 사람은 초등 동창을 친구로 생각하고는 가장 중요한 행사를 초등 동창 모임으로 규정한다. 또 어느 친구는 대학 동창을 가장 친한 친구로 등장시키기도 한다. 또 어떤 이들은 병원 환우 모임을 결성해서 정기적으로 만난다. 또 어떤 사람들은 동호회 모임을 갖는 사람을 친구로 생각하기도 한다. 나름대로 친구라 부르고 정답게 지내는 부류가 따로 있다.

하지만 뭐니 뭐니 해도 어릴 적 동네 친구가 으뜸임에는 설명이 필요 없다. 그야말로 살아온 이력을 일일이 설명하지 않아도 되는 사이라 그럴 것이다. 친구의 개념은 나이가 엇비슷하거나 같은 추억을 공유했거나 같은 학교를 졸업했다던가와 같이, 뭔가를 공유할 때 친구라는 생각을 하게 된다. 나만 그런가? 아닐 것이다. 친구는 공유할 수 있는 시간의 길이가 친밀도를 정하게 된다. 그래서 나이 들어 친구를 사귀는 일은 참으로 어렵다.

이사를 전전하고 직장을 옮기고 직업을 바꾸다 보면 거리상 시간상 친구 맺기가 수월치 않은 것이다. 그렇게 세월이 흘러서 은발이 되고 나면 새삼 친구가 그립다. 실없는 농담을 해도 괜찮고, 비 오는 날 슬리퍼를 신고 만나도 좋을 막역한 친구가 한두 명은 있었으면 하는 것이다. 그것도 지척에 말이다. 멀리 있는 친구도 좋지만 기왕이면 가까이서 흉허물 없이 지내는 친구가 있으면 하는 것이다.

내가 아는 한 분은 참으로 고상하다. 심성이 착하고 남을 배려하고 이해하는 깊이가 있다. 그래서인지 이웃하는 사람들이 한 둘이 아니다. 모처럼 시간이 나서 전화를 하면 통화 중일 때가 많다.

그렇다고 북적대고 부산한 분위기가 아니라 단출하고 소박한 분위기를 느끼게 한다. 그래서 한 번은 이런 말도 했다. "만나기가 대통령 영부인만큼 힘들어요,"라고 했더니 친구들도 가끔 그런 말을 한다며 미소를 띠시는 것이다. 간결한 말씨와 남을 이해하고 배려하는 그 분의 행동은 이웃사람을 늘 집안으로 이끈다. 음식 솜씨와 집안 살림살이가 출중해서 이웃하는 사람들과 스스럼없이 친분을 맺는 것이다. 그래서 시간을 잘게 쪼개 쓰신다. 약속을 한 번 잡으려면 여간 어려운 게 아니다. 하지만 약속한 날 담소를 나누고 보면 역시 지혜로운 생활의 면면을 들여다볼 수 있게 된다.

그분은 많은 계층의 사람을 두루 상대하신다. 시집살이 초년에 맺었던 이웃들도 지금까지 만나고 있고, 종교생활을 같이 하는 분들과 동호회 사람들, 그리고 아파트 주민들까지 그 계층이 다양하고 나이도 천차만별이다. 나이를 초월하는 감성과 정서가 대단하신 것이다.

그래서 여쭤보니 책을 가까이하신다고 한다. 늘 머리맡에 책을 두고 잠자리에 드는 것이다. 낮 시간의 활동으로 독서의 시간을 별도로 내기 어려워서 잠자기 전에 펼쳐 보신다고 한다. 책은 많은 사람의 경험이나 지식을 엮어 놓은 것이다. 그래서 그분의 교양과 상식은 책에서 얻는 것이다. 물론 다양한 사람들과의 교류를 통해서 얻는 것도 있겠지만 많은 부분은 책을 통해서 지식을 얻고 생활하신다고 한다. 그리하여 어느 사람과도 잘 소통하신다. 소통에 막힘이 없으니 너 나 할 것 없이 많은 사람들이 좋아하고 친구가 되고자 한다.

나도 그래서 그분과 가까워졌다. 나이 불문하고 친구가 된 것이다. 친구라고 해서 반드시 같은 동년배를 생각하고 만나자고 하면 정말로 찾기가 쉽지 않다. 뿐더러 과거를 알려주고 알아야 하는 절차가 번거로운 것이다. 그분처럼 삶의 문턱을 낮춰서 집으로 드나드는 사람들이 많았으면 좋겠다. 나이 들어 친구 삼는 일이 어려울수록 그분이 존경스럽고 부럽다. 누가 남의 집에 불쑥 찾아갈 생각이나 하는가 말이다. 요즘 같은 세상에 그런 분이 있다는 것은 귀감이다. 이웃 사람과 친 하라. 친하면 친구가 된다. 그리고 드나드는 이웃이 있으면 나이 들어 행복하다.

12
청소하는 물고기처럼 일하라

강의 시간에 이런 질문을 했다. 가장 많이 생각하는 단어가 무엇인가요? 나는 주로 어린 학생이나 젊은 사람을 만나면 자주 묻곤 하는 말이다. "요즘 가장 많이 생각나는 단어가 뭐지?"라고 말이다. 그러면 관심이 어디에 있는지 알 수 있다. 사람을 판단하고자 물어보는 것이 아니다. 관심이 어디에 있는지 알면 어떤 말을 해야 하는지 알게 되기 때문이다. 나로서는 배려하고 이해하는 기준점이 된다고 여겨서 이렇게 묻는 것이다.

하지만 강의실에서 물어보는 것은 주로 어른들의 관심사는 무엇일까 궁금해서다. 많은 사람들이 사랑과 자비 그리고 봉사 자식 건강 등을 말씀하신다. 개중에는 아무것도 생각나는 단어가 없다고도 하신다. 그냥 편하게 살겠다고, 살고 있다고 하신다. 그럴 때 나는 허탈해진다. 스피치를 공부하는 것은 생각을 확장하는 일이다. 말을 잘 하기 위해서 나이 드신 분들이 여기에 오는 것이 아니다. 질문하는 힘을 갖기 위해서 약간의 스트레스를 받으면서도 함께 자리하는데 아무 생각이 없다고 할 때는 자괴감마저 드는 것이다. 물론 그럴 수 있다.

젊어서 열심히 살았기에, 이제는 치열한 삶과의 투쟁을 포기하고 유유자적하니 즐기고 싶은 마음도 이해는 간다. 하지만 수 십 년 전 치적으로 만족하고 시간이 흐르는 대로 산다는 것은 생명의 탄력이 없는 것이다. 그야말로 얼굴의 주름처럼 삶을 접어서 산다는 기분이다. 역동적으로 살 때 멋있다. 노인들도 땀을 흘리고 백발을 휘날릴 때 삶이 숭고하게 느껴지는 것이다. 나무 그늘에 앉아서, 열심히 일하는 사람을 훈수 두는 것보다는, 삶의 현장에서 느리지만 쉼 없이 손발을 놀릴 때 보기 좋은 것이다. 아주 힘들고 중요하고 어려운 일은 젊은 사람에게 맡겨야 한다. 그런 일을 나이 들어서 한다면 능력이 있는 것이지만, 보통은 그러한 일에서 조금 멀어져 있는 삶이 유연한 것이다.

얼마 전 지인이 어항을 샀다며 좋아하셨다. 그러면서 청소하는 물고기를 관찰하는 맛이 제법이라고 설레발을 치시는 것이다. 가만히 바닥을 기다시피 다니다가, 어항 물에 이물질이나 먹잇감이 떠오르면 거의 수직에 가깝게 올라가서 낚아채서 먹는다는 것이다. 그분 말씀이 어찌나 조곤조곤 말씀을 실감 나게 또 재미있게 실황 중계하듯 해서 정말 보지 않고도 그 장면이 보이는 것 같아 얘기에 빨려 들어갔던 것이다.

아마도 그 얘기를 들었기에 발길이 마트 안쪽에 자리한 수족관을 파는 쪽으로 향했을 것이다. 거기에는 정말로 여러 종류의 열대어가

온갖 천연색으로 자태를 뽐내고 유영을 하는 곳이다. 나는 물론 물고기 어항을 장만하려고 간 것이 아니라 청소하는 물고기를 보러 간 것이다. 거기서 청소하는 물고기를 봤다. 다른 열대어와의 차이는 별로 없었다. 작고 귀여운 몸채였는데 하는 일이 청소였다. 잠시도 쉬지 않고 모래 바닥과 자갈을 지나면서 핥고 있었다. 그러다가 먹이가 나타나면 쏜살같이 올라가서 먹이를 낚아채는 것을 보았다. 다른 열대어처럼 유연하게 물을 가르며 멋진 모습을 보이는 것이 아닌데도 난 그 청소하는 물고기만 유심히 보게 되었다. 마치 나의 든 내 모습이 저래야 하지 않을까 하는 생각에 쉽게 자리를 뜨지 못했던 것이다. 나이 들면 젊은 세대가 마음껏 활동하도록 그 환경을 마련해 줘야 하지 않을까. 같이 경쟁하고 같은 무리에서 치열하게 스토리를 쌓아가는 것이 아니라 가장 낮은 위치에서 젊은이를 돌보다가, 안 좋은 상황을 민첩하게 처리해주고 다시 제 자리로 돌아오는 청소하는 물고기 역할을 해야 하는 것이 아닐까 생각을 곱씹었다.

그래서 요즘은 청소하는 물고기가 내 화두가 되었다. 가장 많이 생각하는 단어 또한 '청소하는 물고기'다. 누군가는 우리 사는 세상을 깨끗하게 해야 한다. 그런 일에 일조하면서 생의 마지막을 정리하는 일은 아주 괜찮은 선택이다.

어느 청소부가 말했다고 한다. "당신은 무슨 일을 하나요?"라고 물으니 "난 지구의 한 모퉁이를 깨끗하게 하는 일을 한다."라고 자신의 직업에 대한 사명감을 나타냈다는 것이다. 멋진 일이다. 어떻게 일을 하는지가 중요하고 또 그 일에 대한 자신의 본분을 아는 것은 매우 고무적이다. 나이 들어서 젊은이들과 경쟁하는 일도 물론 보람이 있겠지만 자세를 낮춰서 하잘것없지만 하지 않으면 안 되는 작고 소소한 일, 일테면 청소를 한다면 가장 보람 있는 일을 하는 것이 아닐까 한다. 청소하는 물고기가 가슴속에 들어왔다.

13

혼자 먹지 마라. 함께 나누어라.

소모임을 가졌다. 몇 사람 안 되는 모임을 갖기까지 과정이 수월치 않았다. 각자의 사적인 이유와 생활의 룰이 다르기에 일정을 맞추기가 어려웠다. 오후 6시에 만났으니 거의 저녁식사를 하지 못했다. 그런데 같이 식사를 하기에는 좀 어색한 것이, 초면인 사람이 더러 있어서다. 그래서 일단 카페에서 얼굴을 익히고 통성명이라도 한 다음에 저녁식사를 할 요량으로 카페에서 만나서 차를 시켰다. 커피와 음료를 모두 시켰는데, 유독 한 사람이 자기는 감기약을 먹어야 한다고 따로 베이글을 시킨 것이다. 다들 홀짝이면서 커피나 음료를 마시는데 혼자만 우적우적 빵을 씹어 삼키는 것이다. 물론 사정이야 있었다. 약을 먹기 위해서 먹는다고는 했지만 뭔가 분위기가 어색한 것은 혼자 먹는 베이글 때문이었다.

사람은 보기보다 먹는데 예민하다. 별것이 아닐 때 더 그렇다. 아주 귀한 음식이거나 모처럼 먹는 별식도 아닌 것을 혼자 먹을 때 그것을 지켜보는 시선과 아랑곳하지 않는 뻔뻔함이 서로 상충하는 것이다. 무거운 공기가 그 순간 먹는 소리에 잠기는 것이다. 작은 빵이라도 마찬가지다. "조금 드셔보시겠어요?"라고 한 마디 말이라도 해야 한다. 아무리 자기가 허기지고 약을 먹기 위해서라도 말이다.

일전에 그런 일이 떠오른다. 지인의 사무실을 방문했는데 나도 식전이고 해서 같이 밥을 먹으러 가자고 할 판이었는데 어떤 젊은 학생이 햄버거 두 개를 가지고 온 것이다. 그 학생은 내가 있을 거라고는 생각지 못한 것이다.

그런데 문제는 그 햄버거 두 개를 아무렇지 않게 지인과 학생이 나눠 먹는 것이다. 나는 물 한잔 주지 않고 말이다. 그래서 속으로 다짐했었다. 다시는 이곳에 오지 않으리라. 사람을 우습게 아는 것인가? 이렇게 먹는 것으로 하대하다니 하고 기분이 몹시 언짢았다.

지금 시대에는 먹을 것이 지천이다. 적은 돈으로도 얼마든지 먹을 것을 살 수 있다. 하지만 같이 있는 동석에서는 나누어야 한다. 아니 나눌 만큼의 양이 아니더라도 말이라도 나누어야 한다. 그래야 같이 있는 사람이 이해하고 아량을 베풀 수 있는 것이다. 자기만 입인 양 먹어치우는 모습은 가련하게 보이기까지 하는 것이다. 얼마나 못 먹고 다니면 이렇게 여럿이 모인 데서 저렇게 혼자 먹을까 유치해 보이는 것이다.

사람은 염치가 있어야 한다. 염치를 모르면 좋은 평을 들을 수 없게 된다. 더구나 초면인 사람의 기억에 그 모습은 지워지지 않을 것이다. 아무리 화려한 옷을 입고 멋진 수사를 써가며 말을 한다고 해도 같이 상종 못할 인간이라고 낙인 되었을 것이다. 보나 마나다.

분위기라는 것이 있다. 분위기에 맞게 행동해야 한다. 너무 튀어서 존재감을 쓸데없이 드러내는 일은 보기에 흉하다. 그렇다고 너무 기가 죽어 있는 모습도 안쓰럽긴 하다. 감정을 조절하고 행동을 신중하게 하는 것이 함께 할 때 필요한 모습이다. 자기 식으로 자기만의 욕구를 채우려고 남을 전혀 의식하지 않으면 소외된다. 본인은 무엇 때문인지도 의식하지 못한 채 배제되는 것이다. 그래서 상황인식이 중요하다.

말을 많이 해도 욕을 얻어먹는데, 하물며 혼자 음식을 먹는 것은 두고두고 회자될 아쉬운 장면이다. 우리말에 콩알 하나도 나누라 했다. 그 작은 콩 한 알도 나누라고 일컫은 것은 함께 하라는 말이다. 먹는 것은 많은 것을 시사한다. 누구는 먹는 모습을 보면서 성향을 알아챈다고도 하는 사람이 있고, 어떤 사람은 먹는 것을 보면 사고하는 것을 안다 고도 한다. 어쨌거나 혼자 먹는 것은 홀로 있어서 먹는 것이 아닐진대 보기 좋은 모습이 절대 아니다.

실수였다면 늦게라도 사과를 하는 것이 맞다. "실은 제가 너무 배고픈 나머지, 아니면 약을 먹어야겠다는 생각밖에 없어서 미안하게 되었습니다."라고 해야 한다. 다들 배고픈 상황이었다. 그래서 내심 빨리 끝내고 저녁을 먹을 생각들을 하고 있었는지 모른다.

남은 몰라도 나는 그렇게 생각을 하고 진행을 했다. 그런데도 우적거리면서 혼자 먹는 것을 볼 때는 저 사람이 저런 모습이 있었나? 내 눈을 의심했던 것이다. 자기만 아는 모습의 전형이었으니 말이다. 집에서나 식당에서 혼밥을 즐기는 사람이 있다. 그런 모습은 그래도 상황이 그러니 할 수 없다는 생각이 든다. 하지만 여럿이 함께 하는 자리에서 혼자만 베이글을 먹는 것은 무리수를 둔 것이다. 조금 참았다가 저녁을 함께 하는 것이 마땅한 일이라고 본다. 심각하지 않은 일에 대해서 장광설을 했는지 모르나, 이 글을 읽는 사람은 어디가서 여럿이 있는데 혼자 먹지 마라. 같이 마시고 같이 먹어라. 음식은 자고로 나누는 것이다. 혼자 눈총 받으면서 먹어봐야 살로 가지 않는다.

14

안 하니까 못하고 못하니까 싫은 거다.

나이 들었다고 다 어른이 아니고, 살림 오래 했다고 다 요리 잘하는 것이 아닌가 보다. 둘레 길을 걷다가 점심시간에 여럿이 싸가지고 온 도시락을 풀어먹다 보면 아직도 요리 초보인 어른이 있다. 반찬은 각기 주재료의 맛이 나야 하는데 이도 저도 아닌 맛을 내는 사람이 있는 것이다. 퓨전 요리도 아니고 좋은 재료는 다 썼음에도 고유한 맛을 내지 못한다.

그런 사람 중에 한 분이 앞으로 자기 남편의 식사는 챙기지 않겠다고 선언을 했다 한다. 젊어서 사업을 하느라 지치고 고생한 자기 자신에게 보상을 해야 하는데, 그리 시간이 많지 않으니 양해를 바란다는 취지였다고 한다. 듣기에 따라서는 참으로 자기애가 넘치고 생을 즐길 줄 아는 우아한 사람으로 보인다.

하지만 그동안 살림살이에 소홀했다면 이제 남은 시간을 집안일에 쏟아서 가족들에게 헌신하고 봉사하는 시간을 갖는 것이 더 나은 결정이 아닐까 생각해 본다.

밖으로는 양로원을 방문하는, 자칭 불쌍한 노인들을 돌보기도 하고 물품으로 봉사도 하는 걸로 안다. 물론 그런 일도 좋은 일이고 칭찬받아 마땅하다. 하지만 집에 있는 남편의 식사를 챙기고 집안일을 하는 것이 우선되어야 하지 않나 싶다.

나이 들어 노안이 되니 멀리 있는 것은 잘 보이는데 가까이 있는 남편과 가족은 안 보이는 것일까? 성과에 급급하고 남들에게 인정받는 삶을 추구해온 습관적 타성 때문일지도 모른다. 살면서 무엇이 더 낫다는 경중을 따질 수는 없을 것이나, 그래도 가까이서부터 관심과 사랑을 확장해 나가는 것이 바람직하다.

먼 곳에서부터 시작해서 안으로 들어오는 축소형 관심과 사랑은 자칫 시간을 낭비하거나 오해의 여지를 남길 수 있는 일이다. 남한테는 잘하면서 집에서는 못한다는 비아냥거림을 감수해야 하니 말이다. 이렇게 삶의 균형추가 잘못 잡힌 사람을 우리는 가끔 볼 수 있다. 아니 적잖은 사람들이 그런 모습으로 살아가고 있는지도 모른다.

내가 아는 어느 분도 자기 손자는 별로 안 챙기면서 고아원을 다니면서 봉사를 한다. 그분의 얘기를 들어보니 못마땅한 며느리 때문이라는데 언뜻 이해가 가질 않는다. 그렇다고 제 손자는 나 몰라라 하면서 고아원 아기를 돌본다는 것이 이상하게 보이는 것이다.

물론 대리만족이나 대리 보상이라는 것이 있다. 하지만 우선은 자기 가족부터 사랑과 봉사가 이루어져야 한다. 내 가족을 중심으로 사랑하며 봉사하고서 이웃과 사회로 확장해야 하는 것이다. 내 가족은 관심 밖이고 남에게 인정받으려는 것은 잘못된 신앙처럼 불편해 보이는 것이다. 마치 내 허물을 감추려고 남을 헐뜯는 것과 다를 바 없는 것처럼 말이다.

그것은 거지에게 구걸해서 다른 거지를 도와주는 형국인 것이다. 나와 내 가족에게 잘 해야 한다. 그러고 나서 이웃에게 눈을 돌려야 한다. 내 가족을 소외시키면서까지 남을 돌보는 것은 그 순서만 잘못된 것이 아니라 내용도 의심의 여지가 있는 것이다. 부조화의 심리가 작용하는 것으로 보인다.

요즘은 여자들이 남편을 집에 남겨두고는 밖에서 활동을 주로 한다. 그래서 봉사단체에 가입하고 회비를 내고 고아원 양로원 자선단체를 하루 종일 돌아다닌다. 남편을 집안에 가구처럼 여긴다. 그래서인지 일일이 챙기고 생각해주는 일이 거의 없다. 나 없으면 나간 줄 알라는 식이다. 그래서 밥만 해놓고 나간다든지 아니면 밥도 아예 안 해놓고 바깥일에 정신을 판다. 남편이 그렇게 대접받을 만한 젊은 시절의 과오가 있었는지는 모르겠지만, 현상만 보면 완전히 집안에서 푸대접을 받는 모습이다.

내 가족을 먼저 알고 살펴야 하는 것이 마땅하다. 남은 이차적 문제다. 그럼에도 많은 여자들은 밖에 있는 남의 일이 우선인 듯하다. 그래서 바쁘다. 어느 모임에 가야하고 어느 단체에서 봉사활동을 해야 하고 너무너무 바쁘다. 그래서 집에 남아 있는 가족은 소외되고 지쳐가는 것이다.

아내들이여. 안 해본 것을 하라. 지금껏 손을 대지 않았던 일을 하라. 그것이 몹시 서툴고 힘들더라도 해보라. 가령 요리를 못한다고 하면 요리를 배우고 만들어 보라. 그러면 실력이 늘게 돼 있다. 시간을 투자하고 열의를 가졌는데도 실력이 늘지 않는다면 그것은 모순이다. 그리고 청소를 안 해봤다면 청소도 열심히 해보라. 사업하느라 맞벌이하느라 젊은 시절을 밖에서 보냈다면 이제 여생을 가정을 위해서 일해보라.

남자도 마찬가지다. 서로 안 해본 일을 해보라. 안 하기 때문에 못하는 것이고 못하니까 하기 싫은 것이다. 이런 악순환의 고리를 끊으려면 시도해야 한다. 차원 높은 도전이 아니라 일상생활의 불편함을 스스로 해결해 보라는 것이다.

해보면 하게 된다. 싫어하는 것도 자주 하면 애정이 솟는다. 사람의 손길이 가면 마음도 따른다. 손이 가지 않으니 마음도 없는 것이다. 이제껏 음식 만드는 일을 소홀히 했거나 하기 싫었다면 이제는 가족의 건강을 위해서 직접 챙겨 보라. 밖으로 나돌면서 봉사한다고 여기저기 다니지 말고, 일단은 집안 식구를 위해서 시간을 투자해 보라. 보람도 있고 기분도 좋아질 것이다. 남들에게 인정받는 일도 중요하지만, 남들의 인정과 칭찬은 실속이 별로 없는 경우가 많다.

나이 들었다고 손을 놓게 되면 늙는다. 마음이 분주하지 않게 가정 일부터 차근차근해보라. 가족들이 새롭게 보일 것이다. 새롭게 사랑하는 마음이 싹틀 것이다.

고목에도 꽃이 핀다. 새로움은 활력이 된다. 늘 밖에서 찾지 말고 소중한 것을 안에서 발견하는 것을 권하고 싶다. 안 해서 못하고, 못해서 싫은 것이다. 해보면 보람도 따르고 재미도 있을 것이다. 겉치레에 현혹되지 말고 내실을 기해라. 가족부터 챙기고 나서 이웃에 관심을 가져야 한다. 거꾸로 되면 가정 파탄을 막을 수 없게 될지 모른다.

15
새벽잠이 없으면 책을 보라

나이가 들면 새벽에 잠이 없다. 어쩔 수 없이 새벽에 깨는 것이다. 저녁에 일찍 잠자리에 드니 새벽에 일찍 일어나는 것이 당연하다. 그런데도 자신의 수면에 이상이 있는 것처럼 건강을 염려하는 분들이 있다. 물론 깊은 잠을 못 자서 뒤척이다가 깨는 경우도 있다. 그러나 대부분의 나이 든 분은 일찍 자기 때문에 일찍 일어나는 것이다. 그러면 다른 가족이 깰까 봐 잠자리에서 뒤척거리며 이 생각 저 생각으로 머리를 쥐어짜거나 고양이 걸음으로 살금살금 거실로 나와서 물끄러미 앉아 있는 것이다.

생각이 행위를 이끌지 못하는 것이라면 생각 자체를 하지 않아야 한다. 하지만 생각이 생각을 물고 늘어지는 꼬리잡기 식은 머리만 아프다. 그럴 때의 생각은 대부분 걱정으로 이어진다. 아무리 생각을 잡고 있으려 해도 쉽지 않다.

나 같은 경우는 숨 쉬는 것을 의도적으로 인식하려고 한다. 가끔 잠에서 깰 때 다시 잠을 청하는 방법이다. 하지만 그것도 쉬운 일이 아니다. 아무리 코에 집중해서 날숨과 들숨을 의식하려 해도 어느 순간 생각이 불쑥 튀어나와서 과거의 어느 시점에서 헤매거나 아니면 미래의 어떤 걱정을 미리 하게 되는 것이다.

나는 이러한 일련의 과정을 호흡하는 수련으로 알고 행해도, 난관에 봉착하게 되는데 보통은 끊임없는 생각에 잡혀 있을 것이다. 이럴 때는 차라리 손에 잡히는 책으로 생각을 멈추게 하는 것이 효과적이다.

어제는 독서 모임을 가졌다. 3년 전부터 모임을 가졌었는데, 사무실 사용에 관한 문제가 발생해서 새롭게 독서 모임을 구성했다. 인원도 대폭 조정이 됐고 사무실도 이전을 했다. 그래서 다시금 모임의 취지를 설명하는 자리를 마련했었다.

그때 나는 이런 말로 시작을 했다. 육체가 건강하려면 몸을 혹사해야 합니다. 물론 여기서 혹사로 표현한 것은 운동을 말하는 것이다. 육체를 고통스럽게 해야 몸이 건강하다는 말이다. 마찬가지로 정신이 건강하려면 정신을 고통스럽게 만들어야 한다. 몸도 그렇지만 마음도 자유를 원한다. 하지만 건강한 몸과 건전한 마음을 위해서는 자유를 구속시켜야 한다. 다시 말해서 고통을 부여해야 하는데, 정신을 가두는 일에 독서만큼 좋은 것이 없다고 일설을 가했다. 맞는 말이다. 정신 수양을 위해서 책을 읽는 일만큼 좋은 것이 없다고 자부한다. 그런 의미에서 본다면 책 읽을 시간을 따로 내야 한다는 것이다.

그런데 새벽에 잠이 깬다면 이보다 좋은 시간이 어디 있는가. 책을 잡으면 되는 것이다. 하지만 보통은 그렇지가 않다. 책을 손에 접한다는 것이 말이 쉽지, 전혀 흥미를 못 느끼는 사람은 이보다 더한 괴로움이 없을 것이다.

　신문도 대충 눈으로 스쳐보고 마는데 책을 읽는다는 것은 언감생심이다. 하지만 정신 건강에 좋다. 정신이 건강해야 몸도 건강해진다. 정신과 육체는 상호작용을 하기에 그렇다. 어느 한쪽으로만 비대해진다면 기형이다. 육체만 건강하고 정신이 허약해도 마찬가지고 정신만 건강하고 육체가 허약해도 그렇다. 서로가 서로에게 힘이 되어주고 믿음직해야 한다.

　한쪽이 늘 부실해서 신경이 쓰인다면, 한 몸 안에서 얼마나 비효율적인가. 그러니 따로 시간 내서 책을 읽으려 하지 말고 신체 리듬에 맞춰서, 새벽에 일찍 일어나면 책부터 손에 쥐어라. 그리고 폼 잡고 읽어 내려가라. 가족들 보기에도 좋고 자기 수양에도 더 할 나위 없이 좋은 것이다.

　책을 읽는다는 것은 정신의 여행이다. 나이 들어서 외국여행 한다고 음식도 안 맞고 기후도 안 맞는 곳을 깃발만 보고 돌아다니고 와서, 어느 나라 갔더니 어떻더라고 가이드가 한 말을 고스란히 뱉느라고 생고생하지 말고 정신 여행을 하라.

　책을 읽으면 고생도 덜 할뿐더러 평정심이 생겨서 사물과 상황에 대한 통찰이 생긴다. 그러면 훨씬 어른으로 살아가기에 적화되는 것이다. 독서는 눈으로 듣는 경청이라고 강조하고 다닌다. 사람의 말을 듣는 일이다.

　우리는 하고 싶은 말로 자신을 나타내고자 한다. 하지만 많이 들으면 지혜로워진다. 말은 소비다. 나타내는 것은 사용하는 것으로 많이 말할수록 소비되어 가난해진다.

하지만 책을 읽는다는 것은 저축하는 일이다. 쌓는 것이다. 내적 재산을 쌓는 것이기에 부자가 되는 길이다. 정신이 든든해진다. 곡간을 가득 채우니 부자의 마음이 드는 것이다.

그러니 할 일없이 걱정이나 하면서 새벽 시간을 보내지 말고 아까운 시간을 독서로 보내라. 우아하고 멋진 모습이다. 돋보기 너머로 보이는 세계가 복잡하다면, 돋보기 안으로 보이는 세상은 간결한 지성의 세계다.

가족들 자는데 헛기침이나 하면서 왔다 갔다 하지 말고, 책상에 앉아서 새로운 세계를 경험하라. 어른의 자태가 나올 것이다.

그래도 집안의 어른이니까 논어나 맹자 아니면 인문학 정도는 읽어야 하는 것 아닌가라고 생각지 말고, 우선은 재미있고 쉬운 책부터 읽어야 한다. 마음에 없는 것을 하면 지속하기 어렵다. 남 눈치 보고 가족 눈치 봐가며 살지 마라. 죽는 일이 가까워지는데 뭔 눈치를 보며 사는가. 그저 읽기 편하고 쉬운 책을 골라서 재미 삼아 읽어라. 그러다 보면 책을 고르게 되고 고르다 보면 교양 있는 서적이나 어려운 인문학도 접하게 되는 것이다.

첫 숟가락에 배부르랴, 너무 건성건성 대고 건너뛰려 하지 말고 천천히 재미 붙여 읽어라. 아마도 어느 시점에는 새벽잠이 없어서 더없이 좋다고 말할 것이다. 책 읽는 재미에 빠져서 새벽잠이 없는 것을 고마워할 자신의 뿌듯한 모습을 상상하고 시작하라. 책을 꺼내 손에 들라. 새벽이 새롭게 다가올 것이다.

16
엉뚱한 친절 베풀기

아무런 이유 없이 누군가에게 친절을 베푼 적이 있는가? 거의 없을 것이다. 살면서 말이다. 아무런 이유나 조건 단서 없이 전혀 모르는 사람에게 베푼 친절 하나쯤 갖고 사는 것은 얼마나 기분 좋은 일일까? 생각만 해도 가슴 벅차다.

그래서 나는 스피치 미션으로 엉뚱한 친절을 베풀고 와서 발표하는 일을 시킨다. 세상은 모든 것이 필연이 아니다. 우연으로 인한 인연이 얼마나 아름답고 귀한 것이랴. 항상 계산하고 수량화하고 살아가는 사람들에게 정이라는 것, 아니 선행이라는 이름으로 다가가는 엉뚱한 친절은 재미도 있고 신도 날 것이다. 그래서 어떤 친절을 이유 없이 베풀 것인가를 생각하고 행동하라고 미션을 주는 것이다.

어느 분은 식당에서 군인 서넛이 식사를 하는데 슬쩍 계산대에서 미리 군인들의 식사 값을 계산해주고는 모른 척 주인과 짜고 있었다고 한다. 그랬더니 식사를 마친 군인들이 얼마나 행복해하던지 그 모습을 평생 잊을 수 없었다고 한다.

아마도 책에서 본 듯한데 생각이 안 나서 실명을 거론치 못한 점을 양해 바란다. 이처럼 작은 선행을 하고 나서 시치미를 떼고 있는 자신을 상상만 해도 기쁘지 않은가. 살면서 이 같은 행위를 해보라.

극장에서 미리 몇 사람 정도의 표를 미리 계산을 하고는, 어리둥절 좋아하는 사람들을 지켜보는 것은 세상을 다 얻은 것처럼 행복한 일이 될 것이다. 많은 돈이 들지 않아도 된다. 아니면 작은 정성으로 둘레길 입구에서 차를 한 잔씩 대접하는 일도 좋은 일일 것이다.

대개는 어느 종교단체에서 선교를 하려는 마음으로 홍보용 전단지와 함께 그러한 행사를 하지만, 순수하게 혼자서 그런 일을 하는 일은 자기만의 기쁨이 될 것이다. 그리고 그렇게 차 한 잔을 마시며 사람들과 가벼운 일상을 얘기하는 것은, 새로운 삶의 기쁨이 될 것이 분명하다. 이러한 엉뚱한 친절을 베풀 수 있는 방법은 무진하다.

생각하면 할수록 새록새록 아이디어가 분출하게 된다. 마치 홍길동이라도 된 것 같은 기분도 들 것이다. 물론 다른 사람의 것으로 선행을 하는 것은 잘못이나, 내 작은 물품이나 성의로 사람들을 기분좋게 하는 일은 의적 홍길동보다도 더 멋진 일이다.

조능학교 앞에서 아이들에게 맛있는 과자나 풍선을 나눠주는 일도 해봄직한 일이다. 아이들의 웃음소리와 의아한 표정은 아마도 평생 잊지 못할 귀여운 모습으로 기억되리라.

그러니 작고 선한 음모를 꾸며 보는 것부터 하라. 어떻게 하면 재미도 있고 의미도 있으며 사람들에게 친절을 베풀 수 있는가 생각해보는 것이다.

요양원을 방문해서 어머님 아버님들께 안마를 해드려도 괜찮을 것이다. 물론 사전에 요양기관에 의향을 전달하고 선의로 한다는 전제를 붙여야만 가능한 일이다. 요즘은 시설에서 물리치료사나 요양보호사들이 전문적으로 그 일을 하기 때문에 쉽지는 않을 것이나, 지인을 통해서라면 가능할 수도 있다.

또는 서점 앞에서 도서상품권을 나눠 주는 것도 기분 좋은 일로 남을 것이다. 어차피 책을 사러 오는 사람들에게 도서 상품권은 최고의 선물이 될 테니 말이다. 그리고 사라져라. 자신을 알리면 선행은 그 빛을 발하지 못하게 된다. 홍길동처럼 바람처럼 사라져서 상품권을 나눠 가진 사람이 행복한 꿈처럼 느끼길 바라는 것이 최상이다. 어물쩍하니 자신을 드러내서 선행을 도둑맞지 않길 바란다. 어디까지나 재미로 하고 우연을 가장해야 의미가 있다.

우리의 삶은 스토리가 풍성해야 한다. 밋밋한 일상은 사람을 늙게 한다. 새롭고 낯선 행위가 긍정적이고 희망적일 때 늙음의 속도를 줄일 수 있는 것이다.

"아, 방금 나가신 노신사 분이 계산을 다 하셨는데요. 맛있게 드셨으면 좋겠다는 말만 남기고 가셨어요. 그리고 저는 모르는 일로 하고 신신당부를 하셨네요." 라는 말을 계산원으로부터 듣는 사람은 아마도 보이지 않는 당신을 평생 고마워하며 살아갈 것이다.

기분 좋은 공짜는 그 사람도 기분 좋게 만들 뿐 아니라 우리 사회를 아름답게 만든다.

우리 한 번쯤은 엉뚱한 친절 베풀기에 나서 보자. 나도 당장 시간

수당이라도 받으면 할 요량이다. 내가 좋아하는 일도 밥 사는 일이다. 아직은 기성세대에 기댈 수밖에 없는 학생이나 군인들의 식사비를 슬쩍 계산하고 나오련다. 한 번 재미 들이면 여러 번 하게 된다. 그것도 나쁘지 않을 것이다. 돈은 나를 위해서 쓰지 않을 때가 가장 유용한 일이다. 가능하면 남 모르게 돈을 쓸 때, 그 가치가 있다고 주장하는 바이다.

17
삶, 최고의 기술은 용서와 화해

가끔 하는 말 중에 결과를 번복할 수 없다면 말하지 마라다. 과정에 참여하지 못했거나 할 수 없어서 이른 결론이라면 수용하는 것이 관용이다. 시비를 가려서 화를 내거나 참지 못해 분노하면 관계의 끈이 자칫 끊어질 수 있다.

하긴 화를 잘 내는 사람은 누구도 변명의 여지가 없는 경우에 그 기질이 잘 드러난다. 아무도 이의 제기를 할 수 없는 상황은 화내기에 최적화된 상태이기에 그럴 것이다. 하지만 이럴 때 관용을 베풀면 나잇값을 제대로 하는 것이다. 실수가 되었건 고의가 되었건 결과를 뒤집을 수 없다면 일러 무엇 하리오. 다 소용없는 감정의 소모다. 나이 들어 쫀쫀하지 않게 툭툭 털고 다시 시작합시다. 라고 말하는 모습은 어른스럽다.

그렇지 못하고 일일이 따지고 묻고 하는 것은 좁쌀영감으로 취급받기에 충분하다. 일은 성사되기보다 이루지 못할 때가 더 많다고 봐야 한다. 우연의 상관관계가 있어 수정이 불가피하고 과정을 즐기지 못하면, 성사되더라도 개운치 않은 결과를 초래하게 되는 것이다.

그리고 그 일에 참여하지 못한 경우에는 결과에 초연한 것이 상수다. 하지만 조직의 일원이라면 어른으로서 관심을 가지고 볼 일이다. 그래서 행동의 결과보다는 과정의 디테일을 놓치는 것이 없는지 살펴야 한다. 나이 들었다는 것은 더 많은 경험으로 인한 상황인식이 많다는 반증이다. 그러므로 젊은 사람들이 간과할 수 있는 것들을 챙겨주는 것이 좋다. 질책하고 윽박지르는 것이 아니라 애정으로 살펴서 멋진 성과를 내는데 일조해야 한다.

잘못된 결과나 기대치 이하의 결론일 때에도 웃으며 받아들여야 한다. 물론 결과에 이른 과정을 반성하는 시간마저 빼앗아서는 안 된다. 그러면 되풀이되는 실패나 실수에 무감각해진다. 이것이야말로 최악의 수를 두는 것이니 반드시 회고를 통해서 자신들의 과오나 실수를 기억하고 다시는 그러한 일이 발생하지 않도록 하는 일을 주선해야 한다.

하지만 일일이 허물을 캐고 되물어서 자존감을 잃게 만들어서는 안 된다. 나이는 괜히 먹는 것이 아니다. 삶의 진가는 용서와 화해다. 얼마나 관용을 베풀고 수용하고 이해하는 가가, 삶의 진면목이 되어야 한다.

젊은 시절은 실수도 아름다운 추억이 된다. 너무 성과에 집착해서 애쓰는 것도 안쓰럽다. 그러니 할 수 없다면, 할 수 없는 결과를 만들어내라. 그마저도 삶의 거름이 되는 일이다. 젊어서 가장 위험한 것은 아무것도 하지 않으려는 게으름이다. 무참히 깨지는 결과를 얻을

지라도 시도하는 정신이 최선이다. 하지 않으면 결과가 없다. 결과가 없는 삶은 유죄다.

무엇이든 선택해서 시도해야 한다. 아니면 상황이 주는 압박에 대응해야 한다. 무기력하거나 무감각하게 산다는 것은 사물이지 사람이 아니다. 자극에 대한 반응은 해야 한다. 이것은 생존에 관한 일이다. 자극은 위험이거나 유혹이다. 그 위험이나 유혹에 반응을 하되 선택의 여지를 마련해야 한다. 다시 말해서 생각하는 공간을 마련해야 한다는 것이다. 어떠한 자극에 무조건적인 반응은 본능적인 행동 양식을 취할 수밖에 없다.

그러면 반사회적인 태도에 관계의 끈이 끊어지게 된다. 이는 고립무원의 상태를 자초하는 것으로 우울하고 고독한 인간상을 만드는 일이다. 이러한 일로부터의 탈출은 반응에 대한 선택의 공간에 자기만의 매뉴얼을 설정하는 것이 필요하다.

가령 화가 나는 상황이라면 나는 이런 식으로 화를 풀어낸다는 것을 사전에 매뉴얼로 마련해야 한다. 우선 화가 난 상태에서 벗어난다. 그러니까 화를 내게 되는 장소를 떠난다가 그 첫 번째이고 다음은 잠시만의 혼자인 시간을 갖는다. 그리고 심호흡으로 평정심을 되찾고 나서 그 화의 원인과 조우한다는 식으로 자기만의 화를 대처하는 매뉴얼을 가지고 있어야 한다. 그래서 욱! 하는 감정으로 표현되는 그 어떤 후회할 일을 만들지 않는 것이 중요하다. 하지만 사람인지라 살다 보면 화도 내고 실수도 해서 후회도 하게 된다. 그래서 괴롭다. 미처 자신을 돌보지 않아 저지른 실수 앞에서 초라해지는 것이다.

　그러니 나의 실수처럼 남도 그럴 것이라 여겨서 용서하고 화해를 하는 것이 바람직하다. 나는 그래도 실수를 덜 하고 살았는데 남이 그러는 것은 추호도 용서할 수 없다고 자신을 깐깐하게 만들지 말고 용서하라. 그리고 멋지게 화해하라.

　삶, 최고의 기술은 용서와 화해 아니겠는가. 자기 삶 앞에 떳떳한 사람이 얼마나 되겠는가. 과거로 돌아간다면 이때쯤에서 이런 선택을 할 것이다,라는 미련이 왜 없겠는가. 그러다 보니 사는 게 허물이고 허점투성이다. 그래서 우리는 서로 용서하고 화해해야 한다. 내가 먼저 내미는 손이 멋진 것이다. 혹여 남이 손을 내밀면 두 눈 꾹 감고 잡아라. 그리고 나도 미안했다고 머리 숙여 말하라. 그러면 된다. 사는 게 뭐 있나? 원수처럼 치대고 살 것이 무엇이냐 말이다. 그 사람 저 사람 다 이유가 있고 사정이 있어 그런 것일 게다. 그러니 용서하고 화해하며 지내자.

18
올라가기보다는 나아가기를

시내 중심가에는 중앙로가 있다. 우리나라 지방도시에는 대부분 중앙로로 일컬어지는 시내 중심가가 있다. 중앙로라는 지명은 우리나라에서 가장 많은 이름으로 불리고 있다고 한다.

모처럼 주말에 이 중앙로를 걷게 되면 얼마나 많은 청춘들이 쏟아져 나오는지 마치 거대한 물결을 이루는 것 같다. 그런 곳을 천천히 지나다 보면 젊은이들의 빠른 걸음에 지장을 줄 때가 있다. 그들 걸음의 속도에 못 미쳐 방해가 되는 것이다. 나이 든 사람보다 젊은 사람들은 급한 이유가 너무나 많다. 우연의 확률이 배가 되기도 하고, 업무나 일에서도 처리할 것이 단연 많기 때문이다. 그래서 그들 젊은이들은 분주하고 바쁜 모습으로 산다.

그래서 혼잡한 중앙로를 거닐 때면 천천히 가는 대신에 많이 비켜서야 하는 경우가 많다. 될수록 방해가 되지 않으려면 눈치껏 걸어야하기 때문이다. 나도 젊어서는 앞서가는 노인 때문에 짜증이 났을 수도 있었으리라. 지금에서야 그 심정을 이해하지만 젊은이가 나이 든 사람을 이해하기는 쉽지 않을 것이다. 누구나 자기 기준으로 사니 오로지 답답하게만 여겼을 것이다.

걷는 일분만이 아니다. 나이 들어서는 너무 직위에 연연하지 말아야 할 것이다. 자꾸 높은 직위로 올라가려 하면 젊은이들의 길을 막고 방해하는 꼴이 된다. 사심이나 명예에 대한 욕망을 줄이고 이제는 안전하게 내려오는 것을 더 살펴야 할 것이다. 더 높게 오르면 내려올 때 다리가 후둘 거리게 된다. 그러다 자칫 낙마하면 인생이 도로 아미타불이 된다. 자기 그릇을 알아야 현명하게 사는 것이다. 그러니 올라가려는 마음을 내려놓고 이제는 앞으로 나아가는 것을 생각해야 한다.

올라가는 것은 누군가를 짓밟는 것을 의미한다. 누군가의 희생을 강요할 수도 있고 모르고 그러한 일을 하더라도 누군가는 아픔을 호소할 수 있는 것이다. 올라가려는 일은 나이 들어 추한 모습이니 이제는 나아갈 길을 보는 것이 현명한 처사다. 당당하게 의연하게 나아가면 올라갈 때보다 더 많은 사람이 따르고 좋아하게 된다. 오르면 질투와 시기의 대상이 되지만 앞으로 나아가면 경외하는 대상이 되기 때문이다.

우리는 많은 사슬과 짐을 지고 살아간다. 인연의 사슬과 의무와 책임의 짐은 무겁다. 그래서 나아가는데 어려움을 초래하는 것이다. 잘 나아가기 위해서는 복잡하고 미묘한 인연의 사슬을 미련 없이 끊어야 한다. 그래야 홀가분하게 나아갈 수 있다. 혼자 가라는 것이 아니라 마음을 옭매는 인연은 몸을 지체하게 만들기 때문에 과감하게 끊어야 한다는 것이다.

그리고 등짐도 덜어내야 한다. 어깨 위에 짐도 내려놓아야 한다. 나이의 무게와 생의 길이를 가늠해서 나눠줘야 한다. 내 것이 아닌데도 짐을 지고 온 경우도 있다. 마지못해 가족이라는 운명의 짐을 지고 버텨온 것일 수도 있다.

하지만 어느 순간 내 몸을 점검하고 살아갈 날을 살펴서 짐을 가볍게 해야 한다. 무거운 짐에 눌려 마지막 숨을 거두는 일이 없어야 하기 때문이다. 삶에 지치면 안 된다. 삶은 누려야 한다. 즐거움과 행복 기쁨을 누려야 하는데 누릴 자리가 없다. 짐에 깔려서 무게에 짓눌려서 기꺼움을 느끼지 못한다면 삶은 직무유기다. 사는 것이 아니라 셰르파다. 우리는 멋진 등산을 하고 싶은 것이다. 등짐이나 지고 몇 푼으로 생을 연명하는 것이 아니라 멋진 풍경을 보고 산의 정기를 느끼며 자연과 함께 풍류를 즐기고 싶은 것이다. 셰르파처럼 노동으로 누군가의 등산을 돕는 것이 아니다.

여기서 셰르파라는 직업을 하대하는 것은 절대로 아니다. 직업을 표현하는 것이 아니라 비유하는 것이니 그러한 일을 하는 당사자의 오해가 없기를 바란다.

지금까지 나이 들어 삶의 태도에 관한 것을 얘기했다면 지금부터는 짧게나마 자세에 관한 것을 첨언하고자 한다. 나이 든 분의 자세는 뒷짐으로 걷는 모습이 의연하고 보기 좋다. 뒷짐으로 걷는 것은 여유가 느껴지는 자세다. 뒷짐을 지고 빠르게 걷는 사람을 보지 못했다. 빠르게 걷자면 팔을 앞뒤로 휘저어야 한다. 다시 말해서 뒷짐은 어른의 자세다. 애들이 뒷짐을 지고 가면 "어쭈!" 하는 말이 어른의 입에서 나오는 것이다. 그만큼 어른의 고유한 자세가 뒷짐이다. 뒷짐 자세로 걷는 것이 좋은 것은 나이 들면 가슴이 앞으로 수그러든다. 그래서 등이 휘고 허리가 굽어지는 것이다. 늙어 낙타 등처럼 휘어서 걷는 것은 안타까워 보인다. 될수록 당당하고 의연하게 보이려면 뒷짐 자세로 걸어야 한다. 그러면 흉곽이 펴지고 자세가 바르게 되어 보기 좋다. 어른스러워 보이는 것이다. 당연하다. 어른이니 어른답게 보여야 한다. 급한 일 없는 어른은 뒷짐 자세로 걷는 것을 일상화 하라. 멋지고 풍류가 있어 보인다.

사족을 달자면 팔자걸음은 피하라. 그것은 거드름을 피우는 것처럼 보인다. 지나쳐 보이는 것이다. 팔자걸음은 피하고 뒷짐 지고 걸어라. 태도와 자세가 바르게 앞으로 나아가면 진취적이다. 늙는 것이 아니라 익어간다는 말이 실감이 날 것이다. 오르려 하지 말고 나아가되 태도와 자세가 바르고 의연하게 하라. 나이 들어 갖출 일이다.

19
감사하라, 그리고 사랑하라.

　　스피치 강의 과정 중에 빼놓지 않고 일러주는 동화가 있다. 수사는 말할 때마다 조금씩 다르겠지만 그 내용에서는 크게 차이 나지 않을 것 같아 소개를 한다.

　　어느 날 나그네가 험한 산길을 지나가는 데 숲에서 아주 커다란 호랑이를 만난 것이다. 그래서 나그네는 다리에 힘이 풀리고 아! 이제는 죽었구나 생각이 들어서 무릎을 꿇고 기도를 하는 것이다. "산신령님! 산신령님! 제발 목숨만은 살려 주세요. 저기 있는 호랑이 밥이 되지 않게 저를 좀 살려 주세요!"라며 간절하게 청원 기도를 하는데 뭔가 느낌이 이상해서 보니까 바로 앞에 있는 호랑이도 무릎을 꿇고는 정성껏 기도를 올리는 것이다. 호랑이는 이렇게 기도를 하고 있었다. "산신령님! 산신령님! 오늘도 일용할 양식을 주셔서 감사합니다!"라고 말이다.

　　"자, 여러분 산신령님은 누구의 기도를 들어주었을까요?" 이렇게 말하면 수강생들이 저마다 한 마디씩 한다. "나그네 기도요, 나그네

기도를 들어줬겠죠." 라는 소리가 들린다.

이럴 때 나는 손으로 엑스 표시를 하면서 아니라고 말한다. "산신령님은 호랑이 기도를 들어줍니다." 라고 단호하게 말한다. 왜냐하면 감사 기도가 청원 기도보다 한 차원 높기 때문이라고 말이다.

그리고 "여러분도 자기 자녀 성공하게 해주세요, 라든가 건강하게 해주세요."라고 자꾸 청원기도만 하지 말고 "자식이 아직은 힘겹게 살지만 건강하니 고맙습니다."라고 기도하고, "내가 다리가 아프기는 해도 아직은 걸어 다니고 움직이면서 생활할 수 있으니 감사합니다."라고 말한다.

우리 욕망은 한이 없다. 가지고 싶은 것, 되고 싶은 것이 너무도 많은 세상에 살고 있는 것이다. 비교할 수 있는 것이 도처에 있기 때문이다. 필요한 것도 많고 좋은 것도 너무 많은데 가질 수 있는 경제적 여력이 안 되고, 젊은 사람처럼 활기차게 생활하고 싶은데 자꾸 병원은 가야하고 아픈 몸으로 움직이려니 불편함이 한두 가지가 아닐 것이다.

하지만 그래도 존재하는 기쁨과 가진 것만으로도 다행이라는 충만함으로 감사하며 살아야 한다. 비교하는 삶이 아니라 존재하는 삶으로 오롯한 자신만의 온유함을 감사해야 한다. 감사는 긍정적인 마인드요. 존재의 안정감을 주어 만족할 수 있다. 하지만 엄밀히 말하면 수동적인 태도인 것이다. 그래서 나는 감사와 함께 사랑하는 마음도 가져야 한다고 역설한다.

감사가 수동적이고 긍정적이라면 사랑은 적극적인 능동성을 가지고 있다. 사랑은 자신을 희생하고 봉사할 마음이 전제되어야 한다. 다시 말해서 가진 것을 나누고 다른 사람과 함께 하는 데 있어 열린 마음으로 살아야 하는 것이 사랑이다.

자족이 아니라 공유하는 것에서 기쁨을 누려야 하는 일이다. 나 아닌 것을 나처럼 여기는 마음에서 출발하는 것이 사랑인 것이다. 혼자만 즐기고 만족하고 여유를 부리는 것이 아니라 남이 좋아할 것을 찾고 남이 필요한 것을 해주고 남과 함께 행복할 수 있는 여건을 마련하는 것이 사랑인 것이다.

그래서 나보다 우선하는 타인을 향한 관점이 있어야 한다. 사랑은 수동적인 감사보다도 한결 수행하기가 어려운 덕목인 것이다. 그래서 감사와 함께 사랑을 실천해야 한다. 그러기 위해선 자신을 반경으로 해서 관심을 가지고 사람을 살펴야 한다.

이때 사람을 이해하는 근간은 똑똑한 사람과 멍청한 사람으로 구분 짓지 말고 가진 자와 못 가진 자를 구획하지 말며 한가한 사람과 바쁜 사람을 또한 가리지 말고 다만 괴로운 사람과 그렇지 않은 사람으로 나누어서 괴로운 사람을 돕는 것이 사랑인 것이다.

소유한 것이 많거나 지혜를 갖췄거나 그러한 것이 아니라 나를 필요로 하는 사람과 그렇지 않은 사람으로 봐야 할 것이다. 지위가 높거나 낮음을 떠나서 가졌거나 많이 알거나 하는 사람으로 편 가르기 전에 내가 도울 수 있는 괴로움의 상태에 있는 사람인가 아닌가를 헤아려 살펴야 하는 것이다. 이것이 사랑인 것이다. 그러하기에 사랑은 감사보다 더 어려운 것이다.

수용이 아니라 능동적인 책무를 가져야 하기 때문이다. 그래서 감사하긴 쉬워도 사랑하기는 어렵게 느껴지는 것이다. 당연한 일이다. 사랑은 용기가 필요하다. 자신을 던지고 희생해야 하는 일이기 때문이다. 그러므로 오해의 소지도 있다. 때론 드러나기 때문이다. 하지만 사랑은 인간에 대한 이해와 배려이기 때문에 우선으로 해야 한다. 감사도 물론 좋지만 감사는 어디까지나 자족의 의미가 더 크고 수동적인 태도다.

사랑하라. 아플 것이다. 하지만 괴로워하는 누군가를 껴안았을 때 같은 심장 박동을 느끼며 사는 일은 행복한 일이다. 사랑이 주는 행복은 가히 최고의 느낌으로 다가올 것이다. 사랑하라. 그리고 또 감사하라.

20

일은 수행의 과정이다.

얼마 전 일이다. 제법 걸어야 하는 거리다. 약 2킬로미터의 거리에 있는 대형 문구점을 가서 복사를 할 일이 생겼다. 도매점이라 가격이 저렴해서 운동 겸 걷기로 했다. 햇볕이 제법 내리쬐는 날이라 약간 더웠는데 기분은 상쾌하니 좋았다.

도착해서 복사를 맡기고 기다리다가 봉투에 담아준 원본과 복사물을 가지고 집으로 돌아왔다. 돌아와서 펼쳐보니 앞뒤로 복사한 것이 흐릿하니 도저히 사용할 수가 없는 것이다.

불찰이다. 우선은 복사물을 확인하지 않은 내 불찰이고 다음은 문구점 직원의 불찰이다.

기분이 언짢아진다. 왜냐하면 다시 가야 하기 때문이다. 그래서 우선은 전화를 걸었다. "방금 전에 복사를 하고 간 사람인데요, 복사한 것이 흐릿해서 알아볼 수가 없는데 어쩌죠?"라고 했더니 그 직원이 대뜸 하는 말이 "내가 잘못했다고 하시는 거예요?"라고 따지듯 대답을 하는 것이다.

순간 이건 아닌데, 하는 생각이 올라오면서 혈압이 상승하기 시작하는 것이다. "아니요. 저도 확인을 안 한 실수를 했지만 복사한 것이 너무 엉망이잖아요."라고 푸념을 했더니 한 술 더 떠서 "기계가 잘못한 걸 가지고 그러시면 어떡해요?"라고 책임을 회피 하는 것이 아닌가. 말인즉슨 틀린 말은 아니다.

그래도 이렇게 말하는 것은 아니다. 나는 고객이지 않은가. 그래서 기분이 상했다.

이런 경우 젊은 직원 입장에서는 "저, 죄송한데요. 다시 한 번 오셔야 확인이 됩니다. 수고스럽지만 오셔야겠습니다."라고 정중하게 말해야 옳은 일이다.

기분이야 제쳐두고라도 우선 일을 처리해야 하기에 다시 한참을 걸어서 갔다. 이마에 땀이 송골송골 맺혔다. 가쁜 숨을 거두고서 복사물을 보여줬더니 아까 통화했던 직원은 보이지 않고 다른 여직원이 죄송하다며 복사를 다시 해주는 것이다.

그런데 가만 보니까 통화를 한 직원이 칸막이 뒤에서 작은 목소리로 다른 일을 보는 것이 느껴졌다. 뭐라고 한 마디 하고 갈까 망설이다가 마음을 다독이고 이렇게 말했다. "처음에 복사를 해준 젊은이에게 미안하다고 전해 주세요. 제가 다시 오는 길이 멀어서 짜증을 냈는데, 기계가 잘못한 것을 제가 따졌나 봅니다."라고 했다. 그렇게 말하고 다시 복사물을 챙겨서 문을 나서는데 햇빛이 쨍하니 눈에 들어온다.

감정을 다스린 내 스스로가 대견하니 기분이 상쾌했다. 일부러도 운동을 하는데 운동을 시켜준 것을 고맙게 생각하기로 했던 것이다. 어차피 다시 와야 하는 길인데 마음이라도 가볍게 해야지 하고 스스로 다독인 효과다.

근자에 이런 일이 또 있었다. 젊은 사람과의 대화에서 참기 힘든 경우 말이다. 음식을 시켜놓고 한참을 기다리는데 나오지를 않는 것이다. 늦게 들어온 다른 손님은 음식이 나왔는데 더 일찍 온 내 음식은 나오질 않는 것이다. 그래서 "여기요!"라고 소리 내서 음식 주문한 아까 그 청년을 불러서 "주문한 음식이 어떻게 됐나요?"라고 물었더니 주방에 가서 알아보고는 아직 주문이 안 들어갔다고 하는 것이다.

'순간, 이걸 어떻게 하지?'라는 생각이 분주한데 "취소해드릴까요?"라고 무표정하니 말하는 것이다. 그래서 일단은 분을 삭이고 "분명 아까 제가 주문을 했잖아요?" 그랬더니 "알아요."라고 아무렇지도 않게 오히려 능청스럽게 말하는 것이다. 아무리 남의 일이고 자기의 잘못이 없다고 해도 이건 너무 한다 싶은 것이다. 거기다가 염장을 지르는 줄도 모르고 "그럼 취소해드릴까요?"라니 이건 더구나 아니다.

고객을 배려한 입장이 전혀 아닌 것이다. 일테면 "손님 죄송합니다. 제가 주문을 넣었는데 주방에서 접수가 안 된 것 같네요. 최대한 빨리 요리를 해서 드리도록 하겠습니다."라고 말해야 한다.

그것이 주인 정신으로 일하는 직원의 태도인 것이다. 자기는 아는 바 없다. 나는 주문을 받아서 전했기에 내 잘못은 아니다. 단지 주방에서 잘못한 것이다. 라는 식이다. 그러니 손님이 알아서 취소를 하든지, 아니면 더 기다리든지 하라는 것이다.

참으로 무책임하고 염치없는 일처리다. 이래서야 어찌 그 식당을 다시 찾겠는가. 고객과 가장 밀접한 곳에서 일하는 사람은 자기 일에 대한 책임과 맡은 일에 대한 애정을 가져야 한다. 또한 업자의 대표성을 가지고 일해야 마땅한 것이다. 그냥 시간을 때우고 수당을 받는다고 생각해서 무성의하게 말하는 것은 본인에게도 마이너스 삶인 것이다.

물론 주인이 알바 인품 보고 채용하기는 쉽지 않을 것이다. 하지만 알바건 직원이건, 자기 일을 하는 데 있어 주인 정신으로 일해야 한다. 남의 일을 대신하는 사람으로서 행동하면 주인과 고객에게 민폐가 되는 일이다.

이런 사고방식과 일처리가 습관이 되면 인생은 허술하니 참으로 후회할 일만 생기게 될 것이다. 남을 배려해서 말하고 자기를 희생하면서 살아야 잘 사는 것이다. 내 일에 대한 책임을 회피하고 남의 상황을 이해 못 하는 사람은 성공하기 어렵다.

내 일과 남의 일의 경계를 넘어서 공동체의 의식을 가져야 한다. 내 일은 서비스고 주방에서 하는 일은 주방에서의 일이고 주인은 돈 계산만 맞으면 되고 하는 식의 일은 협치가 되지 않아서 붕괴의 길을 가게 되는 것이다.

안타까운 일이다. '손님 죄송한데요. 주문이 안 되었는데 맛있는 요리를 빨리해 드릴 테니 불편하시더라도 기다려주시겠습니까?'라고 자기 잘못이 아니더라도 손님에게 친절하게 이해를 시키는 것이

마땅한 서비스의 일이 되는 것이다. '그냥 취소해드릴까요?'라는 말은 그 어디에도 책임이 없는 말이다. 나도 책임이 없고 주방에서도 바빠서 놓쳤으니 손님이 알아서 하라는 식으로 책임을 전가하는 행위인 것이다.

전에 모처에서 일하는 알바가 뜨거운 냄비를 손으로 들다가 손님 바지에 쏟고는 냅다 화장실로 뛰어가서 찬물에 손을 넣고 나왔다는 말이 있다. 그래서 손님이 "저 놈은 세월 호 선장보다 못한 놈"이라고 욕을 했다는 일화가 있다.

손님에게 그 뜨거운 찌개가 쏟아진 것은 아랑곳하지 않고 자기 손이 뜨거운 것만 급해서 화장실로 뛰어간 것을 두고 하는 말이다. 일은 수행의 과정이다. 참선의 일환이 바로 일이다. 산속에 들어가서 도를 닦아야만 수행의 길을 가는 것이 아니다. 맡은 일을 마음과 정성을 다해서 한다면 그것이 바로 수행의 길이다.

내 일의 경계를 따지지 말고 공동체 의식으로 일해야 한다. 손님을 위해서 나를 낮추고 겸손하게 말해야 한다. 그래야 일의 보람을 보상으로 받게 되는 것이다. 생각하고 말하라. 생각 없이 말하면 삶이 고달파진다. 항상 낮은 곳에서 허우적거릴 것이다. 뒤치다꺼리나 하게 될 것이다. 주인 정신으로 일해야 주인이 된다.

21
행복하십니까?

매주 미션을 보낸다. 다음 주에 발표할 주제를 선정해서 카톡으로 보내는 것이다. 그러면 수강생들은 미션을 받고 약간의 고민을 하게 된다. 내 의도는 미션을 통해서 생각의 폭을 넓히라는 의미고 그 생각을 표현해내는 방법을 강구하라는 것이다.

나와 같이 몇 년을 공부한 사람들은 매주 미션이 바뀌는 것에 살짝 긴장도 하지만 어디서 그런 미션을 매주 바꿔서 내주냐고 혀를 내두르는 사람도 있다. 나 또한 매주 미션을 보내기 위해 나름 공부를 한다. 생활하면서 이야깃거리가 될 만한 소재를 찾는 것이다.

그래서 길거리 간판도 그냥 지나치지 않고 유심히 본다. 누군가의 시선을 사로잡는 글은 마음을 사로잡는 것이기에 간판에 쓰인 상호나 짧은 글은 언제나 내 호기심을 끄는 것이다. 그러다 보니 늘 사람과 사물에 관심을 가지고 본다.

어떤 때는 그 내용에 접근하고자 무던히도 애쓰고 하루 종일 화두가 잡히지 않아 머리를 감싸 쥐고 고통을 호소하기도 한다. 이 직업이 보기엔 쉬워도 실상은 정신에 가혹한 면이 있다. 이번 주는 쉬우면서도 얼핏 생각이 떠오르지 않는 미션을 제공했다. 행복한 순간을 스무 가지 정도 발표하는 것이다. 그래서 우선은 내가 먼저 행복을 느끼는 순간을 어느 정도 정리해 보기로 했다. 내가 어려우면 남도 어려운 법이다. 그래서 나부터 미션을 정리해 보기로 한다. 우선 기상하는 순간부터 생각을 해보자.

그래! 단잠을 자고 나서 기지개를 맘껏 펴고 개운한 몸으로 일어날 때 행복하다. 그리고는 화장실 거울에 비친 부스스한 얼굴에 미소를 날리는 것도 행복한 루틴이다. 이때는 작은 목소리로 "오늘도 좋은 하루가 될 거야!"라고 말한다. 그리고 날씨에 민감해서 아침 햇살이 말갛게 비추면 기분이 상쾌해진다. 이 또한 행복한 조건이다.

'오늘의 한마디'가 떠올라서 밴드에 글을 올릴 때도 행복하다. 반대로 전에 올렸던 유사한 생각밖에 떠오르지 않거나 한 문장의 글이지만 뭔가 딱 떨어지는 느낌이 없고 의미가 불투명하면 화장실에 갔다가 그냥 나온 것처럼 찜찜하기도 하다. 식사 시간은 늘 행복하다. 맛의 유무를 떠나서 감사하는 마음을 전제로 행복한 식사를 한다. 죽음에 정면으로 대응하는 삶의 경건함에 늘 행복한 식사를 하는 것이다. 산책을 할 때 마주하는 바람에도 행복을 느낀다.

그리고 나이에 걸맞지 않게 가끔 뛸 때, 생각보다 잘 뛰는 내가 대견하여 행복하다. 전력질주의 그 극한의 숨소리에 살아 있다는 느낌이 행복해서다. 손자하고 눈 맞추고 옹알이를 주고받을 때, 스쳐간 향기로 뒤돌아 볼 때 눈에 안기는 꽃, 전화기 너머에서 영화 예매를 했다고 알려주는 작은아들의 목소리도 행복을 주고 아내의 책 읽는 모습을 지켜볼 때, 아직도 밥을 살 수 있는 통장의 잔고를 확인할 때, 주문한 책이 도착해서 택배 아저씨로부터 넘겨받을 때, 아들 며느리가 인사하러 온다고 할 때, 미스트로 시원하게 얼굴에 분사하고 촉촉해진 얼굴을 느낄 때, 약속 장소에 먼저 도착해서 여유 있게 주위를 둘러볼 때, 책을 읽다가 멋진 문장에 멈춰서 눈을 감고 감동할 때, 처음 맛보는 이색 음식이 입에 맞을 때, 강의 중간에 박수가 터져 나올 때, 멋진 청바지나 모자를 구매했을 때, 별렀던 사람에게 밥을 샀을 때, 휴일에 영화 보고 외식할 때, 함께 하는 사람이 자랑스러울 때도 행복하다. 몸을 의식하지 않고 자유롭게 움직이고 그래서 건강하다고 느낄 때, 마음에 거침이 없어 고민이나 갈등이 없이 판단하고 선택할 때 행복하다.

하지만 이러한 행복이 삶에서 얼마나 차지할까? 겨우 20~30%도 안 될 것이다. 대부분의 경우는 시시한 감정들일 것이다. 느낌마저 미미한 일상의 습관으로 사는 것일 것이다. 그래서 이러한 시시하고 무덤덤한 일상을 좀 더 자극적인 느낌으로 바꿔야 한다. 그것이 하루의 과제고 인생의 과제일 수 있다.

자극이란 말이 거북하다면 좀 더 상쾌한 느낌으로 바꿔도 무방하다. 그냥 사는 것이 아니라 맛을 알고 살자는 것이다. 행복하지 않은 많은 순간들을 행복한 순간으로 전환하는 것이 삶의 임무라는 생각이다. 그러기 위해서는 오감을 열어놓고 순수하게 맞이해야 한다. 편견이나 둔감한 어떤 경험을 토대로 기대치를 낮추지 말고 매 순간을 새롭게 영접하는 순수함을 지녀야 한다. 그래야 삶이 행복하다. 행복한 조건을 지뢰처럼 여기저기 묻어서 폭죽처럼 터지는 기쁨을 맛보아야 한다.

그러기 위해서는 내가 어떤 면에서 감동하고 즐거워하는지 그리고 기쁨이 배가되고 행복함을 느끼는지 세세히 점검해 볼 필요가 있다. 그래서 행복을 찾는 것이 아니라 행복을 만들어 가는 것이다. 이럴 때 행복하다고 스스로를 행복의 규범 안에 가두는 것이다.

이번 주는 행복을 느끼는 조건에 대해서 공부하게 될 것이다. 기대가 된다. 수강생들의 감각이 살아있는 행복한 이야기를 듣게 되는 설렘이 행복의 조건으로 다가오는 것이다.

22
함께 공부한 사람입니다.

속어로 '생 깐다.'.는 말이 있다. 아는데, 분명 아는 사람인데 모른 척할 때 쓰는 말이다. 그런 경우를 당하는 일이 있다. 분명 낯익은 얼굴인데 '아! 그렇지 스피치 공부를 함께 한 사람이구나.'라고 생각이 정리될 즈음엔 이미 눈에서 사라진 뒤다.

다시 말해서 스피치 수강생이었던 것이다. 그런데 세월이 흘러서 얼굴만 흐릿하니 남아 있지, 이름은 지워진 상태다. 하지만 한때는 이름을 부르고 서로 웃고 이야기를 나누었는데, 그러한 소중한 인연을 맺었었는데 모르는 타인처럼 지나치는 것이다.

사람은 사람으로 인정받을 때 안도감과 자존감을 느낀다. 어떠한 곳에서 어떠한 이유로든 마땅한 만남이었다면 굳이 모른 체 넘어갈 일이 아니다. 눈인사나 수인사를 하든 아니면 그저 빙긋이 미소를 짓는 일로 인연의 끈을 놓지 않는 것이 중요하다.

사람은 홀로 살 수 없다. 어떤 식으로든 연결고리가 있게 마련이다. 부정한다고 인연이 사라지는 것이 아니다. 나는 나 이외의 것이 존재하기에 내가 존재하는 것이다. 변화하는 세상에 산다고는 하지만 너무 쉽게 자신을 바꾸는 것은 보기에 안 좋다.

사제지간은 귀한 만남이다. 예로부터 부모와의 인연과 군신의 관계 그리고 바로 사제 간의 인연을 매우 귀하게 여겼다. 이는 어쩌면 내가 택할 수 없고 선택되는 것이어서 그런지 모른다. 그래서 더욱 그 관계의 인연에 많은 의미를 부여하는 것이다.

군신이나 사제 간은 나이를 불문한다. 군이 나이가 적을 수도 있다. 마찬가지로 학생이 선생보다 나이가 위일 수 있는 것이다. 부모를 제외하고는 그런 만남이 종종 있다. 그러한 면에서 나는 자유롭지 않다. 내 '스피치와 인생 강의' 수강생은 대부분 나보다 연배가 높다.

그리고 사제지간을 논하기 쑥스러울 정도로 전문가의 길을 가면서 수강을 하시는 분들이 많다. 다시 말해서 다른 곳에서 스피치 강의를 하는 강사들이 있고 타 전문분야에서 강의를 하는 분들이 많이 수강을 한다. 이유는 모르겠다. 자기계발 측면에서 아마 수소문하다 보니 내 강의에 참여하게 된 것 같다. 그래서 나이가 천차만별이고 직업도 다양하다.

그래서 강의실을 벗어나 사석에서는 누나 형님하고 존칭하고 그분들을 따르는 것이다. 아니면 선생님하고 아예 조아리는 경우도 있다. 나름대로 전문성을 갖추신 분들에 대한 나름의 예우다. 하지만 이런 수강의 절차가 끝나고 나서 다른 모임에서 이분들을 접할 기회가 주어지면 어떤 분은 외면하는 것이다. 아마도 그 모임에서는 권위가 있는데 나한테 스피치를 수강했다는 것이 자랑할 만한 일은 아니라고 여겨서일 것이다. 아니면 나보다 사회적 신분이 위인데 인사를 건네자니 모인 사람들 앞에서 위신이나 체면이 깎일지도 모른다고 생각해서일까? 아무튼 모른 척하는 경우가 있다.

그래서 요즘은 강의할 때 아예 얘기를 꺼낸다. 여러분 사석에서 저를 만나거나 아니면 누가 어떻게 아는 사이냐고 물으면 저는 "스피치를 같이 공부한 사람"이라고 합니다. 절대로 제가 가르친 수강생이라고 안 그럽니다."라고 선을 긋는다.

나는 나보다 잘나고 잘 되는 사람을 가까이 지내고 싶다. 그런 사람들과 함께 살고 싶은 것이다. 누구 말대로 주위 사람이 "잘 돼야 자장면 한 그릇이라도 얻어먹지" 하는 공짜 심보가 아니다. 모두가 편안하고 잘 되길 바라는 마음에서다. 주위가 불편하고 안타까우면 내 감정도 소모된다. 나도 행복하지 못한 것이다. 내가 아는 분들이 잘 될 때 내 행복지수도 상승한다. 이는 당연한 이치다. 그래서 나보다 모두 잘났으면 싶다. 사회적 위치나 신분이 우월했으면 좋겠다. 그러고 나서 나를 외면하지 않는 당당함과 여유로움마저 가졌으면 좋겠다.

내가 설령 많은 사람들 앞에서 "저 잘 나가는 사람이 한때 저한테 스피치를 배운 사람이에요."라고 말하더라도 하등 인격에 스크래치가 가지 않는 담대한 사람이면 더욱 좋겠다.

하지만 나는 이제 그 누구도 저 사람이 제가 한때 가르친 사람이라고 말하지 않는다. "전에 같이 공부한 사람입니다."라고 높여서 아니 최소한 낮추어서는 말하지 않는 것이다.

그럼에도 아는 체하기가 꺼려진다면 이는 내가 제대로 가르침을 못 준 것이니 나 또한 부끄러운 마음이 든다. 왜냐하면 스피치는 정직함과 순수한 영혼의 길을 안내하는 것이기에 그렇다. 솔직하고 정직한 마음의 표현이 말이거늘 사실을 감추려는 마음이나 그러한 행태는 강의를 주도한 사람으로서 수치스럽고 부끄럽기 그지없는 일이다.

얼마 전에 그런 경우를 목도해서 마음이 좋지 않았다. 분명 아는데 외면하는 것을 보고는 내가 겸연쩍어지는 것이었다. 혹여 수강생 중에 내가 부끄럽거든 외면하시고 그래도 아는 사람이라는 인연의 끈을 놓지 않는다면 눈인사라도 하라. 나 또한 당신과 함께 한 시간이 부끄럽지 않았다고 자부하며 살고 싶다.

노년에
5가지 금기 사항

———

4

1

궁금해도 묻지 마라.

　노인대학으로 출강을 하거나 나이 드신 분들을 상대로 하는 강의에서 빠지지 않고 등장하는 나의 주제가 바로 '오(5)! 하지 마라'이다.

　첫 번째가 '궁금해도 묻지 마라'이다. 육신이 자유롭지 못할수록 궁금한 것이 많아진다. 민첩성이 떨어지기 때문에 더욱 그럴 것이다. 세상은 빠르게 변하는데 미치지 못하는 감각이나 새로운 지식으로 인해서 궁금증이 확장되는 것이다.

　매일 매시간 새로운 것이 쏟아져 나오는 시대에 살고 있다. 잠시만 머뭇거려도 모르는 것이 주변에 즐비하게 생기는 것이다. 그래서 아날로그 세대는 늘 궁금해서 미칠 지경이다. 디지털 세대의 흐름을 따라갈 수 없기 때문이다. 그 속도와 리듬은 가히 신기할 정도다. 양손으로 스마트폰을 두드리는 것을 보면 피아노 연주자의 손길에 비견할 바가 아니다. 그러한 신세대들의 정보 접속에 비하면 우리 같은 아날로그 세대는 참으로 답답하기 그지없는 것이다. 그래서 묻는다. 직설화법으로 "그게 뭐냐고?" 그러면 돌아오는 답은 두 가지의 형태를 띤

다. 시니컬하게 못들은 척하거나 아니면 반항적인 투의 "직접 알아보세요?"라는 식이다. 참 치사하고 아니꼽다.

하지만 정 궁금하면 그 수밖에 없다. 아니 그 수밖에 없다고 단정 지어야 할 것이다. 하지만 아니다. 우리 세대는 지혜롭게 지금에 이르렀다. 그래서 고난과 역경을 이기고 살아온 지금까지의 생인데 이처럼 단순하게 한 방에 무너질 수는 없지 않나? 어떻게 늙은 것인데.......... 감히 젊은 세대에게 구박이나 받는다면 아니 될 일이다. 그래서 한 마디 한다.

감정을 최대한 누그러뜨리고 말이다. "얘야! 넌 좋겠다. 알고 싶은 걸 후다닥 해치우니 말이다. 참 보기 좋구나." 이렇게 관심을 애들에게 먼저 보이면 의외로 자기가 아는 것을 순순히 말해준다. 애들은 역시 우리보다 단순하고 순진하다. 칭찬을 받으면 바로 머쓱하니 보답을 하려 한다. 그래서 나는 알고 싶은 걸 알아낸다.

바로 묻지 마라. 성급하게 굴면 애들은 우리보다 더 성급하고 까칠하다. 그러니 지혜롭게 살아온 방법대로 돌아가는 길을 알면 되는 것이다. 애들의 지금 상황을 칭찬하고 격려하고 위로하면서 알고 싶은 것을 간접적으로 표현하면 알려 주는 것이다.

가령 이렇다. 다 큰 딸내미가 자정을 넘어서도 안 들어온다. 이미 그러면 부모 가슴은 끓기 시작한다. 끓어 넘쳐서 마치 밥물이 넘치는 것처럼 속이 끓어 혈압이 상승한다. 그야말로 뚜껑이 열리기 직전이다. 식식거리면서 '아니 이 년이 지금 몇 신데 아직도 들어오지 않는 거야! 이년 들어오기만 해봐라.' 이렇게 마음먹지 마라. 분노는 독이다. 자기를 해치는 강력한 스트레스다. 그러니 누그러뜨려야 한다. 그리고 차분하게 앉아서 심호흡을 하고 마냥 그냥 기다리지 말고 책이라도 한 줄 읽으면서 사랑스러운 딸의 귀가를 기다려라. 그러면 품위마저 느껴진다. 그리고 집안으로 들어서는 딸에게 부드럽게 미소를 짓고 말하라. "아이고, 사랑스러운 우리 딸! 오늘 좋은 일이 있었나 보네요. 지금 들어오는 걸 보니, 그래 피곤할 텐데 들어가서 쉬어라. 고생했다."

이렇게 말하면 처음에는 '우리 엄마가 살짝 맛이 갔나?'라고 생각할지 모른다. 하지만 이내 자기가 왜 늦었는지 이실직고하는 것이다. "엄마 사실은 말이야 내 친구 소희 있지? 걔가 오늘 생일이라고 해서 파티하고 영화 보고 오느라 늦었어요. 다음엔 안 늦을게."라고 자진해서 실토하는 것이다.

문을 열고 들어오자마자, 딸한테 "아니 그래 뭘 하다 이렇게 늦었니? 다 큰 계집애가 세상이 어떤 세상인데 지금까지 돌아다니고 지랄이야! 그래 뭐하다 들어온 거니 이년아! 말해 봐, 어서!"라고 하면 이미 엄마의 말을 반은 듣지 않고 자기 방으로 휙! 하니 들어간다. 방문을 쾅 하고 소리 내면서 말이다.

그런 일을 다반사로 겪으면서도 마치 기억을 잊어버린 사람처럼 매번 같은 말을 뱉어내는 건 우매한 어른이다. 그러니 감정을 삭이고 딸로 인해서 자기의 소중한 마음을 썩이지 말고 책이라도 보거나 음악이라도 들으면서 자기만의 유익한 시간으로 기다림을 채우고 품격 있게 한 마디 하면 된다. "그래 오늘도 수고했다. 푹 자고 내일을 희망으로 맞이하자." 그러면 오늘 딸에게 궁금했던 모든 문제가 풀린다. 딸이 알아서 다 말해주기 때문이다. 그러니 궁금해도 묻지 마라. 스스로 알아서 말하게 하라. 그것이 어른의 말이다.

2
노여워 마라

    나이 들면 애 같다고 한다. 일면 맞는 말처럼 들린다. 애들이 작은 일에 서러워하는 것처럼, 나이 들어서는 별일도 아닌데 노여운 마음이 생긴다. 나 또한 예외는 아니기 때문에 격하게 부정하고 싶지 않다. 근본적인 문제, 즉 노여움이 야기되는 것은 소외감이다. 존재에 대한 인정을 받지 못할 때 노여워지는 것이다.

    한 번은 동호회 모임에 나만 빠지고 모임을 가졌다는 소문을 들었다. 그래서 여간 노여운 게 아니었다. '아니 그럴 수가 있어' 하면서 '내가 누군데 감히 나를 제외하고 자기들끼리만 모였단 말이지' 하면서 자존심이 상해서 누구한테 말도 못 하고 내심 끙끙거리고 있는데 전화 한 통을 받았다. 같은 동호회 참석자한테서 말이다. 말인즉슨, "아니 왜 어디가 아픈 거냐? 요즘 그렇게 잘 나가냐?" 그러면서 모임에 나오지 않은 것을 비아냥거리면서 물어보는 것이다. 아니 이런 적반하장이 있나? 그래서 나도 화가 치밀어서 "그럴 수 있냐고, 내가 그래도 전 회장인데 감히 나를 쏙 빼고 전 현직 임원회의를 했다니 말이 되냐"라고 노여움을 폭발시켰다. 그랬더니 아니 왜 연락이 안 갔냐고 문자를 확인하라고 직격탄이 날아오는 것이다. 그래서 일단은 알았다고 얼버무리고 전화를 끊고 나서 문자를 확인했더니 웬걸, 며칠 전에 문자가 온 걸 미처 확인하지 못했던 것이다. 아차! 싶었지만 이미 성질 못되고 막무가내인 사람으로 낙인찍혔구나 하는 생각이 들었다. 그래서 다시 전화를 걸어 죄인이 된 기분으로 "미안하다. 내가 미처 문자 온 걸 확인 못해서 그랬노라고, 당신만 알고 있으라."라고 유야무야 넘기고 말았다.

사소한 것을 놓치고 버럭 화부터 낼 사안이 아니라, 조금 더 참고 통보가 안 된 이유를 확인했으면 될 일인데 참으로 난감한 경우가 된 일이다.

어느 노인정에 갔던 할머니 한 분의 얘기다. 모 봉사단체에서 과자와 사탕을 준비해서 노인들에게 주었는데 그 분배 과정에서 자기한테는 사탕이 5개밖에 안 주더라는 것이다. 다른 노인들은 보니까 모두 6개나 7개, 많게는 9개까지 받은 사람도 있는데 자기만 5개라며 노발대발했다는 것이다. 저절로 웃음이 나는 일이다. 최소한 나는 저렇게 늙지 말아야지 하는 마음을 먹은 적이 있었다. 한 줌씩 주다 보면 조금 많이 집히는 경우도 있고 덜 집히는 경우도 있어, 그 수가 차이가 나는 것일 텐데 자기만 손해를 본 것 같아 노여워하는 것이다. 종내는 목숨까지 다 주고 가는 게 인생인데 뭐 그리 대단한 것도 아닌데 노여워하는지 안타까울 뿐이다.

더 심한 사례도 있다. 어느 가수가 노인정에 초대를 받아서 노래를 부르는데 그 옆에 있던 봉사자가 슬며시 테이블에 과자와 빵을 갖다 놓았다고 한다. 그랬더니 할머니 할아버지가 노래도 끝나지 않았는데 우르르 몰려가서는 과자와 빵을 집어가는 바람에 노래하던 가수가 멋쩍게 노래를 마쳤다고 한다.

요즘은 못 먹어서 건강을 잃는 사람보다 많이 먹어서 건강을 해치는 경우가 더 많다고 들었다. 그깟 과자 부스러기나 빵을 먹기 위해서 손님 초대해 놓고 우왕좌왕한다는 건 상식 이하의 행위다. 내 것 챙기느라 손님 앞에서 추한 꼴이 된 것이다.

남보다 못 가져서 남보다 덜먹어서 화를 내고 노여워하는 일은 어른의 태도가 아니다. 내가 못 가지면 남이 더 가져 좋은 일이 되겠구나 하는, 비록 도에는 이르지 못하더라도 내가 좀 손해를 보더라도 속상해하지는 말아야 한다.

물질로부터 소외되는 것은 그리 대단한 것이 아니다. 영혼이 소외되는 것이 더 마음 아픈 일인 것이다. 세상을 살아온 지혜로 더 넉넉하게 수용하고 바라보면 어른의 품격을 지닐 수 있다. 아등바등 집착하지 말고 별일 아니라며 마음을 내려놓고 노여움이란 단어를 마음속에서 지워야 한다. 노여움이 노인들의 전유물처럼 인식되어선 안 된다.

아이들이 갖는 서러움이야 성장의 과정이 될 수 있지만, 노여움은 아무 쓸모없는 하등의 감정이다. 그러니 나이 들어서 추잡하게 먹는 것에 연연하거나 입는 것에 질투하고 가진 것에 노여워하지 말기 바란다. 나 또한 마음의 분산을 막고 기다리고 여유를 가져 점검하고 정리해서 살아야겠다.

노여움이란 존재의 소외감에서 오는 것이 다반사인데 있는 듯 없는 듯하며 여생을 살겠노라고 다짐하라. 손아귀를 펴라, 움켜쥐는 것은 모두 바람이 된다. 쓸데없이 노여움으로 귀한 시간을 보내지 마라.

3

아프다 마라.

기분은 전염되고 사람은 기분으로 살아간다. 항상 이성적 판단을 하고 사는 것이 아니라, 습관적으로 상황을 인식하는 것이고 그 상황 인식을 담당하는 것이 감정이다. 그러한 감정의 주체가 바로 기분이다. 그래서 기분은 마음 상태를 주관하고 기분에 따라서 행복과 불행이 갈린다. 그런데 기분은 나와 남의 관계에서 비롯되는 경우가 많다. 내 기분과 남의 기분을 좌우하는 것이 바로 일상의 대부분을 차지하는 말이다. 말은 소통의 도구일 뿐만 아니라 마음의 밭이다. 그래서 어떤 마음 상태가 발현되어 말이 되는가가, 내가 행복하고 남이 행복한 씨앗인 것이다.

우리는 하루에도 수만 마디 말을 하며 사는데 이 말의 수만큼이나 기분이 좋다, 나쁘다, 언짢다. 상했다. 내키지 않는다. 망쳤다. 괜찮다. 그저 그렇다 등으로 표현되는 것이다. 위에서 언급한 기분을 나타내는 형용사는 대부분 부정적인 말이 많다. 아무래도 불안전한 사람의 심리를 지키고자 하는 불안감에서 나온 방어적 기제라는 생각이 든다.

그럼에도 우리는 좋지 않은 기분을 전염시켜서는 곤란하다. 마음의 밭에 안 좋은 씨를 뿌리면 우리의 미래는 불행한 결실을 맺을 것이다. 당장은 불안하고 부정적인 것이 더 강하게 기분을 장악하더라도 듣기 좋은 말을 해야 한다. 내게 든 남에게든 말이다. 그런데 참으로 안타까운 상황을 자주 목격하게 된다.

노인 몇 분이 거리에서 만나면 바로 그 자리에서 종합병원을 차린다. 나는 허리가 아프고 당신은 머리가 쑤시고 그리고 또 당신은 관절염에 당뇨에 고혈압 그리고 심부전증이 어떻고 모두가 환자다. 안 아프다고 괜찮다고 살만하다고 하는 노인을 찾기가 어렵다. 물론 아플 것이다. 한두 가지 병이 있고 약을 먹고 병원을 찾는 것이 다반사일 테니 말이다.

하지만 그래도 모처럼 만난 사람들끼리 만나자마자 병을 자랑하듯 꺼내는 것은 아니다 싶다. "아이고, 파머가 아주 잘 나왔네요. 참 예쁘세요. 어디서 하신 거예요?"라고 칭찬하라. "오늘은 예쁘게 하고 어딜 가시나요?"라고 친근하게 말하라. "아니 나이를 어디로 드시고 이렇게 예뻐도 되는 거예요?" 라고 기분을 돋우라. 그러면 말하는 당신도 기분이 업 된다. 사람의 기분은 말이 전부다. 어떤 말을 하고 어떤 말을 듣는가가 기분을 좌우하니 말이다. 그런데 만나서 병이나 자랑하고 그러면 뭐가 좋은 기분이 들겠나. 겨우 생각되는 것이 '저 사람도 나와 마찬가지로 병축이네' 하는 생각 말고 또 무슨 생각이 나겠는가.

예전에는 병에 대한 정보가 많지 않았다. 어디 훌륭한 의사가 있고 어디 병원을 가면 병이 낫는다더라가 뉴스였지만 지금은 그렇지 않다.

스마트폰이 온갖 정보를 다 알려준다. 그러니 병 자랑해서 "그래, 그래" 하며 정보를 얻던 시대는 지난 일이다.

모처럼 만나면 이젠 서로 추켜세워라. 남을 세우면 내가 내려가는 것이 아니라 동반 상승한다. 기분의 속성이다. 기분은 올라가면 즐겁고 기쁘게 된다. 그게 행복이다. 자잘한 말 한마디가 하루를 상쾌하게 만든다.

지나면서 듣는 시비조나 툭 하니 던진 말 한마디가 하루 종일 기분을 잡치게도 한다. 그러니 만나면 종합병원 차려서 어디가 어떻고 어디가 최고로 잘 고치며 하는 훈수나 반 의사 노릇하지 말고 그저 좋은 말을 뿌려라. 그 좋은 씨앗이 오늘의 기분을 만들어서 내일은 오늘보다 더 기분이 좋아 건강한 삶을 살 수 있게 된다.

마음은 몸을 관장하고 몸도 마음을 관장한다. 누가 더 우위를 선점하는 것이 아니라 상호 보완하고 질투한다. 몸을 알아야 마음이 편하고 마음을 알아야 몸이 자유로운 것이다. 서로 질투하고 시기하지 않게 하려면 너무 몸을 편애하거나 마음을 편애하지 않아야 한다. 그것은 몸과 마음이 일치를 이루게 해야 하는 것으로 항상 서로 위로하고 격려하게 만들어야 한다. 아프다, 귀찮다. 힘들다, 괴롭다. 차라리 죽었으면 좋겠다는 등의 말을 하거나 몸의 상태를 그렇게 만들면 전혀 행복할 수 없다. 행복은 소소한 것을 원한다. 아프다 말하지 말고 웃으며 건강하게 살자. 무병장수의 시대가 아니라고 한다. 유병장수다. 한두 가지 병은 있지만 몸을 살피고 기분 좋게 말하고 살면 오래 산다는 말이다. 제발 아프다고 말해서 기분을 다운시키지 마라.

4

왕년 찾지 마라.

전성기가 언제냐고 행여 묻거든? 아직 오지 않았다고 말하라. 그렇게 묻는 사람은 많지 않겠지만 그래도 마음속에 답을 준비해두어야 허둥대지 않는다. 하지만 전성기를 대놓고 말하지는 않아도 그리 말하는 사람이 적지 않다. 여럿이 모인 곳에서 목청을 돋우는 사람 중에는 잘 나가던 때를 마치 영웅담처럼 뇌까리기 때문이다. 듣기 거북할 정도로 큰 목소리로 한때의 과거를 부풀려서 보란 듯이 말하는 사람은 거의 허풍이 많다. 과거는 해석에 따라 다르다. 그뿐만 아니라 현실의 관점에 따라 얼마든지 희석되고 각색될 수 있다.

왜냐하면 자기만의 경험을 반추하기에 그렇다. 물론 같은 경험을 한 사람들이 있을 경우도 있기는 하다. 하지만 얼마든지 자기만의 화법으로 그때의 상황을 새롭게 각색할 수 있는 것이다. 이는 같은 곳에 있어도 같은 상황을 경험했어도 서로 다른 것을 기억하기에 그럴 수 있는 일이다. 하여튼 어느 한때가 전성기라고 말하면 앞으로는 별 볼일이 없어지는 것이니 명심하라. 그러니 전성기가 지났다고 라고 하면서 나불대지 않아야 한다. 그래야 겸손한 상황을 연출하는 것이다.

전성기가 지난 사람은 기대치가 낮아질 수밖에 없다. 더 이상이 아니라면 평균치나 그 이하인 것을 누가 기대하겠는가. 사람은 그 사람의 방향과 상승을 기대한다. 그런 에너지를 가진 사람과 친분을 갖고 싶은 것이지 결코 하락하는 에너지의 사람과 가까이할 이유가 없는 것이다.

자랑과 똑똑함은 친밀감을 쌓는데 장애 요인이 된다. 관계는 허술해야 서로 엮이는 것이지 똑똑함의 정교함이나 이미 완성된 이미지는 서로 다른 면으로 부합하기가 어렵고 애써 관계를 시도하기가 갑갑한 것이다. 그러니 이제부터라도 초보 된 것을 말하라. 나는 요즘 이러한 것을 배우고 있는데 좀 가르쳐 줄 사람 없나요? 라고 하면 스스럼없이 다가설 수 있다. 그렇지 않고 나는 이것도 해봤고 이것도 잘하고 만능이라는 인식을 심어주면 꼴값한다고 생각하지 잘 났다고 인정해주지 않는다.

몇 십 년 전의 일을 사람들한테 미주알고주알 말해봤자 그냥 귓등으로 듣고 만다. 소귀에 경 읽기처럼 무감해 하는 것이다. 그러니 엊그제 일을 말하라, 아니 오늘 당장 한 일을 말하라. 새로 배우고 있는 기타와 손 글씨를 얘기하라. 그러면 사람을 얻게 된다. 특히나 젊은 사람을 등에 업을 수 있는 좋은 기회가 된다.

나도 왕년에 다 해본 건데 지금 잊어서 잘 안 되고 못할 뿐이라는 말은 삼가라. 사람은 나보다 잘난 사람 별로 좋아하지 않는다. 내가 한 수 가르쳐주고 싶어 하는 사람을 좋아하는 것이다. 그러니 제발 나이 들어서 왕년 찾지 말길 바란다. 모르는 척, 못하는 척, 미숙한 척을 하라. 그러면 주변에 사람을 둘 수 있다. 그리고 그들의 신선함을 배우고 느끼면서 살 수 있는 것이다.

고리타분하니 동년배들과 몰려다니면서 춤추고 노래하고 술 마시는 데 시간을 버리지 말라. 사는 일은 평생 배우고 깨우치는 일이다. 일반적인 답이 아니라 자기만의 질문을 갖는 것이 삶을 제대로 사는 것이다. 모두가 좋아한다고 나도 좋은 것은 아니다. 내가 좋아야 한다. 남이 뭐라 해도 나만의 개성을 살릴 수 있는 어떤 이로운 것을 배우라. 그리고 배운 것은 필히 남을 주어야 한다. 지식도 기능도 혼자만 갖고 있으면 썩는다. 고인 물이 썩듯 아는 것을 가두고 있으면 썩는다. 배워서 남을 줘야 한다. 하지만 배우는 과정은 겸손해야 하니 전성기 얘기는 꺼내지 말고 잘 난 척하지 마라.

현역 시절의 전문성은 가르치고 은퇴 후에는 새로운 것을 겸손하게 배워야 한다. 늘 가르치기만 해서도 안 되고 늘 배우기만 해서도 지혜롭게 사는 것이 아니다. 순환이 몸의 기능이듯이 정신의 순환이 있어야 한다. 그것은 가르치고 배우는 것을 같이 해야 한다는 것이다. 전성기 운운하며 배우기를 멈추고 큰소리치고 왕년 찾는 사람 치고 제대로 된 인물을 못 봤다. 그러니 지난 얘기는 하지 마라. 은퇴 후의 삶이 멋져야 유종의 미를 거둔다. 사람이나 일이나 끝이 좋아야 한다. 늘 말하지만 시작점이 중요한 것이 아니라 마침점이 중요하다. 그 사람 이름 뒤에 물음표가 남으면 우습지 않은가. "김영빈이 누구지?"보다는 멋진 수식어를 남겨라. 김영빈, 인생 응원단장! 이런 식으로.

5

탓하지 마라.

사는 일이 어찌 만만하랴. 생각대로 된 일보다 생각지도 못한 일이 벌어져 난감한 일이 더 많지 않았던가. 그래서 과거의 어느 한 시점으로 돌아간다면 다른 결정과 선택을 했을 거라는 미련이 늘 있게 마련이다.

나 또한 그 범주에서 자유롭지 못하다. 젊어 한때 선택의 기로에서서 지금의 현실을 만들어냈던 것인데 다시 그 기회가 주어진다면 다른 쪽을 선택해서 살고 싶은 것이다. 물론 지금의 현실을 부정하는 것은 아니다. 피하고 싶어 안달이 나서 하는 말도 아니다. 다른 선택의 결과를 추이해 보고 싶은 것이다.

'로버트 프로스트의 가지 않은 길'에 대한 궁금증이 생기는 것이다. 그래서 '지금 알고 있는 것을 그때 알았더라면'이라는 멋진 시구도 있는 것이다.

하지만 결과에 초연하게 살 수만은 없는 듯하다. 어쩌다 지난 일을 얘기할 때 유난히도 과거에 발이 묶여서 현실이 힘들다고 푸념하거나 절망하는 사람들이 많다. "그때 그 인간만 만나지 않았어도 내가 지금 이렇게 살진 않는다."라고 하소연을 하는 사람들은 대부분 아내들이고 그 인간을 지칭하는 것은 같이 사는 남편을 3인칭으로 표현하는 것이다. 때론 "그때 그 돈을 00한테 빌려주지만 않았어도 지금 떵떵거리고 살 건데" 하는 말은 가까운 지인이나 친인척을 일컫는다. 그러고 보면 상처의 거리는 지척에 있는 것이 맞는 것 같다. 멀리 있는 사람은 도움도 안 되지만 아픔도 주지 않는다. 그저 배경처럼 구성원에 지나지 않는다.

문제는 가족을 비롯해서 친인척 또는 가까운 이웃인 것이다. 그들은 사정을 알고 있고 그 사정을 빌미로 삼아 서로 이익을 취하거나 손해를 끼치게 되어 있다. 거리감이, 친밀감이 그렇게 상호작용을 하는 것이다. 상호작용이라는 것은 내가 어떠한 행위를 해서 그 행위에 반응하는 결과로 이루어진다. 그 결과가 나에게 또는 그에게 좋으면 선행이고 나쁜 결론이면 악행이 된다. 서로 좋거나 서로 나쁘게 작용할 수도 있고 나만 나쁘고 상대가 좋은 경우도 물론 있고 난 좋은데 상대가 나쁜 경우도 더러 있다.

하지만 대개의 경우는 서로 좋거나 서로 나쁘거나 한다. 그래서 불만이 생기고 불평등이 일어나서 관계가 소원해지거나 악연이 되기도 한다. 관계의 기본이 깨지는 것이다. 물론 서로 좋아서 잘 유지되는 것이 더 많을 것이다. 하지만 손익이 발생해서 관계가 악화되는 것이 가끔 있다. 그러한 거래에 대한 결과는 수치상으로 같다고 해도 심리적 평등이 이루어지지 않으면 불공정한 거래가 된다.

가령 똑같은 수익이 발생해서 처음에 계약한 대로 똑같이 분배를 했다고 해도 한쪽이 억울한 면을 드러내면 억울한 처사가 된다. 나보다는 사정이 나은데도 똑같이 분배했다고 불평을 하는 마음이 있으면 그렇게 되는 것이다. 그래서 친밀도와 거래는 별개의 일이다.

하여튼 거래가 성사되고 깨지고 해서 관계가 악화되면 탓을 하게 된다. 변명으로 자주 등장하는 탓이라는 단어가 감정을 등에 업고 얘깃거리에 나타나는 것이다. "그때 그 사람 말을 듣지 말았어야 했어."라든지 "그때 그 인간에게 돈을 빌려주지 않았어야 되는데."라든지 과거의 한 시점을 두고 사람을 탓하는 것이다.

아니면 자책을 하면서 "내가 미친년이지" 또는 "내가 미친놈이지 그때 정신을 좀 차리고 이성적으로 판단했어야 하는데 그놈의 정 때문에 일을 망쳤어."라는 말로 자기 탓을 하는 것이다.

성당에서 미사를 볼 때 의식 중 하나로 "내 탓이오, 내 탓이오. 내 큰 탓이로소이다."라며 가슴을 치는 행위가 있다. 이는 반성의 말로 회개하는 의식이다. 하지만 일상적인 대화에서 내 탓이라고 자책하는 것은 바람직하지 않다. 그렇다고 남을 탓하는 것도 볼썽사납다. 그러니 자기 탓도 남 탓도 하지 말고 그때의 과오를 잊지 말고 앞으로의 선택이나 결정에 참고하여 신중하면 된다. 굳이 남을 탓해서 내 감정의 소요를 잠재울 필요는 없다. 쏟은 물을 다시 담지 못할 바에야 그 이미지를 말로 되풀이하는 것도 정신건강에 도움이 안 된다. 그러니 탓하지 말고 현실을 담담하게 받아들여라. 어제의 결론이 바로 오늘이잖은가. 오늘은 또 미래의 발판이 된다. 오늘 내가 걷는 길이 내일의 목적지가 되니 오늘을 행복하게 긍정적으로 살라. 그러면 된다. 과거에 대한 복수는 오늘을 참신하게 성실하게 살아내는 것이다. 사람에 대한 복수심이나 탓으로 돌려서 마음에 상처를 보듬지 마라. 상처는 저절로 없어진다. 내 미래가 희망이 될 때 상처는 씻은 듯이 사라지는 것이다. 탓하지 마라. 나이 들어서는 그것도 추하다.

6
노년의 3대 수칙

1. 공부하라

인간은 자유를 원한다. 빵만으로 살 수 없기 때문이다. 자유는 자연스러움이다. 그 자연스러움은 자율로 얻는다. 스스로 지키는 것으로 자연스러워지면 자유를 보장받는다는 것이다. 이는 순전히 내 생각이다. 다시 정리해보자. 그러니까 스스로가 지키는 무엇이 있어야 자연스러워지고 그러므로 자유를 얻는다는 명제다.

가령 발표를 하는데 있어서 기본이 되는 인사법이나 태도를 지켜야 자연스러운 모습으로 발표를 하게 된다. 그러면 자유를 얻는다. 그 바탕에는 물론 자신감이라는 당당함이 내재되어야 하는 것은 물론이다. 우리는 무엇을 잘 지키고 해냈다는 것에서 당당함이 생긴다. 기본을 수행하면 거리낄 것이 없어진다. 그러므로 자신감이 팽배해지는 것이다.

어설픈 인사를 하고 연단에 선다면 그리고 어정쩡한 태도를 유지하면서는 발표가 자연스러울 수 없는 것이다. 이는 기본에 충실하지 않아서다. 그래서 스스로 지키는 기본은 매우 중요하다. 당당할 수 있는 배경을 마련하는 것이기 때문이다. 그러면 아주 자연스럽게 발표를 할 수 있다. 그것이 곧 자유다. 자유는 부자연스러운 것이 아니라 자연스러운 것이다. 아무 부담이 없고 유연하며 거침없는 심신의 느낌이다.

그런 상태를 흔히 행복감이라고 한다. 행복을 느끼는 것이다. 무엇을 하든 우리는 이러한 행복감을 느끼고 싶어 한다. 그것이 불안을 해소하고 살아있다는 안정감을 주기 때문이다. 산다는 것은 소명을 다하는 일이다. 개인으로서의 소명의식은 나름대로 다 다를 것이다. 태어난 시간이 다르고 태어난 장소가 다르며 태어난 조건이 다르기 때문에 일관적으로 같은 가치관이나 소명의식을 가질 수는 없다. 존재의 즐거움과 함께 나름대로 할 수 있는 가치 있는 일로 살면 되는 것이다.

인생은 수시로 삶을 쪼개는 상황이라는 것이 존재한다. 물론 시간과 공간을 수놓는 인간은 늘 불안하고 위험한 것을 직면한다. 위험하기 때문에 위험한 것으로 인지하는 것도 있지만 그렇지 않음에도 위험으로 인식되는 것은 경험이 없거나 경험이 있더라도 어떠한 트라우마가 작용할 경우에 그러하다.

문제는 안전과 안정을 부여받고 싶은 것이며 불안한 상태로부터 자유롭고 싶은 것이다. 그래서 우리는 알아야 한다. 살아가는데 필요한, 직면한 상황을 살아내는데 필요한 자연스러움을 획득하기 위해서 학습이 되어야 하는 것이다. 모르면 불안하다. 알 수 없다는 것은 불안을 초래하고 위기의식을 만든다. 그로부터의 탈출은 이미 경험한 것을 토대로 이겨내거나 다른 이의 경험을 간접적으로라도 배워서 알아야만 대처가 가능한 일이다.

우리는 낯설고 생경한 것을 두려워한다. 몸이 반응하고 마음이 위축된다. 그러면 자연스러울 수 없고 자연스럽지 않다는 것은 자유가 없다는 다른 말이며 이는 곧 행복하지 않다는 반증이다.

용기는 이겨내는 힘이다. 용기는 힘이다. 그러한 힘은 아무래도 젊어서가 더 뛰어난 기질을 가지고 있다. 물리적인 힘뿐만이 아니라 정신적인 면에서도 그렇다. 몸과 마음이 별개가 아니기 때문이다. 한쪽이 기울면 그 평형을 맞추려고 낮은 수준의 평균을 가지게 된다. 그래서 나이 들면 더 많은 용기가 필요하며 스스로 지키는 것이 힘의 바탕이 되어 자유를 준다. 용기는 무지에서 오기도 하지만 사실을 예측하는 가능한 상태에서 주로 온다. 예측이 가능하려면 통찰력이 있어야 한다. 그러한 통찰은 하루아침에 생기는 것이 아니다. 많은 시행착오나 경험 그리고 공부를 해서 얻어지는 지혜인 것이다.

그래도 다행인 것은 나이 들면 어느 정도는 경험이 축적되어 있고, 많은 사람들의 경험담을 들었기에 상황에 대한 대처 능력이 있다. 물론 전혀 이색적인 상황이 아닌 바에야 어느 정도는 예측이 가능하다는 점에서 말이다.

자, 결론은 그렇다. 나이 들수록 공부해야만 한다. 왜냐하면 세상은 모름지기 빠르게 변하고 수없이 많은 정보가 쏟아져 나오는데 느린 발걸음으로 가면 도저히 쫓아갈 수도 없거니와 문맹이 된다. 사회의 고아가 되는 것이다. 그러니 자고로 공부에 열심이어야 한다. 그래서 조금이라도 더 많은 정보력으로 통찰해서 스스로 지키고 자연스러워지면 자유를 얻는 것이다. 알지 못하면 지키지 못한다. 지키지 못하면 부자연스러워지고 그러면 자유와는 멀어져 구속된다. 범법자의 구속이 아니라 정신의 구속이다. 사회생활을 하는데 있어 방황하는 고아 신세가 되는 것이다. 사람은 죽을 때까지 공부해야 한다. 그러한 당위는 얼마든지 있다. 세상과 타협하고 인간관계를 원만히 유지하려면 알아야 한다. 최소한 기본이 되는 룰은 알아야 경기에 참여하는 것이다. 그렇지 못해서 반칙이나 하고 어리둥절하니 무슨 결정을 내려야 할지 모르면 난감한 사람이 되는 것이다. 룰을 아는 것은 기본이다. 그리고 그 룰을 스스로 지킬 때 자연스러워 지며 자연스러움으로 자유를 얻어 행복해지는 것이다. 나이 들어서 더 열심히 공부해야 하는 이유가 바로 이것이다. 행복하기 위해서.

7

노년의 3대 수칙

2. 운동하라

"앉았다가 일어날 때 소리 내면 좀 나아?" 나이 드신 분이 자리에서 일어날 때 끙! 하고 소리를 내서 하는 말이다. 사람은 남의 말 할 때가 좋다. 아니 남 말하기가 가장 쉽다. 내가 그 상황과 그 나이가 되면 '아! 왜 내가 그때 그랬었나?' 하고 후회하게 된다.

물론 어르신이라 대놓고 말은 안 했지만 속으로는 그런 말을 수도 없이 해왔었다. 나는 나이 들어서 저렇게 일어날 때 소리 내지 말아야지 했는데…… 단순 희망사항으로 그치고 말았다. 누가 내게 "일어날 때 소리 내면 좀 나아요?"라고 물으면 자동응답기처럼 말할 것이다. "응 나아."라고 말이다. 이는 저절로 나는 소리다. 소리를 내야겠다고 마음먹기 전에 몸이 말을 뱉어내는 것이다.

늙어보기 전에는 늙은 사람을 이해할 수 없다. 그럴 것이다. 라는 추측은 내 기준이고 그것은 아주 주관적이다. 그래서 모른다. '왜 저러고 다닐까?'라고 생각했던 것이 이해가 되고 이해가 되면서 미안한 속죄의 마음이 드는 것이다.

'아니 저러고도 나와서 걷고 싶을까?'라고 목발을 짚고 다니는 어른들을 비아냥거린 적도 있다. '불편한 몸으로 북새통을 이루는 곳으로 나와서 뭘 어찌하시겠다는 건지 원!' 하고 내 몸 성한 것과 비교하여 우쭐대고 혀를 찼던 것이다.

그랬었는데 다쳐서 절룩거리며 거리를 활보하는 내 모습을 남들이 볼 때 예전의 나처럼 바쁜 걸음을 훼방 놓는다고 투덜댈지도 모른다는 생각이 미쳤다. 사람은 입장 바꿔 생각해야 한다. 그래야 분수를 지키고 주제 넘는 생각을 안 하게 되는 것이다.

나와 남의 경계가 확실해야 하는 것은 신념에 해당한다. 아주 가치 있는 신념을 위협받을 때는 완고해야 한다. 그것은 존재의 의식이다. 그렇지 못하면 자존을 지킬 수 없기에 그렇다. 하지만 사랑과 배려는 남을 향해야 한다. 자기모순이나 합리적인 방어로 남을 우습게 여기고 이상한 우월감을 느낀다면 분명 잘못된 생각이다. 이러한 이상한 우월감이라는 것도 사실 열등감의 표현일 것이다. 어쩌면 자기도 그럴 수 있는데 부정하고 싶은 강한 자존심으로 다른 사람들의 노화된 모습이나 불편한 모습을 직면하지 못하는 자기부정일 것이다.

하여간 몸은 마음의 균형을 유지하는 데 있어 가장 밀접한 영향을 미친다. 그래서 나이 들수록 운동이 필요하다. 몸의 부자연스러움은 마음을 위축시킨다. 그래서 열등감이 발현되고 비뚤어진 표현 방식이 툭툭 불거져 나오는 것이다. 그러니 마음의 온전함을 위해서라도 몸의 건강함은 필수다.

운동은 자기 학대다. 몸을 학대하는 것이다. 몸의 고달픔을 통해서 자유로움을 찾는 행위다. 무거운 것을 들고 숨이 차도록 뛰고 근육이 뻐근할 정도로 몸을 구부리고 펴고 그러한 동작의 반복이 결국 몸의 자유를 준다. 몸을 의식한다는 것은 자유롭지 못하다는 것이며 자유롭지 못한 몸은 건강한 상태가 아니라는 반증이다. 그래서 몸을 의식하지 않고 움직일 때 건강한 것인데 그러한 건강한 몸은 자기 몸의 학대로부터 출발한다. 고되고 힘든 과정을 반복 유지해야만 몸이 건강하다. 주기적으로 하건 불규칙적으로 하건 몸을 능동적으로 크게 움직여서 작은 움직임에 부담이 없어야 한다. 큰 부하를 주어서 작은 부하를 의식하지 않는 상태를 유지하는 것이 운동의 필요성이다.

일상적인 생활에 무리가 없게 하기 위해서는 일상적인 움직임보다 더 큰 움직임을 만들어내는 움직임이 필요하고 그것은 결국 몸을 건강하게 만드는 일이다. 운동은 그래서 범위를 확대한다. 다시 말해서 힘을 써야 확장된다. 그러한 힘씀을 피하지 않아야 한다. 그것도 자발적으로 말이다. 타인에 의한 수동적 운동은 그 효과에서 미비하다. 아니 정신적으로 노예 상태가 되어 운동을 하게 되면 가시적 효과는 있을 수 있으나 마음이 구속되어 정신 건강을 해치게 되는 일이다. 그러니 스스로 운동을 해야 한다. 자발적인 운동이 건강을 유지 발전시킨다는 사실을 명심하라.

그리고 나이 들어 하는 운동은 자기 몸의 점검이 필요하다. 이 정도쯤이야 하는 무리수를 두어서는 안 된다. 운동도 자기 점검이 매우 필요하다. 한계를 극복하는 정점에 대한 확인이 늘 필요하다. 하중을 늘리거나 횟수를 늘릴 때는 신중해야 한다. 마찬가지로 운동하는 시간을 늘릴 때에도 몸의 컨디션을 점검하고 해야 한다. 무리한 스케줄로 다그쳐서도 안 된다. 마음만큼이나 예민한 것이 몸이다. 몸을 아는 것도 마음을 이해하는 것도 순리에 따라야 한다. 자연스러움을 찾기 위해서는 부자연스러움의 강을 건너야 한다. 그러한 과정을 웃어넘기면 울면서 그 강을 건너야 한다. 그러니 과정을 우습게 여기지 말고 과정 자체를 즐기는 것이 무엇보다 중요하다. 마음을 건사하는 데 몸을 이용하라. 몸의 상태가 좋아야 마음이 편하다. 나이 들어 운동하는 것은 필수 사항이다.

8
노년의 3대 수칙

3. 봉사하라

신년이 되면 소원을 발표하라는 미션을 준다. 연초에 으레 하는 발표 주제다. 나이 드신 분들은 자신의 건강과 가족의 건강을 바란다. 그리고 봉사를 하고 싶다고 말씀하시는 분들이 의외로 많다.

봉사는 사전적 의미로는 '국가나 사회 남을 위하여 자신을 돌보지 아니하고 힘을 다해 애씀'으로 나와 있다. 그런데 봉사를 노년의 스펙 정도로 생각하는 것이 다반사다. 그저 불쌍해 보이는 사람을 돕거나 가난한 사람을 물질적으로 지원하고, 신호등 교차로에서 노란 깃발을 들고 통행자를 보호하거나 버려진 휴지를 쓰레기봉투에 넣는 일로 아는 분들이 많을 것이다. 하지만 봉사는 봉사를 받는 사람이 봉사라고 느끼지 못하는 태도와 마음가짐으로 해야 하는 것이다. 보여주기 식이나 자기만족으로 하는 요식행위가 아니란 말이다. 보호를 받거나 도움을 받는 입장에서는 동료처럼 다가오는 것을 바란다. 강자나 기득권자가 행하는 지원으로 알면 이미 봉사가 아니다. 그것은 자랑거리를 늘리려는 이기심의 노출이 된다. 최대한 낮은 자세로 도움 받는 사람의 기분을 상하지 않게 해야 한다. 그러려면 주는 사람이 준다는 거드름을 피워서는 안 되고 함께 한다는 공동체의식을 가져야 한다.

그래서 믿음과 신뢰가 쌓여야 한다. 그러므로 피봉사자에게 자립과 자존감을 갖게 해야 한다. 일방적인 것은 소통이나 봉사가 아니다. 그것은 자만의 표현이고 보여주기 행동이 되는 것이다. 사람은 자존심으로 힘겨운 삶을 버티는 경우가 많다. 그래서 자존심을 건드리거나 열등한 환경과 상황을 드러내려 해서는 안 된다. 그럴 경우는 봉사를 하지 아니한 것보다 못한 결과를 초래하기도 한다. 그러니 세심한 배려와 이해를 바탕으로 도움 받는 사람이 도움을 받고 있다고 느끼지 못할 정도로 겸손하게 다가가야 할 일이다. 그러려면 사람을 이해하는 공부를 해야 한다. 나와 남의 경계를 허무는 평소의 연습이 필요하다. 자상한 미소를 연습하라. 그리고 봉사를 한다고 떠들거나 플래카드를 걸고 사진 찍고 선물이나 지원 상품을 두고 서로 웃으며 인증 사진 찍지 마라. 촌스럽고 경망스럽다. 그러려면 차라리 봉사하지 마라. 서로 손을 맞잡고 악수하는 사진하나 건지려고 하는 요식행위는 부정하다. 그런 이미지 거래는 하지 않는 것이 좋다.

성경에도 오른손이 하는 일을 왼손이 모르게 하라는 말이 있다. 그만큼 알리지 말라는 것이다. 그런데 드러내고 싶어서 지방지 기자 초청하고 이웃들에게 알리고 내가 이런 선행을 한다고 나발을 불고 다니면 신상에 이롭지 않을 것이다. 아무도 몰래 하는 것이 음덕이다. 그런 음덕만이 귀한 복으로 돌아온다. 아무리 내 입장에서 선행이라도 받아들이는 사람이 좋지 않으면 악행이 될 수 있는 일이다. 봉사를 개인의 치적으로 삼아서 얘깃거리로 삼으려면 차라리 그만두는 게 낫다. 진심으로 봉사하는 사람에게 오히려 욕되게 하는 일이니 말이다.

발표를 듣다 보면 예전 자기 삶의 허물을 씻고자 봉사로 대신한다는 얘기도 한다. 그럴 수도 있다. 그렇게라도 한다는 것은 양심을 지키고자 하는 일이다. 하지만 허물에 대한 반성과 뉘우침이 선행되어야 한다. 예전의 과오를 현재의 봉사로 교환하자는 식의 나름대로 계산된 방식으로 봉사를 생각했다면 오산이다. 전에 일어난 과오는 그 자체를 반성하고 뉘우치는 것이 좋다. 그리고 새로운 일인 봉사는 봉사정신으로만 하는 것이 바람직하다. 어떠한 일의 죄 갚음으로 여긴다면 자칫 자신을 학대하거나 힘씀을 넘어서 의무감으로 하게 될 수도 있으니 말이다.

그리고 봉사는 자기 일을 제대로 하고 나서 하는 일이다. 자기 본분의 일을 내팽개치고서 오로지 봉사로 사는 사람이 있다. 늦은 시간까지 청소년을 선도한다고 술집을 전전하다 보면 정작 자기 자식은 방치해서 불량 청소년이 되는 경우가 있다. 그래서 그 자식은 부모의 이중적인 생활상을 갈등하고 번민하다 비행을 저지르는 것이다. 그러니 집안 단속이나 부모로서의 역할을 잘 수행하고 나서 타인에 대한 봉사를 생각해야 한다. 무조건식으로 자신의 의무는 다하지 못하면서 남을 위한 봉사를 한다고 집안일을 손 놓게 되면 그 집안에서 비행 청소년이 생기는 것이다. 남을 돕는다는 것은 제대로 사는 사람이 해야 한다. 자신의 과오를 감추거나 가리기 위해서 하거나 아니면 생색내기 위해서 봉사를 택하는 일은 삼가야 한다. 진정한 마음으로 선행을 목적으로 해야 한다.

9
원하는 죽음을 기도하라.

사는 일이 죽음만도 못할 때가 잦아지면 많이 기도해야 한다. 잘 죽게 해달라고 말이다. 아침저녁으로 기도하라. 자는 듯이 죽어서 아침을 맞게 해달라고 다른 세상에 이미 가 있게 해달라고, 그러므로 남은 가족이나 이웃들에게 폐를 끼치지 않아야 한다. 똥오줌을 가리지 못해서 남의 도움을 받는다면 그래서 가장 기본적인 수치심마저 남에게 맡겨야 하는 상황이 지속된다면 죽는 것만 못한 삶일 수도 있는 것이다.

하지만 사람의 힘으로 본인 능력으로 할 수 있는 일이 아니다. 어쩔 수 없다면 이마저도 받아들여야 한다. 원치 않는 삶도 생의 일부고, 아니 전부라 해도 어쩔 수 없다면 수용해야 한다. 하지만 가능하면, 그러한 신세를 지지 않고 죽어야 한다. 그래서 나름대로 최선을 다하는 방법 중 하나가 간절하게 기도하는 것이다. 잠을 자면서 하루 아침에 죽을 수 있게 도와 달라고 기원하는 것이다.

어느 분이 스피치 발표에서 어머님 얘기를 꺼냈다. 그 어머님은 평소의 기도를 그렇게 하셨다고 한다. 잠을 자면서 임종을 맞게 해달라고 말이다. 그런지 삼 년이 되어서 기도대로 잠과 함께 저승에 드셨다고 한다. 믿기지 않을 만큼 신비로운 얘기일지 모르나 나는 믿는다. 왜냐하면 살아서의 성공이나 희망도 그 간절함과 반복된 노력으로 이루어진다. 삶이 그러하듯 죽음도 그러하리라 믿는다. 그래서 나이 들어서 죽음을 숭고하게 맞으려면 간절한 기도를 올리라고 감히 말하고 싶다.

그러면 언제부터 그러한 기도를 올려야 할까? 그것은 개인마다 다르다. 육체적 수명이라는 것과 정신적 수명은 다르다. 정신이 수반되지 않는 육체의 노화를 방관하지 않겠다고 결심하는 순간부터 임종을 준비해야 할 것이다. 몸과 마음의 상관관계에 대해서는 누차 말을 해왔었다. 몸이 마음을 간섭하고 마음이 몸을 간섭한다. 여기서 간섭은 상호 보완이 될 수도 있지만 짐이 될 수도 있다는 것이다. 하여간 마음이 원하는 만큼 몸이 말을 듣지 않는다면 기도해야 한다.

나을 수 있는 경우라면 문제가 안 되지만 낫지 않고 평생의 업으로 남을 질병이나 불구의 생이라면 삶을 정리함과 동시에 죽음에 대한 기도를 올려야 한다. 누구라도 만족한 삶을 살다간 사람은 없다. 미련이 남게 된다. 하지만 어쩔 수 없음은 그 미련마저 밀어내야 한다. 그러므로 자연의 일부가 되는 일에 초연해야 한다. 못다 한 일이나 지켜보고 싶은 자식의 소원 성취라든지 하는 것들도 마음에서 지워야 한다.

그리고 행복한 삶이었고 감사한 일생이었노라고 마무리 기도를 올려야 한다. 그러한 기도가 반복되어 하루아침에 자는 모습으로 이승을 하직해야 한다. 몸부림치고 안 가겠다고 울부짖고 하는 것은 보기에 안쓰럽다. 의연하게 죽음을 맞아야 어른의 모습이다. 나이 들어서 죽음이 가깝다고 느껴지면 간단없이 기도하라. 죽음이 삶의 아름다운 마무리가 되길 원한다고 말이다. 사랑하는 사람을 위해 조용히 저승의 아침을 맞게 해달라고 기도하라.

10

사과할 일을 미루지 마라.

산다는 것은 누군가에게 빚지고 죽는 일이라 했다. 그 누군가 중에 가장 많은 부분을 차지하는 것이 가족이다. 가까이 생활하기 때문이다. 멀리 있는 사람은 전부 같은 모양의 사람들이다. 하지만 가까이 있으면 다 다르다. 가족도 예외일 수 없다. 서로 닮은 것이 가장 많지만 가장 다르다고 느낄 때가 많다. 일거수일투족을 서로 보고 발견하고 느끼기에 그렇다. 그런 가족 간에는 서로의 장단점뿐만이 아니라 성격의 특이성을 서로 교환한다. 그래서 보면서 닮고 보면서 닮지 않으려고도 한다. 싫고 나쁜 것은 닮지 않으려고 필사의 노력을 한다. 하지만 은연중에 닮는 경우가 많아서 못된 시어미 밑에서 자란 며느리가 다시 못된 시어미 역할을 대물림한다고들 한다. 다 그런 것은 아니지만 그런 경험들을 직간접적으로 해서 나온 말일 것이다.

하여간 가족은 서로의 상처를 어느 순간 내 보인다. 그래서 알고도 인정하게 되고 모르고도 인정하게 된다. 어른이 되면 많은 경험이 얽혀서 잊어버리고 사는 일들이 많아진다. 그래서 한때의 자기 잘못을 자식을 통해서 듣게 된다. '아니 내가 그때 그랬었나?' 남의 일처럼 여겨지는 것도 자식들의 입을 통해서 알게 되는 것이다. 이런 일들은 상당히 민망하다. 쥐구멍이라도 들어가고 싶은 심정이 된다. 하지만 어쩌랴 내가 그랬다고 하니 믿어야 한다. 그리고 재빨리 사과를 해야 한다. "그 시절 그러니까 아빠의 젊은 날에는 그렇게 혼내고 야단쳐서 바르게 자라게 하는 것이 잘 하는 일인 줄 알았단다. 미안하구나."라고 바로 사과를 해야 하는 것이다. 그렇지 않고 시기를 놓치면 자식들의 상처는 더욱 깊어져서 한이 된다.

나도 꽤나 엄격한 아버지상이었다. 그래서 자식 둘이 모여서 내 지난 훈육 방법을 들춰내면 정말 어이없을 정도로 막무가내 식 군대식이었나 보다. 얼차려라고 하면 아실까? 엎드려뻗쳐는 기본이고 몽둥이로 엉덩이 매질을 많이 했다. 지금도 얼굴이 화끈거리는 창피한 일이다.

막내아들이 한 번은 술이 거나하게 취해서 나를 힘껏 껴안더니 하는 말이 "아빠! 이제는 아빠가 저보다 약한 거 아시죠? 근데 어릴 때에는 아빠가 너무 무서웠어요." 하면서 힘을 주는데 빠져나올 수가 없었다. 그래서 대뜸 말했다. "미안하다. 지난 시절에 아빠는 너무 미숙한 방법으로 너희를 키웠다."라고 자수 겸 반성을 했던 것이다.

시간이 참 빠르기도 하지만 복잡하고 험난한 시대에 살고 있다. 내일 아침을 기약할 수 없는 자연 재난과 사회적인 안전망이 보장되지 않은 시대에 살고 있는 것이다. 물론 과민할 필요는 없다. 다만 기억이 생생할 때 자식들이 더 이상 아픔이나 상처로 괴로워하지 않게 사과할 일을 미루어서는 안 된다.

면구스러워서 자꾸 뒷일로 미루다 보면 어처구니없게도 사과할 시기를 놓치고 하직하는 수가 있기 때문이다. 사람 일은 알 수 없다. 나도 돌아가신 어머님한테 꼭 한마디 말을 듣고 싶었다. 미안하다는 말을, "너의 집사람인 며느리한테 내가 너무 했다고, 그래서 미안하다"라는 말을 생전에 듣고 싶었는데 끝까지 듣지 못했다.

시간을 놓치면 자식도 원망을 한다. 하물며 남의 식구가 들어와서 가족이 된 경우는 더할 나위 없을 것이다. 사랑하는 사람 때문에 온갖 고초를 겪고도 어디에 하소연하지 못하고 평생을 가슴앓이를 하며 살아왔는데 돌아가실 때까지 사과 한 마디 듣지 못해서 아내는 한이 되었다고 한다.

돌아가시면서 한 말씀만 했어도 마음의 응어리는 풀리는 것이다. 사람의 마음은 말로 얼마든지 풀린다. 돈으로도 안 되고 물질로도 안 되지만 진심 어린 말 한마디로 모든 아픔이 치유되는 것이다. 그 쉬운 용서와 화해의 법칙을 사람들은 체면이나 자존심 때문에 안 한다. 참으로 안타까운 일이다. 늦기 전에 사과를 하는 일은 나이 들어서 명심해야 할 일이다. 설마 하고 지나가서 평생 사과를 못하게 된다면 남은 가족에게 풀리지 않는 멍이 되는 것이다. 사람은 시간과 동행하는 것이다. 타이밍이 얼마나 중요한지는 알아야 한다. 살아 있을 때가 타이밍이다. 죽으면 시간과 무관하게 되는 것이다. 나이 들어서 용서를 구할 사람이 있다면 사과하라. 늦지 않게 찾아서 사과할 일은 미루지 말아야 한다.

11
자기만의 매뉴얼로 살아라.

　귀동냥이 보배인 때도 있었다. 정보가 곧 자산이고 정보가 건강인 시절이 분명 있었다. 뒤처진 정보로 늘 손해가 났던 시절은 예전의 일이다. 지금은 정보의 홍수로 넘쳐나고 있다. 오히려 꼭 필요한 정보를 선별하는 혜안이 필요한때다.

　하루아침에도 수없이 많은 신약이 개발되어 쏟아져 나오고 각종 매체에서는 몸에 좋다는 건강보조식품이 활개를 치고 있다. 선전 문구나 홍보물을 보면 안사고는 못 배길 정도로 현학적인 표현이 많고 유혹이 강하다. 그래서 건강을 지키기 위해 어떤 선택을 해야 할지 난감할 때가 많다. 이 말을 들으면 이 말이 맞는 것 같고 또 그 말을 들으면 그 말도 맞는 것 같아서 중심 잡기가 곤란하다는 것이다.

　우리 스피치 강의는 끝나고 나면 식사를 같이 한다. 내 취지는 그렇다. 아무리 좋은 관계라 할지라도 음식을 서로 나누지 않으면 그 관계를 지속할 수 없다고 여긴다. 그래서 한 주에 한 번은 같이 식사하고 차도 마신다. 형제 친지보다 끈끈한 정이 붙어서 이제는 누가 한 주라도 얼굴을 안 내밀면 궁금하고 걱정이 되는 것이다. 그래서 서로 안부를 챙기고 몸에 좋다는 건강보조 식품을 서로 권하기도 하고 갖다 주기도 한다. 마음이 살갑다. 서로 이웃하고 살면서 이토록 아껴주고 이해하는 모임이 또 있을까 싶을 정도다. 이러한 중심에는 '스피치' 라는 모토가 있어서다.

나는 힘주어 말한다. "스피치는 말 잘하는 공부가 아닙니다. 잘 말하는 교육이에요. 그래서 생각하고 말하는 것을 공부하는 것입니다." 라고, 그래도 사람이 잘 말하기는 쉽지 않다.

수 십 년간 아니 태어나면서부터 익혀온 습관을 바꾸기에는 너무 긴 시간을 요하는 것이다. 그래서 한 번에 바꾸기 전에 조금씩 고쳐 나가는 연습을 해야 한다. 자기 생각이나 확신이 잘 못된 것은 아닌지 의구심을 갖는 것이 무엇보다 중요하다. 내가 증명했다고 해서 남도 그 증명된 어떤 것을 받아들이라고 강요할 수 없는 일이다. 살면서 이러한 강요가 누군가를 힘들게 했을 것이고 그러므로 그 사람은 자존감이 무너지고 열등한 자의식에 수모를 견뎌야 했을 것이다. 사랑이나 자비라는 명목을 내세워 행해지는 그 어떤 것도 상대를 배려하고 이해하지 않으면 안 된다.

우리 반올림 스피치 수강생들은 평균 나이가 많다. 흔히 말하는 지공선사가 많아서 만나면 서로의 건강을 챙긴다. 그러다 보면 무슨 병에는 어떤 약이 좋고 어떤 운동이 좋고 하는 말들이 성찬을 이룬다. 그러면 귀가 얇은 사람은 그 말에 현혹되어 당장 실행에 옮긴다. 그리고 나서 효능이 있다니 없다니 하는 말이 섞인다. 물론 내가 좋으니 너도 좋을 수 있다는 가정 하에 출발하겠지만 우리 몸은 각자가 많이 다르다. 같은 지역사회에 거주한다고 해도 가정환경이 다르고 유전적 소인이 다른데 같은 처방의 약이나 운동이 같은 효과를 가져 온다는 것은 신기루다. 다시 말해서 나름대로의 건강 유지법이 있어야 한다.

삶도 마찬가지 아닌가. 누가 어떤 식으로 산다고 해서 나도 그처럼 살기가 어찌 쉬운가. 다 나름의 생활 방법으로 사는 것이다. 그런 점에서 귀가 얇아 이 말 들어보고 저 말 들어보고 하면서 자기 삶의 박자를 놓치면 세월만 허송으로 보내게 된다.

모름지기 자기만의 매뉴얼로 살아야 한다. 사는 일은 선택의 연속이다. 그러므로 자기 삶을 남에게 위임하는 일은 최악인 것이다. 물론 좋은 것을 권할 수는 있다. 그렇다 해도 자기 삶의 기준으로 판단해야 한다. 자기 집에 의사가 있다고 해도 자기만의 건강 매뉴얼을 가져야 하고 삶의 원칙도 나름 정해야 한다. 남이 좋다고 해서 나도 좋지만은 않다. 수 십 조가 넘는 세포로 이루어진 것이 우리 몸이다. 그 많은 생명체가 무엇을 요구하는지 그리고 환경에 노출된 자기 몸의 상태가 어떤지 각자가 유기적으로 대응해야 한다.

무조건이란 없다. 계절별로 지역에서 나는 먹거리가 최고라 생각한다. 무슨 보약보다 좋은 것이 로컬 식품이다. 인간은 자연 환경적 요소에 지배를 받는다. 그 지역의 기후나 토양에 따라서 생명체는 적응을 하는 것이다. 우리는 가끔 자연에서 왔다는 것을 잊고 사는 것 같다. 하지만 기억하라. 우리는 동물이고 자연의 산물이다. 그리고 생명을 지키는 일은 숭고한 사명이다. 자연에 우열이 없듯 자연의 모든 생명체는 그 어떤 것도 따라 하지 않는다. 자기 생명을 자기 나름대로 지킨다. 우리 인간도 그런 자연에서 배울 일이다. 자기 삶을 살면 된다. 누구를 따라 해서 좋은 일만 있지는 않다. 자기만의 매뉴얼로 살아야 한다.

12
부드러운 단호함

무료함이 일상이 되어서는 안 된다. 할 일이 없거나 할 수 있는 일이 없으면 큰일이다. 나이 들어서는 분주하지 않아도 무료하지는 말아야 한다. 혼자 놀기의 진수도 알아야 하고 같이 노는 참맛도 알아야 한다.

세상사에 달관한 듯도 하지만 철없는 천진함도 노인의 매력일 수 있다. 그래서 삶을 관조할 줄 알아야 멋지다. 삶을 통째로 보고 세부적으로 구획하고 가늠할 줄 아는 것이 지혜로운 것이다. 자기 생을 성찰하고 매일 매일을 신명 나게 살거나 거룩하게 보낼 줄 알아야 한다. 그래서 삶의 의미 부여와 개념을 알아야 어른의 면모를 갖추는 것이다.

그러므로 하루쯤은 머리를 싸매고 몇 가지 단어에 대한 나름의 개념을 정리하는 것도 좋을 것이다. 가령, "인생이란?"이라고 누가 묻지 않아도 답을 주저하지 않을 단호한 아포리즘은 있어야 한다.

나 같은 경우는 "인생이란? 무엇이라고 생각하세요?"라고 누가 물으면 '다른 것과의 끊임없는 마찰'이라고 선뜻 대답한다. 같은 상황이라는 것은 없다. 또 다른 시간과 공간이 주어지기 때문이다. 그래서 인생을 '다른 것과의 마찰'이라고 서슴없이 말한다. 이는 물론 나만의 개념이다. 선지자나 많은 철학자들이 그럴듯하게 명시한 인생에 관한 글은 넘치고 많다. 하지만 나는 이렇게 생각한다는 것쯤은 있어야 한 생을 살아가는 어른의 모습이 아닐까 생각하는 것이다. 그러니 몇 가지만이라도 자기만의 개념을 정리하는 것도 나쁘지 않을 것이다.

그래서 하루는 그런 날로 정하자. 개념을 정리하는 날로 정하는 것이다. 그래서 인생과 사랑 그리고 우정 가족 등등을 나름의 문장으로 정리해 보는 것이다. 그냥 사는 것과 목표를 설정하는 사는 삶이 다르듯 하루하루를 맥없이 보내는 것과 개념을 정리해서 사는 것은 다를 것이다.

나 같은 경우는 '인생을 다른 것과의 마찰'이라고 했다. 그래서 다른 것이라는 것을 늘 생각하고 산다. 우선은 다른 것과 틀리다, 라는 것을 구분하는 것부터 많은 고민을 했었다. 삶의 지난한 과정을 보내면서 얻은 것이 틀린 것과 다른 것을 구분하는 혜안을 가진 일이다.

그리고 다른 것을 조우하면서 배려와 이해의 폭을 조율하는 것이다. 남을 만났을 때 나의 태도를 점검하고 어떻게 대할 것인가를 가늠하는 것이다. 또한 다른 사물과 자연을 접하면서 내가 취할 행위를 설정하는 것이다.

사랑 또한 마찬가지다. 사랑의 의미를 나는, '사랑은 가까운 곳으로부터의 확산'에 의미가 있다고 나름 규정하고 있다. 멀리서부터 가까이 오는 것이 아니라 나를 중심으로 사랑은 확장되어야 한다. 그래서 가족과 이웃을 그리고 나아가 사회와 국가를 사랑하는 확장성을 띠지 않으면 소용없다고 역설하는 것이다. 왜냐면 짐승도 자기 자신이나 가족은 사랑한다. 거기서 그치면 아무런 사랑의 의미가 없는 것이다. 그러니 사랑은 확장되어야 한다고 개념을 정리한 것이다. 이런 식으로 하나씩 형이상학적인 개념을 정리해서 자기의 관념을 가져보기 바란다.

웃음을 흘리고 다니고 항상 허접한 인상이지만 그래서 늘 사람 좋아 보이지만 단호할 수 있는 명쾌함이나 간결함을 느낄 때 사람은 경외심을 갖게 되는 것이다. 어떠한 질문에 어떠한 상황에 단호하지 못하다면 존재감이 없는 것이다.

사람은 자기만의 색깔과 향기가 있어야 한다. 한 평생을 무채색으로 무미하게 산다는 것은 낭비다. 소모다. 아무런 의미가 없는 것은 그야말로 아무 소용이 없는 것이다. 모든 것에 쓸모 있을 수는 없다. 사람은 자기만의 달란트가 있어서 모든 상황에 적합한 사람일 수는 없다. 그럴 필요도 없다.

하지만 어느 순간에 꼭 필요한 사람으로 그리고 어떠한 단호함으로 규정되는 사람으로 사는 것이 생에 대한 소명을 다하는 일일 것이다. 그러므로 몇 안 되는 삶의 질문에 답할 개념을 정리해 두는 것도 괜찮다고 생각한다. 하루쯤 시간을 마련해서 나름대로 정리해보라. 나에게 가족이란 어떤 의미일까? 인생이란? 사랑은? 우정은? 그리고 종교란 무엇인가?

비교하지 않으면 더 좋은 것을 고를 수 없다는 것은 자명한데 내가 아무런 비교 없이 믿고 있는 종교에 대한 것은 바른 선택인가? 하면서 여러 가지 삶의 중심에 있는 것들을 개념 정리해 보라.

무작정 사는 것 말고 생각하고 살아야 삶이 구성지다. 살아가는데 필요한 재료가 되는 단어를 가지고 개념을 정리하는 날을 정해보자. 죽기 전에 부드럽지만 단호한 그 무엇으로 살았다는 사람으로 기억되려면 개념을 정리해 보는 것도 나쁘지 않다. 그러니 날을 잡아 개념을 정리하자.

13

웃을 기운이 없어, 그래도 웃자

나이 들어 좋은 인상을 가진 사람 별로 없다. 좋은 인상이란 눈웃음을 지으며 입꼬리가 살짝 올라가는 얼굴상을 일컫는데 나이 든다는 것은 노화의 다른 이름 아닌가. 다시 말해 중력으로 인해서 모든 근육이 처진다. 얼굴 근육도 예외가 아니라서 입주름이 내려앉는 것이다. 그러니 가만있으면 화난 인상이다. 그래서 처진 인상은 좋게 보이지 않는다.

근육이 처져서 인상이 찌그러지면 보는 사람의 기운도 내려간다. 그래서 의식적으로 인상을 펴야 하고 펴진 인상으로 미소를 지으려 노력해야 한다. 하지만 그게 그리 쉽지 만은 않다.

왜냐하면 중력을 거스르는 행위가 되기 때문이다. 그래서 많은 연습과 훈련이 필요한 것이다. 어쩌면 나이 들어 처지고 험한 인상이 당연한 일인지 모른다.

하지만 그런 자신의 인상을 알고 있다면 대처가 가능한 일이다. 알고서 대처하는 일은 현명한 처사다. 체면이나 위상을 지키려고 미소 짓는 것을 꺼리는 노인들이 의외로 많다. 위엄을 갖추고자, 품위를 유지하고자 하는 일련의 마음가짐인 것 같다. 하지만 근엄하거나 엄숙한 삶은 자칫 건조하고 심각하게 만들 우려가 있다. 자고로 사는 일은 신명 나고 명랑해야 좋다.

인상 쓰고 살면 사람이 가까이하지 않는다. 사람은 사람과 연결되어야 행복하고 건강한 삶인 것이다. 인상이 험상궂으면 우선 친밀도가 떨어진다. 사람 좋다는 느낌은 부드러운 유연함이다. 그래서 할 일 없으면 자주 웃어야 한다. 그런데 웃는 일에도 에너지가 소모된다.

연로하신 분 가운데 이렇게 말씀하시는 분이 있다. "이제는 웃을 기운도 없어"라고 하신다. 웃는 것도 일이라는 것이다. 중력을 거부하는 일이니 만만치 않다. 하지만 일부로라도 웃어야 한다. 인상이 찌그러지면 인생이 펴질 리 없다. 한 세상 살다 가는데 시커먼 하늘처럼 산다면 주위 사람들도 피곤할 것이다. 맑은 가을 하늘처럼 청명하게 산다는 것은 인상을 펴고 미소를 띠며 밝게 사는 일이다. 사는 일은 하루가 멀다 하고 새로운 숙제를 제시한다. 마냥 같은 일을 반복하는 것 같으면서도 매일 새로운 상황을 대면하게 되는 것이다.

그러니 헤벌쭉하니 좋은 일만 있을 수 없다. 그래도 여유로운 삶으로 만들어가야 하는 것이다.

그 첫 번째의 순서가 미소를 짓고 웃는 일이다. 기운을 내서 웃자. 먼저 웃는데 삶이 인상 쓰고 피하겠는가. 모든 게 사람의 일이라 마음먹고 작정하면 까짓 웃는 일이 무슨 대수 랴. 지금껏 피눈물 그리고 땀을 얼마나 많이 쏟고 지켜낸 삶이란 말인가.

　누구 말대로 '어떻게 지금인데' 삶이 그 무엇보다 소중하지 않겠는가. 이처럼 소중한 인생은 웃음으로 답하자. 스스로에게 기쁨을 주고 타인에게 생기를 주는 일이 바로 웃음이다. 억지로라도 웃자. 웃음으로 안 깨질 불행이 없다. 자애로운 노인의 모습은 평온한 미소와 행복한 웃음이다. 인상 쓰면서 큰소리 지르는 노인은 어디서도 환영받지 못한다. 설령 지옥일지라도 말이다. 아직 땅에 발 딛고 있다면 날아갈 듯 가볍게 웃어라. 인상이 전부다. 인상이 좋으면 인생을 책임지지 않겠나?

　거울을 보고 웃음 연습을 하라. 웃는데 침 뱉는 사람 없는 것 알지 않는가? 삶의 기운이 조금이라도 남아 있다면 웃음에 소모하자. 가장 이타적인 행위고 자신에게 가장 빠른 행복의 단초를 제공하는 일이다. 고목에 꽃이 피는 것은 웃음의 생명력 때문일 것이다. 웃자!

14
자식을 연놈이라 하지 마라

　남들 앞에서 자기 자식을 년이라고 하거나 놈이라고 하는 어른이 많다. 자기 자식을 낮춤으로 여기는 겸손한 말투이긴 하나 듣기에 썩 좋은 말은 아니다.

　삶은 혀로 굴러 간다 했거늘 말이 거칠면 삶이 평탄치 않게 되는 것이다. 자기 삶이 소중하다면 자식 삶도 소중한 것이다. 아무리 못난 자식이라도 자기의 유전자를 갖고 태어났다. 귀찮고 싫더라도 한 번 엮인 인연을 끊을 수 없는 것이 모녀지간이고 모자지간 부자지간 부녀지간이다. 세상에 나의 존재를 증명하는 깃이 자식일진대 그 존재를 우습게 여겨 막말로 부르는 것은 삶에 대한 자기 모욕적 발언이다.

　말을 시작할 때 아무런 거침없이 우리 딸년이라고 서두를 꺼내는 사람들이 부지기수다. 듣는 이도 마찬가지다. "우리 딸년도 그래요." 라고 맞장구를 치는 것을 대수롭지 않게 여긴다. 사람이나 생명체는 모름지기 불리는 인정하는 대로 살아가게 된다. 이것이 말이 가진 힘이고 영향력이다. 그래서 잘 불러야 하고 잘 들어야 한다. 연놈으로 부르고 나서 잘 되길 원하면 어불성설이다. 순화된 말로 부르고 나서 잘 되길 바라야 한다. "우리 딸애가 말이죠." 라고 어떤 일에 대한 말을 꺼내야 한다. 듣는 사람도 "우리 딸애도 마찬가지예요." 라고 응수하는 것이 좋다.

사람의 품격은 말로 가늠되기 쉽다. 말끝마다 이 자식 저 자식이라고 제 아들을 막 부르고 나서 뭐가 어쩌니 하면 듣는 사람이 편치 않다. 아니 말하는 사람이 별로 좋아 보이지 않는 것이다. 아무리 멋진 차를 타고 큰 집에 살아도 말하는 격이 떨어지면 모든 것이 하찮게 보이는 것이다. 말이 그 사람을 일컬음이다. 어떤 말로 시작하고 어떻게 부르는가 하는 것은 매우 중요하다. 사람을 대하는 것이 어떤 태도와 말로 연결되는가는 그 사람이 가진 성품의 척도가 되기에 그런 것이다. 내가 스스로 나의 가족을 귀히 말하고 존중하면 다른 사람도 그리 대하게 된다. 내가 막 대하고 우습게 여기면 다른 사람도 존중하지 않고 마구 대하게 되는 것이다.

모든 공간과 시간에는 기운이 있다. 눈에 보이지 않는 기운은 조화와 균형을 가진다. 여기서의 말이 수십 킬로미터 아니 수백 킬로미터 떨어진 곳에까지 어찌 에너지가 미칠 것이라고 생각하는가? 라고 묻는다면 난 말의 힘을 믿고 그 말의 기운은 시공간을 초월해서 영향력을 행사한다고 말하는 사람이다.

간절하게 올리는 기도가 하늘을 감동시키듯이 우리가 일상적으로 하는 말이 모여 사람의 운명이 되는 것이다. 한 세상 살면서 좋은 얘기만 해도 짧은 시간인데 서로에게 듣기 좋은 말을 하고 살아야 한다.

사람에게만 귀가 열린 것이 아니다. 요즘은 소리에 대한 연구가 심층적으로 이루어져 실험되고 또 사용되고 있는 실정이다. 농촌에서는 비닐하우스에서 농작물을 키울 때 음악을 틀어준다고 한다. 그러면 작물이 잘 자라고 병충해에도 면역력이 생기고 그 작물의 빛과 색이 더욱 선명하고 열매도 잘 맺는다는 것이다. 자연에도 귀가 있다는 것이다. 소리를 듣고 감응하며 산다는 것이다. 이는 모든 생명체가 소리의 영향력에서 자유로울 수 없다는 얘기다. 하물며 만물의 영장인 사람은 그 소리의 정점에 있다고 본다. 모음과 자음으로 이루어진 말이 수 백 가지 음을 자유롭게 만들어내는 것이다. 음의 높낮이도 민감하지만 그 조합으로 이루는 뜻은 생명체의 생존에 지대한 영향을 미치게 되는 것이다.

맑고 청아한 소리로 응원하고 격려하는 말의 뜻은 생명을 아름답고 건강하게 할 것이다. 하지만 폄훼하고 부정하는 말들은 생명을 단축시키고 병들게 하는 주요인이 되는 것이다.

그러므로 말로 소통하는 관계에서는 상대를 존중하는 의미로 불러야 한다. 남을 하찮게 여기는 것은 자기를 함부로 대하는 것이나 마찬가지임을 알아야 한다. 생명체는 서로 연결되어 있어 남과 나를 구분하는 경계를 지워야 한다. 그러한 경계는 말로 무장해제가 되는 것이다. 허물없다고 해서 존재의 위상을 하대하는 것은 모름지기 자기 허물이 되는 것임을 명심해야 한다. 사람은 말로 살아간다. 어떠한 말을 하느냐가 그 사람의 궤적이 되는 것이니 말을 잘 해야 한다. 아니 잘 말해야 한다. 생각을 하고 말 하라는 것이다. 듣기에 편하고 좋아야 한다. 이놈 저놈 하거나 이년 저년 하는 것은 몰상식이다. 가능하면 이름을 부르고 존중하라.

15

외골수는 외롭다.

누군가 다가온다. 개인 간의 심리적 거리라는 것이 있다. 최소 1.2
미터는 확보되어야 안전거리가 된다. 그런데 착 다가와서는 전단지
를 내민다. 뜬금없이 "예수 믿으세요."라고 한다. "아니에요. 다른 사
람 주세요." 하니 "참 안 됐네. 쯧쯧" 하고 혀를 찬다. 고개를 돌려보
니 나이가 꽤나 드신 할머니시다. 뭐라고 할까 하다가 그만두고 시선
을 돌렸다. 말해 뭐하랴, 자기 세계에 빠져서 다른 사람의 말이나 다
른 가치를 무시할 텐데 말이다.

누구나 종교에 관해서는 말하기 어렵다. 가치와 신념에 관한 문
제이기 때문이다. 그래서 조심해서 얘기해야 한다. 강요나 부탁을
하기에 난감한데도 일방적으로 다가와서 당신 참 안됐다는 식이다.

강의 시간에 질문을 받았다. 살기가 만만치 않고 어려움이 많아
서 종교를 갖고 싶은데 어디가 좋으냐는 것이다. 실로 난감한 질문
이다. 대답의 수위를 떠나서 수강생 중에는 불교, 천주고 기독교 그
리고 여타의 종교를 믿는 사람이 있을 텐데, 특정 종교를 말할 수는

없는 일이다. 그것은 마치 비를 피하려다 번개를 맞는 꼴이 될 수도 있기 때문이다.

그래서 에둘러 말했다. 저는 그렇게 생각합니다. 하루 이틀 사용하는 생활용품을 사는데도 눈여겨보고 가격은 괜찮은지 성능은 좋은지 생각을 하는데요. 평생 신념으로 살아야 하는 종교를 결정하는 일은 매우 신중해야 합니다. 집에서 사용하는 가구를 살 때도 여러 상점을 다녀서 마음에 꼭 드는 것을 구합니다. 왜냐하면 매일 보고 만지고 하는 것이니까요.

마찬가지로 생각합니다. 마음속에 늘 담아두고 믿어야 하는 종교는 더욱이 여러 종교에 관한 공부를 하고서 결정하는 것이 좀 더 나은 방법이 아닐까요? 내가 아는 누가 그 종교를 믿으니까 아니면 우리 집에서 가장 가까우니까 선택한다는 식은 좀 곤란하지 않을까요? 라고 운을 뗀다.

우리는 참으로 모르고 결정을 단순하게 하는 경우가 많다. 특히나 종교적인 경우도 그런 것 같다. 지인의 소개로 아니면 유명인사 누가 다니는 종교를 그냥 아무런 검증 없이 따라가는 것이다. 하지만 이슬람 경전도 보고 불경도 보고 성경도 공부하고 그래서 '아, 이 종교가 나에게 맞구나.'라고 결정하는 것이 현명한 일이라고 여긴다.

하지만 지역적으로 또는 환경적인 이유로 우리가 이슬람 경전을 접하기는 쉽지 않다. 또한 이단으로 취급하는 여타 종교에 관한 지식도 얻기가 쉽지 않다. 그러므로 보편적인 종교를 선택하고 신앙을 가진 사람으로 살아간다. 여기까지는 과정상의 문제를 간과한다고 해도 별 이상하지 않은 일이다.

하지만 내가 가진 종교만이 최고라는 인식으로 타인을 지배하려는 무례함은 없어야 한다. 나만 옳다는 식으로, 진리는 나의 손에만 있고 타인이 쥐고 있는 것은 거짓이라는 이분법적인 사고는 삶을 외롭게 만든다. 이것 아니면 저것이라는 것은 터무니없다.

세상은 다양하고 자연은 그러한 세상을 품고 있고 그러한 자연을 만든 절대자는 포용성과 다양성을 인정했기에 사람은 자유와 선택이라는 의지를 가지게 된 것이다. 그럼에도 불구하고 자기들만의 리그로 자기 종교 의식만이 유일한 것이라고 홍보하는 사람을 보면 이해가 안 간다.

옳게 살려고 바르게 살려고 택하는 것이 종교다. 종교로 인해서 사람을 가르고 내편 네 편이라는 개념을 갖는다면 종교는 분열을 조장하는 못된 그룹일 수밖에 없다. 종교적인 믿음을 통해 더 넓은 의미의 세상과 자연을 이해하고 창조주에 대한 무한한 신념을 갖는 것이 신앙이다. 나 아닌 것이 있어 세상이 존재하는 것처럼 내 종교를 믿지 않는 사람으로 인해 내 종교가 있다는 것을 생각해 보길 바란다.

무작정 밀어붙이는 식으로, 남이 선택한 종교는 안타까운 결정을 한 것이고 나는 당연히 괜찮은 결정을 한 것이라는 근거 없는 자만은 무엇인지 모르겠다.

사람은 제 몫의 삶이 있다. 무엇을 선택하든 그 나름대로 삶의 이유와 배경이 있어 삶에 무늬가 생기는 것이다. 타인이 그리는 그림에 남이 덧칠을 해서는 안 된다.

수채화를 그리는 그림에 유화 붓으로 색을 입히려는 것은 폭력이다. 정신의 폭력이든 물리적 행사든 감정을 다치게 되어 있다. 참으로 안 됐다는 말과 함께 혀를 차는 그분은 무엇이 그리 마음에 안 드는지는 몰라도 내가 보기엔 할머니도 참 안 됐다는 기분이 들었다.

이 시간에 집에서 손자와 놀아주는 것이 더 좋은 삶인지 모른다. 뭇 타인에게 강요하는 자기의 종교관은 자만심이고 그러한 자만심은 종교 안에서만 겸손하게 합장할 뿐 타인을 향해서는 날카로운 지적질의 손가락인 것이다.

외골수는 외롭다. 인정받지 못하기에 외로운 것이다. 모범적인 삶으로 선교하라, 그래서 타인의 관심이 저절로 '저 사람은 누구이기에 저토록 아름다운 삶을 사는가?' 궁금해지게 말이다. 그것이 진정으로 하는 신앙의 전도다.

16
마음 비우려 하지 마라

마음먹기에 달렸다는 말을 어려서부터 들었다. 그래서 늘 마음먹기를 밥 먹기 보다 더 자주 그리고 많이 하고 살았지만 마음 안에 늘 근심과 걱정 그리고 이글거리는 욕망이 남아 있다. 내 나이가 적지 않건만 아직도 마음 정리가 잘 안 되는 것을 보면 마음먹기에 문제가 있는 거 아닌가? 아니다. 아니다. 마음먹기의 문제가 아니라 마음 비우기란다.

아마 나도 근심하는 사람 만날 때마다 한 말이 "마음을 비워!"라고 하지 않았던가. 그렇다면 마음먹기나 마음 비우기나 마음 안의 상태가 온전치 못한 것이어서 하는 말인데 마음을 어떻게 간수해야 하는가? 마음 안을 들여다보니 어느 때는 어지럽고 어느 때는 좋지 않은 감정이 수북하니 쌓여있다. 간혹 깔끔하게 비워져 있는 경우도 있긴 하지만 늘 마음 안이 깨끗하게 비워져 있지는 않았던 성 싶다.

그래서 마음에 관한 공부를 나름대로 하기 시작했는데 꼭 집어 답을 얻기 어려웠다. 그런데 오늘 아침 화장실에서 일을 보는데 불현듯 떠오른 생각이 이것이다.

누구는 유레카를 외칠 때 옷을 다 벗은 상태인지 모르나 나는 그 래도 엉거주춤 바지를 챙기고 들어와서 이 글을 정리하고 있는 것이 다. 결론은 그렇다. 전심전력으로 살지 않아서 마음 안에 찌꺼기가 남아 있는 것이다. 온 힘과 정성을 들여서 매 순간 살면 마음 안에 남 아 있을 그 어떤 찌꺼기나 감정이 있을 수 없다.

우리는 자의적 판단으로 열심히 살았다. 아니 최선을 다해서 이번 일을 했다는 식으로 자신을 위로하고 격려하며 살지 않았는가. 하지 만 누가 보더라도 전력투구는 하지 않았을 것이다. 차마 옆에서 지켜 보기에 너무 안쓰러워서 "이 사람아! 건강을 생각해서 좀 쉬었다 하 지 그러나." 라는 말을 들어봤는가? "아니, 이번 일만 하고 말 건가? 왜 미친 사람처럼 일에 매달리는가?" 하는 소리를 들었는가? 그렇지 않다면 일을 하는 데 있어 평소의 자기 습관대로, 하던 그대로 예전 그 방식대로 했을 것이다.

나름 열심히는 했을 것이다. 몸 생각하고 마음 생각해서 적당히 아 니면 조금은 열심히 일에 매진했을 것이다. 그래서는 마음 안에 앙금 이 남는다. 차마 비워내지 못한 그 무엇이 있게 된 것이다.

하지만 전력투구하고 최선의 최선을 다했다면 마음은 허전하게 비워져 있을 것이다. 더 이상을 추구할 수 없어서 마음은 완전히 빈 상태가 되는 것이다. 더 이상의 미련이나 후회가 없을 때 우리는 만 족하는 것이다. 아니 그 결과가 처음에 생각한 대로 이루어지지 않는 다 해도 후회하지 않는다. 당당할 수 있으면 이미 마음은 공허하니

비어 있는 상태일 것이다.

자나 깨나 마음을 비워야 한다고 혼잣말을 하고, 지인들로부터 그러한 말을 듣고 산다면 자신을 돌아보라. 아니 자신의 마음 안을 좀심각하게 들여다보라. 분명 다하지 못한 열정의 찌꺼기가 아직도 숯덩이처럼 시커멓게 남아 있을 것이다.

한 여름 2주간을 온 생으로 알고 사는 매미처럼 전력을 다해 울어라. 그래야 후회도 없고 미련도 없어 마음이 깨끗해진다. 애벌레처럼 뭉그적거리며 꿈틀대지 마라. 단 하루를 살아도 오늘이 마지막인 것처럼 아낌없이 살고 거침없이 쏟아내고 갈무리하라.

대충 하고 적당히 해서 늘 마음이 찜찜하다면 답이 없다. 항상 마음을 비워야 하는 일이 부차적으로 남아서 삶이 버거운 것이다. 온전히 쏟아내면 개운하다. 땀을 흘리건 눈물을 흘리건 한 방울도 남기지 않으면 마음이 깨끗이 비워진다.

우리는 온전히 전부를 주지 않기에 남은 문제에 봉착하는 것이다. 그것이 일이건 예술이건 봉사건 사랑이건 어떤 행위에 있어서 전력투구하지 않으면 남는 그 무엇으로 인해 마음 안이 지저분해 지는 것이다.

비워져 있어야 하는데 앙금이 남아 여린 마음에 상처가 나고 에너지를 다시 소비하는 비효율이 반복되고 있는 것이다.

마음을 먹는다는 것은 욕망이다. 해야 한다면 전부를 던져 하라. 그러면 굳이 비우려 하지 않아도 마음은 비워진다. 아끼고 아쉬워서 뭔가 남기는 것이 마음에 담기는 것이다. 그러니 전력투구하라. 죽을 것 같이 해라. 그러면 마음이 비워지고 마음 간수가 저절로 된다.

살려고 아등바등하니까 마음이 무거워지는 것이다. 마음 안에 온갖 감정이 난무하는 것이다. 죽을 듯 살라. 그러면 열심히 살거나 적당히 살거나 최선을 다했어, 라는 비굴한 말로 자신을 보호하려 들지 말고 "정말 죽을 것 같이 했어. 전력투구한 거야." 그러면 따로 마음 간수할 일이 안 생긴다. 남아 있는 것이 없기 때문이다. 오히려 허전하다. 허망하니 마음을 다시 무엇으로 채워야 하나? 그러한 명상을 하게 된다.

그러니 마음을 비우라는 말의 사치에 놀아나지 마라. 마음을 비우라는 말에 현혹되지 말고 전심전력하면 저절로 비워진다. 꼭 그렇게 하라. 매 순간을 죽을 것처럼 살라. 온 힘을 다해서 마음속이 비워지는 경험을 하라. 마음을 애써 비우려 하지 마라.

17
당신 금 밟았어요.

리더는 강해야 한다고 주야장천 말하고 있다. 착한 사람은 우리 집에도 있고 옆집에도 있다. 리더는 착한 거는 기본이고 강해야 한다. 우리는 모두 리더다. 셀프 리더란 얘기다.

최소한 자신을 이끌고 산다. 그러한 리더는 확신으로 이미지화된다. 신념이 강해야 하고 그 신념을 거침없이 드러내야 한다. 그래서 어느 모임에서나 리더는 권력이라는 힘으로 상징된다. 권력은 공간이 있는 어디에나 존재하고 있다. 그것이 역사가 되고 리더는 역사의 중심에 항상 있는 것이다.

마찬가지로 개인사를 이끄는 힘의 원천도 신념이다. 하지만 그 신념이 확고해서 남에게 강권을 행사해서는 안 된다. 왜냐하면 나름대로 신념이 다르기 때문이다. 그것은 환경과 유전적 힘이 작용한다. 누구도 같은 삶이 아니기에 같은 신념을 가질 수 없다.

설령 쌍둥이로 태어났어도 말이다. 서로 다른 삶이 신성이다. 그것은 종교로 나타날 수 있고 정당을 선택하는 과정에서도 나타날 수 있다. 그렇기에 옳고 그름을 따지기 전에 존중되어야 마땅하다.

그런데 넌 왜 그 종교를 믿느냐? 고 하던가, 아니면 왜 넌 진보냐? 왜 보수 정권을 지지하느냐? 라고 물을 수는 없는 일이다. 그것은 마치 넌 왜 이렇게 생겼냐고 물어보는 것이나 마찬가지의 우매한 질문이다. 그럼에도 불구하고 자신의 정당이나 종교를 지나치게 드러내고 홍보하는 사람이 적지 않다. 자기의 신념이 전부인양 그러므로 다른 사람은 무가치하거나 삶의 품격이 치졸하다는 식으로 불편함을 주는 사람이 있다. 하지만 우리는 대부분 실랑이를 벌이고 싶지 않아 묵과하는 것이다. '그래 너 잘났다.'라고 속으로 뇌이며 모른 척하는 것이다.

주변에 보면 아마도 삶의 중심이 종교에 있어서 모든 가치판단을 종교 식으로 하는 사람이 있다. 나쁘다 말하는 것이 절대 아님을 천명한다. 하지만 자기의 신념을 강요하지는 말아야 한다. 나만 옳고 다른 사람은 틀리다는 식이라면 곤란한 것이다. 나는 이 종교를 믿지만 다른 사람은 다른 종교를 믿는 것에 대한 존중이나 인정이 있어야 한다. 내가 볼 때 당신은 잘못 선택한 종교를 믿고 있어 한심하다는 식으로 여긴다면 그것은 본인이 정말 불쌍하다는 것을 인식하지 못하는 일이다.

나는 유아 영세를 받았다. 아주 어릴 때, 죽음의 문턱에서 신부님의 기도를 받고 다시 살아난 연유로, 우리 집안은 천주교 신자가 되었다. 그래서 나는 고등학교 졸업 때까지 열심히 성당에 다녔다. 그리고 그 이후로도 몇 번, 가령 결혼식을 성당에서 주교님의 주례로

혼인성사를 했다든가 아버님이 돌아가셨을 때 장례미사를 하는 식의 신앙생활은 했지만 평소에는 냉담 중이다. 그렇다고 신념이 아주 사라진 것은 아니다. 믿는 방식이 달라진 것이다.

성당에는 가지 않고 기도생활은 하고 있다. 물론 그 기도 또한 내가 하는 자유로운 방식이다. 주의 기도나 성모송을 하기보다는 하고 싶은 말을 기도로 한다. 나로 인해 진정한 신앙인이 모욕을 받는 일이 없어야 하기에 냉담 중인지도 모른다.

아이들은 나누지 않는다. 자기 생각이 다르더라도 놀이의 규칙을 따른다. 잘 생기고 못 생기고, 잘 살고 못 사는 아이를 구분하지 않는다. 나이 차이도 얼마쯤은 무시한다. 규칙을 알고 지킬 수 있다면 말이다. 놀이를 위해선 하등의 이유가 되지 않기 때문이다.

그래서 아이들은 함께 어울려 논다. 그런 아이들의 놀이에는 작은 규칙이 있다. "너 금 밟았어!" 하면 놀이에서 빠지는 것이다. 나를 해친 것도 아니고 우리에게 큰 잘못을 한 것도 아니다. 그저 규칙을 벗어나서 금을 밟았기에 잠시 쉬라는 것이다. 그리곤 다시 놀이가 시작되면 같이 한다.

얼굴을 붉히고 내가 왜 빠져야만 되냐고 대들거나 설명을 요구하지 않는다. 순순히 받아들이는 것이다. 왜냐하면 규칙이기 때문이다. 이유는 그것이 다인 것이다. 실수로 그랬건 일부러 그랬건, 다른 아이들을 위해서 선선히 빠지는 것이다.

우리 어른도 이런 아이들의 놀이처럼 규칙을 "당신 지금 금 밟았어요!" 그러면 조금 아쉬워도 아무런 미련 없이 빠져주었으면 싶다.

하고 싶은 말이 남았고 하고 있는 일이 있다고 해도 순순히 그 선에서 나오는 것이다. 변명이나 이유를 대지 말고 말이다. 아이들처럼 웃으면서 "그래!" 하고 쿨 하게 말하고는 다음을 준비하는 것이다.

사회적으로 그런 공공연한 규칙이 분명 있다. 남에게 강요할 수는 있지만 해서는 안 되는 각종 신념을 말할 때 "당신 금 밟았어요!"라고 말하면 아무런 저항 없이 받아들이자.

우리의 더 나은 삶을 위해서! 더 나은 사회를 위해서!

첫말은 부드럽게
끝말은 분명하게 하라

———

5

1
기울어진 운동장

우리나라는 복지국가일까? 아니면 복지라는 말이 먼 후진 국가일까?

내 생각엔 복지국가는 몰라도 문화국가라는 생각이 든다. 눈을 조금만 크게 뜨면 공공기관에서 시행하는 문화 프로그램이 수도 없이 많은 나라다. 마음만 먹으면 소액으로 아니면 전액 국가 지원인 무상으로 좋은 강좌를 수도 없이 접할 수 있다. 가령 시청에서 하는 문화 프로그램도 있고 여성회관 또는 노인 회관 청소년회관 등등 각종 기관마다 특성을 살려서 수십 개의 프로그램이 운영되고 있다. 참 좋은 세상이다. 저비용으로 문화를 제공하는 것이다. 공부시키고 운동시키고 취미생활도 권장하는 것이다. 시민의 정서를 위해서 건강을 위해서 정부와 자치단체가 발 벗고 나선 것이다. 실로 고무적이다. 하지만 아쉬움이 남는 건 내 생각일까 모르겠다. 그렇게 많은 기관과 자치단체의 학습 프로그램에서 단연 우위를 차지하는 것은 놀고 춤추고 악기 다루고 하는 그런 프로그램이다. 다시 말해서 사교댄스와 노래교실 그리고 악기를 다루고 하는 강좌가 대부분이다. 댄스도 그 종류가 다양하다. 스포츠댄스, 룸바 댄스, 지르박, 벨리댄스, 방송 댄스, 생활 댄스, 라인댄스 등 세분화된 댄스의 종류가 많다. 악기도 마찬가지다. 우쿨렐레, 하모니카, 기타, 색소폰, 난타 등 그 종류가 악기 수만큼 많은 것이다. 노래도 민요, 가요 팝송 등 다양하다. 하지만 이런 놀이 문화의 프로그램에 비해서 정신문화 프로그램의 수는 손가락으로 겨우 꼽을 정도다. 역사와 인문학 그리고 스피치라는 강좌뿐이다. 안타까운 비율이다. 의정부 행정복지센터에서 운영되는 스피치 강좌는 지금 내가 진행하는 한 곳뿐이다. 여러 센터에 강좌 신청을 했지만 담당자의 무관심인지 주민자치위원회의 무신경인지 알 수는 없으나 강좌로 채택되고 있지 않는 것이다. 이것이 현실이다.

부단히 즐길 수 있는 강좌는 부지기수다. 하지만 정신의 빈곤을 채우고 놀아야지 놀자 판이면 곤란하다. 육체만 비대해지고 정신이 미성숙한 사람을 쉽게 연상하게 된다. 정신문화도 어느 정도 비율로 채워져야 한다. 그래야 심신이 건강한 사람이 되는 것이다. 이는 정책적으로 운영을 검토해야만 하는 일이다.

물론 시장원리로 보자면 할 말이 없긴 하다. 수요가 없으니까 공급이 없는 것 아니냐는 항변을 들을 수 있다. 그래도 정신문화 프로그램을 늘려야 하고 정책적으로 운영해야 한다. 편향된 프로그램은 영양실조다. 정신문화 프로그램의 수요가 적다고 폐강하거나 축소해서는 안 된다. 그럴수록 권장하고 명맥을 유지하려고 애써야 한다. 정신문화는 뿌리를 내리기가 쉽지 않다. 나의 경우 스피치 강좌를 운영하는 초기에는 실로 엄청나게 어려움을 겪었다. 수강생 모집이 수월치 않았다는 얘기다. 누가 재미가 덜한 스피치 강의에 나오겠는가.

"에헤야 디야!" 노래하고 춤추는 것이 감각적으로 즐거움을 주는데 스피치 강의실에서 가슴이 조마조마하게 단상에 올라가 발표를 하고 평가를 듣는다는 것이 마음 내키는 일은 아닐 테였으니 말이다. 하지만 사람은 아픔이 성장시킨다.

놀이에 중독되면 인식이 줄어든다. 감각이 비대해지면 감성이 작아지는 것이다. 우리는 균형과 조화의 세상에서 살아야 한다. 기울어진 운동장에서 뛰노는 것이 아니라 기회와 선택이 누구에게나 주어지고 개성이 발휘되는 세상에서 다양한 문화를 즐기고 싶은 것이다. 하여 정책을 입안하고 실행하는 기관과 담당자들은 한쪽으로 기울어진 비대칭의 문화 강좌 프로그램을 균형 있게 잡아주길 바란다.

그래야 정신과 육체가 고루 성장하고 성숙한 사람으로서 문화를 공유하게 되는 것이다. 한 가지 더 첨언하자면 놀이문화는 기능과 기법으로 이루어진 강좌다. 그곳에서 강의하시는 분들에 대한 폄하는 결코 아니지만 한 번 익힌 몸으로의 기억은 시간이 흘러도 잘 잊어버리지 않는다. 그래서 반복되는 학습에 많은 시간의 강의 준비가 필요치 않을 수도 있는 것이다.

하지만 정신문화 프로그램은 매번 많은 시간을 준비해야 한다. 머릿속에 넣어둔 것은 시간이 지나면 많이 지워진다. 그래서 강의 준비를 하는 시간이 오래 걸린다. 그래서 늘 공부하고 준비해야 한다. 나와 같은 정신문화를 이끌어가는 강사들은 연구수당 명목으로 강의 수당을 더 줘야 할 것이다. 왜냐하면 일반 놀이문화 강좌는 수강생들이 많아서 수당이 많이 지급되는 것으로 안다. 시간 수당 외에 수강생 수당이라는 것이 있기 때문이다. 현실적으로 정신문화 프로그램 강사들은 수강생이 많지 않아서 지급받는 강사료가 얼마 되지 않는다. 교육적 신념이 없다면 유지하기 어려운 실정인 것이다. 정책을 담당하는 분들은 이러한 현장의 어려움을 간과하지 말고 정신문화를 위한 프로그램을 육성하기 바란다. 그래서 건강한 시민 문화가 자리 잡기를 강사의 한 사람으로서 간곡하게 부탁드리는 바이다.

2

불이부동이 세상의 진실이라는 말이 있다.

불이부동(不異不同)은 다른 것도 아니요, 같은 것도 아니라는 말이다.

멀리서 보면 다 같다. 다 같은 사람이고 다 같은 옷을 입었다. 다 같은 성격처럼 보인다. 멀리서 보면 말이다. 그러나 가까이서 관계를 가지면 다르게 보이기 시작한다. 말하는 것이나 옷 입는 것이나 성격도 판이하다. 그중에 으뜸이 같이 사는 부부고 가족일 것이다. 가까이 있기 때문에 드러나는 것이다. 가려져 있으면, 다시 말해서 멀리 있으면 보이지 않을 것들이 죄다 보인다. 백일하에 드러나는 것이다. 좋은 것만 보이면 다행이다. 하긴 보는 사람의 관점에 따라 달라진다고도 한다. 하지만 그것은 잠시의 느낌과 관점이다. 오랫동안 같이 동고동락 하다 보면 확연히 다른 면모를 보게 되는 것이다.

다르게 보이는 것은 비교다. 나와는 다른 것의 비교다. 그러한 다른 것은 불안과 불편을 초래한다. 그래서 다른 것을 같게 하려고 하거나 불편하니까 보여주지 말라고 당부도 하고 강요도 하고 눈길을 피하기도 한다. 하지만 늘 그런 식으로 할 수는 없는 일이라 묵인하는 경우도 더러 있다. 특히나 부부가 살다 보면 다른 면을 대할 때 못 본 척 넘어가는 것이 상례다. 그러나 감정이 몸 밖으로 나올 때는 싸움과 다툼이 되는 것이다. 부부는 숨소리만 들어도 안다. 심리상태가 어떤지 알 수 있다. 한 이불 속에서 살고 아주 작은 습관까지도 서로 알기에 미세한 심리 변화를 인식하는 것이다.

요즘 심심찮게 듣는 말이 '졸혼'이다. 오죽하면 이혼이 아니라 '졸혼'일까? 서로 헤어지자니 법적으로나 사회적으로 아니 자식들하고의 관계 정리나 재산 분배 등 복잡한 일이 한두 가지가 아니니 우리 그저 같은 곳에서 남처럼 살자고 하는 것이 '졸혼' 아니겠는가.

그렇다. 시대적 요구나 사회현상에 눈 감고 살 수는 없다. 개인의 감정 변화도 사회적 추이에 무관하지 않음을 인정한다. 그래도 더 나은 방법, 서로가 서로에게 상처 주지 않고 상처받지 않으며 편하고 행복하게 사는 방법을 더 생각해 보자.

그래서 말인데, 미안해서 건 아니면 좋은 관계 회복을 위해서 건 호시도할 때는 왜 그러냐고 묻지 않았으면 좋겠다. "왜 이래? 요즘 뭐 찔리는 거 있어?" 라는가, "왜 갑자기 관심을 갖고 그래? 돈 생겼어?" 라든가 "징그러, 왜 안 하든 짓 하고 난리야!" 라는 말은 제발 좀 삼가 주었으면 한다.

갑자기 느낌이 좋아서 하는 말이든 행동이든 그것이 중요한 게 아니다. 호의적인 행위에 대한 긍정의 반응으로 기분 좋은 모습을 보여 주었으면 싶다. 궁금할 것이다. 평소에 안 하던 예쁜 짓도 의심이 들

것이다. 하지만 넘어가 주면 좋겠다. 이 사람의 의중이 무엇일까? 저울질하기 보다는 있는 그대로 봐주고 기다려주는 것이 서로의 신뢰 회복에 도움이 된다.

사람이 한 결처럼 살기 쉬운가? 시대의 변화에 따라가기가 쉽지 변함없기를 바라는 것도 무리다. 그러니 상대의 기분에 제스처에 의문을 갖지 말고 응대하라. 속셈이야 어디에 있든 그 순간만은 느끼고 보라. 잘 해줘도 의심하며 눈초리를 치켜뜨지 말고 한 수 위인 사람처럼 의연하게 받아들이고 나서 생각해 보라. 사사건건 의중을 따지고 묻고 하지 마라.

세상의 진실은 멀리 보면 다 같고 가까이 보면 다 다르다고 하지 않았는가. 가까이 있기에 다른 것을 같게 하라고 하면 멀어지는 수밖에 더 있겠는가. 졸혼이니 이혼이니 하는 단어보다는, '함께'라는 말이나 '우리' 혹은 '같이'라는 말이 정겹다. 세월만큼 깊어지는 것이 이해고 배려고 사랑이라고 믿자.

3

바른 말이 잔소리다.

많은 사람 중에 유독 말을 시원시원하게 잘 하는 사람이 있다. 어떠한 문제든 서슴없이 방안을 내놓는데 그냥 미봉책이 아니라 해결책이라는데 놀라움을 금치 못하게 된다. 아니 어쩜 저리도 문제 해결 능력이 있나 존경심마저 드는 것이다. 그렇다고 많은 지식이나 경험이 있는 것도 아닐 텐데 저런 면을 갖추었다니 실로 부러울 뿐이다.

그런 분이 어느 날은 이런 말을 하는 것이다. 며느리가 외국에서 온 사람이라 한국 문화에 익숙하지 않고 잘 몰라서 실수도 하고 그런단다. 하지만 절대로 대놓고 가르치지 않는다는 것이다. 자기는 며느리한테 잘잘못을 그 자리에서 말로 하지 않고 문자를 보낸다는 것이다. 얼굴 맞대고 좋지 않은 말을 하면 서로가 불편하게 될 수도 있으니 차라리 문자로 이러이러할 때는 어떻게 하는 것이 좋다고 말한다는 것이다. 그래야 서로 감정적이지 않고 이성적으로 문제를 풀어간다는 것이다.

듣고 보니 백번 맞는 말이다. 아무리 좋은 말도 면전에서 이러쿵

저러쿵하다 보면 마음이 상하게 되어 있다. 본인 말대로 며느리가 말대꾸를 할 수도 있고 자기가 지나친 잔소리를 할 수도 있단다. 맞는 말이 말대꾸고 맞는 말이 잔소리라는 것이다. 그렇다. 틀린 말은 없다. 그래서 옳고 그름으로 서로 자지 주장을 내세우다 보면 가족이라 해도 마음이 편치 않고 볼 때마다 그 앙금이 남아 있어 거리감이 생기는 것이다. 그래서 자기는 절대로 말로 가르치거나 알려주지 않고 문자로 한다는 것이다. 나름대로 최선의 방책인 것 같아 현명한 처사로 여겨진다.

우리는 남의 잘못을 급하게 고칠 것을 요구한다. 감정을 쏟아 내서 상대방을 어리둥절하게 만들기도 하고 불편하게 만든다. 결국은 자기 잘못을 시인한다고 해도 썩 마음이 내키지 않을 것이다. 지혜롭게 사는 사람은 기다릴 줄 안다. 남을 기다리는 것도 중요하지만 자기 자신에게도 시간을 주고 이성적으로 해결하는 것이다.

어쩌다 식당 같은 많은 사람들 앞에서 자식을 혼내는 사람들을 보게 된다. 올바른 식사 예절이나 공중도덕에 관한 지침을 훈계하는 것이다. 그럴 때면 두 가지 양상을 목격하게 된다. 말을 알아듣는 아이가 있는가 하면 말대꾸를 하는 아이가 있다. 엄마도 아이도 맞는 말을 주고받는다. 하지만 맞는 말이 곧 말대꾸고 잔소리인 것이다.

그럴만한 사정은 누구나 있다. 그러니 그 자리에서 면박을 주기보다는 생각하는 공간을 마련해서 스스로 느끼게 만드는 것이 가르침에 있어 매우 중요한 일이다.

우리가 하는 말은 직접화법과 간접화법이 있다. 은유도 있고 직유도 있다. 내 감정을 실어서 말을 하면 독이 된다. 하지만 적절한 은유로 간접적인 묘사를 한다면 듣기에 편하다. 그리고 그 말은 오래도록 기억에 저장이 되는 것이다. 마음을 다치게 하는 말보다는 마음을 알아주고 감싸주는 말은 고마움을 느끼게 된다. 그래서 바른 말보다는 상대의 기분을 이해하고 상황을 설득하는 말이 필요하다.

그러려면 상대방 앞에서 면박 주지 말고 본인의 생각을 또박또박 적어 보내는 일은 배려고 사랑인 것이다. 하고 싶은 말을 가래침 뱉듯 툭하고 던지지 말고 문자판에다 한 글자 한 글자 오타 없이 이해한다고 적어라. 그리고 이렇게 하면 어떻겠느냐고 의향을 묻듯 하면 좋을 것이다. 말 없는 꾸중은 약이 된다. 상대를 다치게 하지도 않고 나를 감정에 휩싸여 힘들게 하지도 않으니 좋은 일이다.

아랫사람에게 뭔가 사안이 발생하면 나도 그렇게 하는 것이 좋겠구나 하는 것을 그분을 통해서 알게 되었다. 우리가 만나는 모든 사람은 스승이다. 잘못된 것만 가려내고 흉보려 하지 않는다면 배울 수 있는 것이 너무 많다. 다른 사람은 자기와 같은 삶을 살지 않는다. 그렇기에 타인의 경험을 살 수 있는 것이다.

바른 말로 잔소리하고 말내꾸하는 것이 능사가 아니라 한 번 더 생각해서 문자로 이해시키고 가르치는 것이 어른의 자세다. 꼬장꼬장하니 이런 것은 이렇게 하라고 하고 저런 것은 저렇게 하라는 말투는 평생 가슴에 못이 박힐 수 있다.

아랫사람은 그 지위 자체로 어른이 불편하다. 그러니 어른은 지긋이 보고 있다가 나중에 수고했다고 치하하고 이런 것은 이렇게 하는 것이 좋겠구나 하는 식으로 이해시키고 사랑으로 보듬는 문자를 하라. 그러면 가정이 평화로울 것이다. 그렇지 못하고 어른이 조급하여 가족의 기분을 망치고 화합을 깨는 일은 삼가야 한다. 자고로 여유롭게 관망하면 큰 불상사가 안 생긴다. 전체를 보면서 가정사를 조율하는 어른이 필요하다. 바른말이라고 바로 하지 말고 문자로 대신하라.

4

'카더라' 통신원이 되지 마라.

　자연의 위대함이나 신비함은 대단하다. 인간의 지혜로 선택하는 그 어떤 것보다도 우월하기 때문이다. 자연은 선택하지 않고도 가장 뛰어난 종을 선택한다는 역설로 규명할 수 있음이다. 자연은 수없이 많은 씨를 뿌리고 그 씨앗은 생명으로 순환한다. 하지만 모든 씨앗이 생명으로 귀환하는 것은 아니다. 그럼에도 자연은 낭비가 아닌 순수의 아름다움을 놓치지 않고 자생한다. 인간은 그러한 자연에서 영감을 얻어야 한다.

　수다는 인간관계의 윤활유다. 수다는 낭비적 요소를 지녔지만 건강한 관계를 만들어 간다. 개인적으로는 마음의 정화장치다. 수다를 떨지 못하면 마음의 응어리를 풀지 못해서 몸에 이상신호를 보내게 된다. 마음과 몸은 유기적으로 작용하기 때문이다. 그래서 수다를 떨어야 한다. 그러한 수다는 자연의 씨앗처럼 낭비적인 요소로 보이지만 실은 살아가는데 매우 필요한 인간관계의 역할인 것이다. 바른 삶을 위한 정신의 세수라 할 수 있다. 마치 자연의 씨앗이 다 생명이 되지는 않는 것처럼 수다도 다 쓸모가 있지는 않더라고 건강한 삶을 위한 소모적 양상을 보이는 일이다.

그래서 수다의 특징은 가벼워야 한다. 솜털보다 가벼워서 남을 해치지 말아야 하며 웃음기가 섞여야 한다. 검은 구름처럼 음습하거나 퇴비처럼 썩는 냄새가 나서는 안 된다. 그리고 수다는 지속적인 미련이 없어야 한다. 그때 그곳에서 소화가 되어야 한다. 즐겁게 연을 날리고 나서 연줄을 끊는 것처럼 수다는 조금의 미련도 남기지 말아야 한다.

그리고 수다는 남을 향한 화살이나 독소가 되면 안 된다. 자신이 삼키든 남이 삼키든 순한 물처럼 싱거워야 수다다. 그런 수다는 정신의 보약이다. 마음의 진정제고 나와 남이 하나가 되는 일체의 끈이다.

그런데 이런 수다를 이용해서 남을 씹는 사람이 간혹 있다. 그것은 불확실한 사실을 '카더라'로 옮기는 바이러스 같은 통신원이 있다는 말이다. 주변에 보면 꼭 그런 사람 한 둘이 있다. 그런 사람과 섞여서 수다를 떨고 나면 찜찜하다. 분명 '카더라' 통신원이 다른 곳에서 좋지 않은 말을 마치 이스트를 넣은 빵처럼 부풀려서 옮기기 때문이다. 혹여 내가 그런 담당을 하고 있지는 않은지 살필 일이다.

누구나 말을 하기를 좋아한다. 더구나 새로운 소식을 먼저 전하고자 하는 욕심도 있다. 그런 때일수록 신중해야 한다. 사실 여부를 파악하고 그것이 어떠한 관념을 가진 것이지 알아야 하고 남에게 어떻게 들릴지 생각해야 한다.

말은 내가 하는 말이 다가 아니라 다른 사람이 듣는 말이 중요하다. 그래서 말을 하는 사람이 더욱 중요하다고 아리스토텔레스는 말했다. 말의 내용도 중요하지만 말하는 사람이 중요하다는 것이다. 말하는 사람은 말의 영향력을 가진다. 그 사람의 인격을 반영하기 때문이다.

그러므로 나는 주로 어떠한 말을 하는 사람인가. 어떻게 비치는 사람인가 자문이 필요하다. 그리고 그러한 자문에 '카더라' 통신원은 아닌지 깊이 생각해야 한다. 나는 근거가 없거나 부족한 사실도 남에게 말하는 사람인지 아니면 확실하고 좋은 뉴스를 전하는 사람인지 이번 기회에 자신을 성찰하기 바란다.

사람은 남을 통해서 자기 모습을 보기도 한다. 그래서인지 자신과 대면하기를 피하는 경우가 많다. 자기 모습에 실망하기 때문이다. 하지만 가끔은 자기 모습과 대면해서 자랑스럽고 당당하기를 바란다. 그러려면 쓸데없이 '카더라' 통신원이 되지 말아야 한다.

건강한 수다와 해로운 수다를 구분하는 일은 매우 중요하다. 낭비로 보일정도의 건강한 수다는 괜찮다. 하지만 불확실한 사실을 덧입혀서 옮기는 바이러스 같은 말은 남을 해지고 결국 자신에게 해를 미친다.

말의 파장은 전자파보다 무려 33배나 강력하다고 한다. 건강한 수다가 아닌 바에야 '카더라'라는 말은 전파하지 말자. 사람이 없어 보인다. 불확실한 사실을 가지고 다니면 추레한 것이다. 그리고 그런 사람은 남의 일에 열을 올린다. 그렇게 남의 일에 열을 올리면 정작 자신의 일에는 열이 빠지는 것이다. 감정에도 총량이 있다고 한다. 남에게 쏟은 감정만큼 내 일에는 부족해지는 것이다. 열 손실을 막자. 남의 일에 열을 너무 내서 내 일을 하는데 열이 부족하면 낭패다. 열정은 나를 위해 쏟자. '카더라'만 안 해도 열 손실을 막을 수 있는 것이다. '카더라' 바이러스를 전하는 통신원은 되지 말자.

5

나 이 정도로 불쌍한 사람이야!

환갑의 나이를 넘기려면 세월이 그냥 두지 않는다. 세월에 장사 없다고 몸만 노화가 되는 것이 아니라 온갖 일들이 상처로 남는 것이다. 그래서 어떤 사람은 이런 말을 한다. 내 얘기를 책으로 쓰면 열권도 더 나온다고, 또는 가슴에 큰 대못 하나 없는 사람이 어디 있냐고 말한다. 자신은 물론 남도 큰 상처 하나쯤은 안고 산다는 말인 것이다.

그런 사람 중에 유독 자신의 삶만 더 불쌍하다고 여기는 사람이 있다. 그래서 남들이 무슨 말을 할라치면 그건 '새 발의 피'라는 식으로 남의 얘기를 자르고 자기가 겪은 고초만 이야기를 한다. 그래서 자기가 가장 어려움을 극복하고 살아왔다고 하면서 자신을 연민한다. 거기서 얘기가 마무리되면 그나마 다행인데 이런 사람 대부분은 자기의 연민을 무기로 삼아 상대를 겁박하기도 한다. 자기만한 아픔이 또 어디 있냐며 연민을 장사하듯 내두르는 것이다. 보기 민망하다. 남보다 더 어려운 역경을 딛고 살았으면 그것으로 됐다. 그것을 마치 무슨 훈장이라도 되는 양 버젓이 내 걸고 상대를 오히려 약자로 취급하려는 모양새는 썩 보기 안 좋다.

사람은 나름대로의 생이 있다. 같은 조건이나 같은 환경으로 살지 못하기 때문에 삶은 그 다양성만큼이나 개별적인 차이를 갖는다. 그런데 자기만이 최고의 아픔이고 역전의 용사인 척 행세하는 것은 꼴 불견이다. 자신은 한없이 이해받아야 하고 자신은 누구보다 위로의 대상이라고 여기는 것도 자만의 일종이다.

특별함은 누구에게나 있는 것이지 자기만의 전유물이 아니다. 그럼에도 자기의 연민에 싸여서 남이 겪은 고통은 하찮게 생각하는 것이 안타깝다. 그런 사람은 보기보다 자기주장이 강하다. 고집이 세며 자기 연민을 그 어떤 자랑거리 이상으로 생각해서 남에게 정신적인 강요를 하는 것이다. 내가 이렇게 살아왔는데 나를 왜 대접하지 않느냐는 식이다.

마치 자신이 음치인 줄 모르고 합창을 하면서 괴성을 지르는 것과 같다. 자기 삶이 소중하고 아름답다면 타인의 생도 그러리라 인정해야 한다. 나만 힘겹게 인생사를 살아왔다는 자부심 내지 연민을 가진다면 타인과 공동체 의식을 갖기가 수월치 않은 사람이다.

환경을 탓하기 전에 누구나 생에 부여받는 희로애락의 크기는 일정하다고 생각된다. 다만 그것을 어떻게 분배하고 살아가느냐가 인생의 관건이 되는 것일 테다. 그러니 자기만 억울하고 자기만 상처가 크고 아프다고 여기는 것은 그만큼 기쁨과 즐거움에 적은 분배를 했다는 우매함을 드러내는 꼴이다. 이러한 것은 성숙하지 못한 유아기적 발상의 전환이다.

우리 사회가 어린 사람이나 약자를 보호하는 것을 익히 아는 오만한 어른의 행태인 것이다. 사회가 약자를 보호하는 것은 맞지만 약한 척하는 사람을 보호할 의무는 없는 것이다. 지난 일을 연민하면서 보호받고 인정받고 그것을 오히려 무기로 삼아 타인의 감정을 지배하려는 사람은 몹쓸 감정을 지닌 사람이다. 그런 사람은 연민을 무기로 사는 만큼 미성숙한 것이다. 사춘기를 겪었다고 바로 어른 행세를 하고 싶어 하는 청소년이나 별반 차이가 없는 것이다.

젊어서는 우연으로 겪는 일이 많은 경험의 요소가 된다. 그래서 큰 상처가 되기도 한다. 하지만 나이가 들면 어느 정도 일의 정도를 예측하게 된다. 그것은 많은 시행착오와 경험이 예측을 가능하게 하기 때문이다. 그러나 젊어서는 변수가 많이 작용한다. 모든 것이 처음인 경우가 많기도 하려니와 삶이 그러하기에 그렇다.

시간이 지나서 알아지는 것이 많다는 뜻이다. 그래서 나이가 들면 큰 사건 사고보다는 사소한 것에 대한 감정의 조율이 문제가 된다. 나이 들어서 감사하는 마음과 긍정심이 무엇보다 중요한 이유다. 그러니 지난 연민을 무기 삼아 살려 하지 말고 타인을 배려하는 마음으로 살기 바란다.

6

생각 좀 하고 말하라.

말이 인격이란 말을 늘 입에 달고 산다. 사람은 표현하는 동물이고 그 표현을 말로 거의 하기 때문이다. 그런데 틀린 말이 아니면서도 기분이 묘한 경우가 더러 있다.

얼마 전에 모임을 주선해서 여러 지인들을 한자리에 만나야 하는 일이 있었다. 그래서 사전에 문자를 띄우고 당일 약속시간에 늦는 사람들에게 다시 한 번 전화를 했다. 그런데 한 사람이 이렇게 반문하는 것이다. "카스(카카오 스토리) 못 봤어요? 제가 제주에 볼 일이 있어 내려왔다고 사진하고 올려놨는데요."라고 하는 것이다. 하지만 뭔가 순서가 이상하다. 나 같으면 이렇게 말했을 것이다. "아! 제가요. 미리 연락을 못 드렸군요. 일이 있어서 참석 못 해요. 갑자기 제주에 볼 일이 있어서 내려와서 카스에는 사진하고 올려놨는데요, 죄송합니다." 라고 말이다.

그리고 '카스'를 누구나 다 하는 것이 아니다. 특정한 스마트폰 앱을 누구나 활용하는 것은 아니기 때문에, 자기 기준으로 생각해서 말하면 안 된다. 아주 틀린 말은 아니더라도 억지로 설득 당한다는 묘한 기분이 드는 일이다.

그 사람과 통화가 끝난 후에 조금 늦게 온 어떤 사람이 하는 말이 또 가관이다. "안녕하세요? 전 일찍 왔는데 이렇게 찾기 힘든 곳에서 만나자고 하면 어떻게 해요? 한참을 헤맸어요."라고 말하면서 자기는 지각을 한 게 아니라며 궁색한 변명을 하는 것이다. 차라리 "아, 제가 조금 늦었네요. 여기는 찾기가 힘든 곳이네요."라고 했으면 좋았을 것이다.

사람은 계획대로 살 수 없고 마음에 딱 맞는 상황도 그리 많지 않다. 늘 변수가 생기고 상황은 변하게 되어 있다. 그럴 때마다 변명과 이유를 대가면서 자기를 합리화하는 것은 보기에 좋지 않고 치사한 일이다.

몇 년 전 큰 애가 결혼식을 치렀다. 많은 지인들이 참석해서 축하를 해주셨다. 고마운 일이다. 참석하신 분들께 감사를 일일이 전하지 못해서 미안한 마음이 든다. 하지만 꼭 와야 하는 친척이 있어서 무슨 일이 생겼나 알아봤더니 하는 말이 감기가 걸려서 참석을 안 했다고 한다. 많은 사람들한테 감기를 옮기면 좋지 않을 것 같아서 안 갔다는 말이다. 일면 그럴 수 있다고 생각을 하는데 통화 말미에, 자기가 참석을 안 하고 축의금만 보내서 더 좋지 않으냐고 한다. 요즘 뷔페 가격도 만만치 않은데 더 잘한 게 아니냐고 시위하듯 얘기를 해서 당혹스러웠다. 축의금은 보냈으니 할 도리는 다한 것 아니냐는 식은 아무리 그래도 경우에 어긋난다. 사람은 사람과의 만남에서 이뤄지는 신뢰와 인연이 있다. 돈이 개입돼서 득이 되고 실이 되는 계산만 한다면 인간관계가 너무 삭막하지 않은가.

그리고 속으로야 어떤 생각도 할 수 있지만 겉으로 드러내면 안 되는 말이 있는 것이다. 그럴 때는 말의 내용도 중요하지만 말의 순서를 신경 써야 한다. 우선은 미안하다. 이러이러해서 늦었으니 이해 바란다는 식으로 말을 해야 옳다. 그렇지 않고 위에 말한 대로 불평을 먼저 하거나 핑계를 대고 나서 미안하다고 말하는 것은 바르지 않다.

내가 사용하는 스마트폰 앱에 글을 올렸으니 알아달라는 것도 억지다. 누구나 그런 도구를 사용하는 것이 아니다. 우선은 만남을 주선한 사람한테 사정을 구해야 하는 것이 마땅한 일이다.

또한 경조사에 돈만 내고는 매우 잘 한 일처럼 말하는 것도 옳은 처사가 아니다. 오히려 못 가서 미안한데요, 라는 인사를 하고 나서 축의금을 보냈다고 넌지시 말할 때 품격이 올라가는 것이다. 돈으로 구린 인격을 포장하지 않아야 한다.

돈이 전부가 아니고 말의 내용이 전부가 아니다. 말의 잘못된 순서와 구멍 난 일을 돈으로 대충 막음하려는 것은 염치가 없는 일이다.

나이 들수록 말 한마디 한 마디에 신중을 기해야 한다. 습관이라고 치부하지 말고 조금 시간을 두고 생각해서 말을 하면 된다. 급할거 없다. 답답하면 상대가 답답하지 말하는 내가 여유 부린다고 내가 답답한 건 아니다. 그리고 조금 늦게 말한다고 상황이 달라지는 것이 아니다. 오히려 생각하고 말하기 때문에 잘 말하게 된다. 말 잘하는 것처럼 보이려고 마구 쏟아내면 실수한다. 늦더라도 천천히 생각하고 말하는 습관을 가지는 것이 바람직하다. 그러면 실수할 확률이 줄어든다. 사람은 모름지기 말이 다다. 듣기 좋은 말을 하는 사람은 사람을 얻는다. 듣기에 순서가 잘못된 말이나 듣기에 거북한 말은 사람을 잃는다. 생각 좀 하고 말하라.

7

체면치레 때문에 질문을 닫지 마라.

　정보의 홍수에 민감해도 문제지만 너무 둔해서 정보력이 없어도 사는데 어려움을 겪는다. 남들이 기본적으로 아는 것을 나도 알아야 공감할 수 있는 능력이 배양된다. 그럼에도 나만 깜깜이로 산다면 나도 답답하고 남들도 답답하게 여긴다.

　이는 삶이 경쟁이 아니라 해도 소외되고 뒤지는 일이다. 그런데 궁금한 것을 그냥 묻어두고 그러려니 하거나 대충 아는 것처럼 넘기려 하다 보면 낭패를 경험하게 된다. 확실하지 않은 것을 사실처럼 말을 하다가는 봉변을 당하고 수모를 겪게 된다. 나이 들어 여간 창피한 일이 아니다. 그러니 궁금한 정보가 있으면 젊은 사람에게 스스럼없이 다가가서 물어 보라. 그것은 체면이 손상되거나 인격에 금이 가는 일이 아니다. 어른이 모든 걸 다 알고 있거나 아는 체해서 위엄을 갖출 수는 없다.

　자기 전문 분야가 아니면 모든 사람은 다 무식하다. 마땅히 그래야 한다. 다른 분야를 많이 안다는 것은 한편으로 자기 분야의 소홀함을 대놓고 드러내는 꼴이다.

전공분야가 아닐 경우는 떳떳하게 물어서 정보력을 갖추는 것이 낫다. 어물쩍하니 넘어가서 추상적으로 아는 것은 구체적으로 아는 것이 아니기에 합당하지 않은 경우가 많다. 나이가 들면 수치심이 없어져 뻔뻔한 사람이 되는 경우가 있고 삶에 주눅이 들어서 자신감이 없어지는 사람이 있다. 아마도 많은 사람이 후자에 속할지 모른다. 가끔 큰 소리 내는 사람은 삶이 성숙하지 않아서 아직도 철부지로 자기 방식을 고수하는 사람인 경우가 많은 것이다.

하지만 둥글게 살아온 사람들은 자신의 모난 성격을 갈무리해서 많이 부드러워지고 겸손한 태도를 가지게 되었을 것이다. 그러한 일이 거듭되다 보니 남을 더 배려해서 내가 궁금한 일을 뒤로 미루거나 아예 알고 싶어 하지 않는다. 하지만 이런 일이 누적되면 세상을 알차게 살지 못해서 후회를 하게 된다. "아니 이것도 모르세요?"라고 누가 묻거든 "나는 다른 것을 전공했거든요. 이런 건 모르는 게 당연하다고 보는데요."라고 당당하게 말하면 좋겠다. 모르는 것은 창피한 일이 아니다. 모른다는 것을 모를 때가 창피한 일이다.

물론 상식적인 것이라고 해서 어떤 것이 상식에 속하는 범주인가는 매우 애매한 것이다. 남이 봤을 때 상식이 나에게는 전혀 알 수 없는 영역일 수 있다. 가령 나 같은 경우는 영어 회화를 정말 못한다. 일찍이 영어를 달갑게 생각지 않아서 잘 못하는 것이다.

그런데 강사라는 이유로 영어도 어느 정도는 할 줄 알 것이라 미리 짐작하는 것 같다. 실토하지만 난 영어는 젬병이다. 헬로, 땡큐, 쏘리,

익스큐즈 미 정도밖에 모른다. 물건을 사고 나서 거스름돈에 관한 것이나 여행지를 물어보거나 하는 등의 생활영어도 잘하지 못한다. 중학교 올라가서 영어 문법을 넘지 못해서 공부에 흥미를 잃었다. 그 후로 영어를 공부하고 싶다는 생각은 있었지만 열정이 없어서 하지 못했다. 지금도 주위에서 영어 회화를 한다고 얘기하는 사람들을 보면 참 부럽다. 아직도 영어에 미련을 버리지 못하고 정복하려는 열정이 대단하게 여겨진다. 내게 있어 지금은, 영어 번역기를 잘 사용하는 것이 더 절실할 뿐이다.

난 약점이 많은 사람이다. 허술하다. 누가 찌르면 들어간다. 하지만 난 약점을 공개한다. 약점을 공개한다는 것은 남이 나를 업신여기기에 부담을 주는 것이다. 약점을 감추려 하다 들키거나 하면 곤혹스럽다. 나처럼 못하는 것을 공개하거나 떳떳하게 말하면 오히려 약점을 공격하는 사람이 부담을 갖게 된다. 인간적이지 못해서 말이다.

하지만 난 남이 잘 못하는 것을 나름 갖추고 산다. 서로 다른 장점이 있다는 것을 알고 서로 다른 약점이 있다는 것을 인정하면 된다. 그렇지 않고 저 분은 박사니까, 저 분은 교수니까 이 정도는 알고 있겠지 하는 것은 망상이다. 오히려 박사나 교수가 세상사에 더 답답해야 한다. 당연히 그래야 한다. 자기 분야에 시간을 보냈다면 다른 분야에 무식해야 마땅하다. 그렇지 못하고 만물박사라면 오히려 문제가 있다고 본다. 혹여 있다면 사이비거나 넓고 얇은 빈대떡 지식일 것이다.

사람은 한 번에 두 가지를 잘 하기 어렵다. 자기 전공에 몰입하고 집중해서 시간을 보낸 사람이라면 다른 분야에는 맹추 소리를 듣는 게 당연하다. 한 사람이 몇 사람의 인생을 살 수 없는 것처럼 모든 걸 잘할 수도, 모든 걸 알 수도 없는 일이다. 그러니 모르는 것이 있으면 젊은이에게든 어린이에게든 물어야 한다. 체면이 밥 먹여 주는 것이 아니다. 체면치레 떨다가 남들에게 우습게 자존심 상하게 될 수 있다.

모르는 것에 의연하라. 당당하게 물어서 알면 된다. 모르는 것만큼 위축되어서 침묵 속에 자신을 가두지 말라. 우리가 아는 것은 우주의 4%도 되지 않는다는 말이 있다. 어느 누가 감히 모든 걸 아는 체할 수 있겠는가? 나이 든 분이 묻거든 겸손하니 대답해주는 사람이 되라. 또한 물어 볼 때는 너무 위축되거나 오버하지 말고 바르게 물어야 한다. 답에 옳고 그름이 있는 것처럼 질문에는 수준이란 게 있다.

8
다시 천천히 말해주세요

미국의 정치 이론가 벤저민 바버는 '세상을 강자와 약자, 성공과 실패로 나누지 않고 배우는 자와 배우지 않는 자로 나누겠다.'고 선언했다. 이 말에 공감을 한다. 하지만 나는 '세상 사람을 지피지기(知彼知己)인 사람과 모름지기 지기(知己)인 사람'으로 나누고 싶다.

상대를 알고 나를 안다는 말, 지피지기(知彼知己)는 손자의 병법을 떠올리게 되나 인간사에 관점을 두고 하는 말로서 나와 남을 아는 사람을 일컫는다. 오로지 나만 아는 사람, 지기(知己)인 사람과는 완연하게 다르다. 상대를 알아야 배려와 이해가 따른다. 나만 알면 독선이다.

사람과의 관계에서는 소통이 안 되면 고통이 따르고 고통이 장기화되면 죽음에 이르는 것이다. 여기서 말하는 죽음은 육신의 죽음만이 아니라 정신적인 죽음도 포함하는 말이다. 소통이 안 되는 상황은 생명이 없는 죽음과도 같기 때문이다.

요즘은 어느 기관에 무엇을 물어보든 ARS를 통해서 정보를 얻게 되어 있다. 그런데 많은 부분이 전문화되어 있어서 취득한 정보를 이해하는데 어려움이 있다. 그리고 그 ARS의 통화음이 너무 빠르게 전해져서 듣고 이해하기에 시간이 부족한 느낌을 간혹 받는다.

나이가 들면 이해력이 부족해진다. 빠른 말에 듣는 귀가 따라가지 못하는 것이다. 듣고 나서 무슨 말을 들은 건지 난감할 때가 있다. 나만 그런 가해서 동료나 선배들에게 물어보면 이구동성이다. 같은 소리를 한다. 도대체가 상담원과 말을 하는 것이 편한데 ARS 기능이 누구 좋아서 하는 건지 모르겠다는 투정이다. 그런데 문제는 상담원과의 통화도 별반 차이가 없다는 데 있다. 젊은 사람의 상담원도 말의 빠르기가 보통이 아니다. 마치 ARS처럼 매뉴얼을 읽어나가는 듯한 인상을 준다. 그나마 상담원과는 "저기요. 좀 천천히 말씀해 주실래요."라고 한마디 할 수 있으니 다행이긴 한데 그렇다고 그렇게 친절하다는 느낌을 받지는 못한다. 다시 물으면 "아까 말씀드렸잖아요?"라고 말하기 일쑤고, 아니면 참 답답하다는 뉘앙스로 기분을 가라앉게 말한다. 그렇잖아도 뭔가 묻는 사람은 기가 죽어 있는 것이 보통이다. 모르면 바보 취급을 받는 사회에서 자랐기 때문인지 자존감이 많이 떨어진 상태다.

우리 세대는 속도가 매우 중요한 시대에 살았다. 물론 그래서 산업사회 근대화가 이루어진 것도 사실이다. 하지만 말은 빨라지지 않았다. 보는 눈이 빨라서 눈치가 있었고 행동이 민첩했을 뿐 말이 빠르고 생각이 예민하지는 않았던 것이다.

그런데 디지털 세대는 어릴 때부터 스마트폰으로 게임을 하면서 자랐기에 손이 빠르고 손이 마음을 대신하고 손으로 생각이 전달되고 전달된 생각은 말로 빠르게 나와서 상대를 공격하거나 방어하는 것이다.

부탁인데 젊은 사람들은 아날로그 세대를 좀 너그럽게 봐 주기 바란다. 그래서 좀 지루하고 불편하더라도 천천히 설명하고 말해 주어야 한다. 그렇게 한두 번 말해도 이해가 안 되는 경우가 많으니 부아가 치밀더라고 천천히 몇 번이고 설명을 해주어야 같이 사는 세상이 둥그렇게 되는 것이다.

나이 들어서 컴퓨터 강의실을 찾는 분들이 많다. 나도 PDP나 엑셀을 배웠다. 한참 배울 때는 이해가 가고 재미도 있어서 잘 했다고 생각을 한다. 그런데 한동안 써먹지 않고 있다가 강의가 잡혀서 준비를 하려면 다시 잊어버린다. 전혀 이해도 안 되고 작업 진행이 안 되는 것이다. 그래서 자식에게 부탁을 좀 하면 아빠는 전에도 똑같은 걸 해드렸는데 그새 잊으셨냐고 타박을 하는 것이다. 그럴 때마다 귀싸대기를 치고 싶은 생각이 들지만 꾹 참는다. 모르면 할 수 없다. 그렇게라도 해서 넘어가는 수밖에. 하지만 좀 억울한 생각이 든다.

우리 아날로그 세대는 빠르기에 적응이 잘 안 된다. 속도에 못 미치는 몸의 감각을 어찌할 수 없는 것이다. 젊은이들이 이해하고 살아야 한다. 너무 빠르게 말하거나 자기 식으로 상대를 설득해서는 안 된다.

우리는 동시대를 살아간다. 불협화음은 소통이 안 돼서 나타나는 현상이다. 상대를 알고 나를 아는 것이 세상사에 좋은 일이다. 나만 알면 무식한 것이다. 아무리 박사라 해도 자기 자신만 안다면 그가 가진 전문성은 한낱 쓰레기에 불과할 뿐이다. 상대의 수준에 맞춰서 설명이 가능해야 한다. 내가 보는 세상은 '지피지기(知彼知己)와 지기(知己)'로 구분하고 싶다. '지기(知己)'로 살지 말고 지피지기(知彼知己)로 살아야 할 것이다. 속도 보다 중요한 것이 요즘은 방향이라고 한다. 같은 방향으로 가자면 속도가 쳐지는 사람을 이끌어야 한다. 같이 손잡고 동시대를 살아가자. 젊은이여! 답답하더라도 다시 천천히 말해 줄래요.

9

전화 상대방보다 늦게 끊기

사소한 일은 결코 사소하지 않다. 역설이 진실인 것이다. 작은 마음의 틈으로 마(魔)가 들어오듯이 작은 실수가 큰 실패로 연결되는 것이다. 사람의 일 중에서 사소한 것이란 없다는 것이다. 모든 행위가다 어떠한 인연과 결과를 초래하는 시발점이 되는 일이다. 그러므로작은 것은 작은 것이 아니며 사소한 것 또한 사소한 것이 아니다. 사소하게 여길 뿐이다. 하지만 그러한 사소하다고 여겨지는 것들을 정말로 사소하게 여겨서 낭패를 보거나 신뢰를 잃게 되는 경우가 허다하다.

사람은 일면을 보고 판단하고 편견을 갖게 된다. 한 사람과의 깊은인연이 아니면 평생 그 사람을 역추적해서 알기 어렵기 때문이다. 그래서 한순간도 섣불리 행동하거나 오해의 소지를 남겨서는 안 된다.사소함의 기준도 사람마다 다르다. 어떤 사람은 짧은 시간을 사소하게 생각하고 어떤 사람은 작은 액수로 판단되는 것을 사소하게 생각하고 어떤 사람은 이해관계가 없는 사람과의 조우를 사소하게 생각한다. 경우에 따라서는 거침없는 말투조차 사소하게 생각하는 사람도 있다. 내 경우에는 사소한 것이란 버릴 수 있는 것을 말한다. 눈에서 마음에서 떠나보낼 수 있는 것을 사소하게 여긴다.

가령 오래된 옷이나 집기류 등 생활쓰레기로 분류되는 것을 사소하게 여긴다. 하지만 자투리 시간이나 관계, 가치 등에 있어서는 결코 사소하게 여기지 않는다.

그래서 전화를 걸었을 때나 걸려온 전화를 받을 때 가능하면 상대보다 먼저 끊지 않으려고 한다. 상대에 대한 나름의 배려라고 생각하는 것이다. 먼저 전화를 툭 하고 끊으면 마치 쌩하고 돌아선 느낌이 들어서다.

이쯤 해서 나이 든 사람, 특히 자녀들과의 전화 응대에서 부모들의 행동은 거의 같은 패턴이다. 거의가 먼저 전화를 끊는 것이다. 그렇지 않은 부모도 있을 테지만 내가 듣기론 거의 대부분의 부모가 먼저 전화기를 내려놓는다고 한다. 자식의 얘기를 마저 듣지 않고 자기 얘기만 늘어놓다가 마치 화난 사람처럼 전화를 툭하고 끊는 것이다. 자식들은 멍하니 "참, 우리 엄마는........" 하고 넋두리를 하게 되는 것이다. 부모 자식 간에도 예의는 지켜야 한다. 아무리 안부 전화라고 해도 끝까지 얘기를 들어주고 나서 전화를 끊어야 한다. 아니면 얘기 다 했으면 "전화 끊는다." 라고 마무리를 해야 한다.

사람은 모름지기 마무리가 깔끔해야 멋지다. 흐지부지 그냥 술에 물 탄 듯 아니면 물에 술 탄 듯 하면 실없는 사람이고 야무진 사람으로 살지 못하는 일이다.

말은 호흡처럼 주거니 받거니 해야 한다. 그것이 소통이다. 그렇지 않고 자기 말만 하고 전화를 끊으면 소통이 아니고 그것은 일방이고 제멋대로다. 그런 수직적인 대화는 소통이라고 볼 수 없다.

나이가 많다는 것은 기득권이 아니다. 나이가 많다는 것은 삶의 희, 노, 애, 락을 더 많이 경험했다는 것이다. 그러므로 나이 어린 사람보다 더 많이 참아낼 줄 알아야 한다. 전화를 먼저 끊는 그 몇 초가 그 사람의 조급증과 성격을 나타내는 일이다. 어른은 좀 느긋할 때 대접을 받는다. 촐랑거리면 어른의 체면이 손상되는 것임을 알아야 한다.

부모건 자식이건 전화는 예의로 마감해야 한다. 가능하면 전화를 마칠 때도 인사로 마무리해야 한다. '용건만 간단히'라는 표어는 공중전화를 기다리던 시절에 걸맞은 표어다. 지금은 너나 할 것 없이 주머니에, 손안에 전화기를 갖고 다닌다. 생활필수품이 아니라 생존 필수품처럼 여기는 것이 전화고 스마트폰이다. 그러니 전화 예의가 바로 인격의 바로미터가 될 수 있다. 산책길에서도 전화를 하는 사람들을 본다. 밥을 먹으면서도 전화를 하고 업무를 처리하면서도 전화를 한다. 누군가와 연결되어 있다는 것이다. 그래야 안정감을 느끼는 현대인의 생활상을 엿볼 수 있는 대목이다. 그런데 그 전화 예의를 사소한 것으로 여겨서 매번 전화를 먼저 끊는다면 생각 좀 해볼 일이다.

당신의 전화 예의는 어떤가? 먼저 끊었다면 앞으로는 상대보다 늦게 끊으려고 노력을 해보라. "아, 네, 네" 하면서 상대보다 한 번 더 대답을 하고 예의를 갖추라. 겸손한 사람이 되는 것은 상대를 배려해서 내 시간을 내어주는 일이다.

10
여행 자랑하지 마라

때만 되면 북새통을 이루는 곳이 공항이다. 국내여행도 그렇지만 요즘엔 너나없이 외국여행을 간다. 참 살기 좋아진 것이다. 언감생심 꿈에도 없을 일들이 벌어지고 있는 것이다. 사실 나는 외국여행을 한 번도 가보지 못했다. 아마도 이 글이 수정될 즘엔 베트남을 갔다 왔을 수도 있다. 왜냐하면 쑥스러운 고백이지만 수 년 간 강의를 받은 수강생들이 수학여행 명목으로 외국여행을 계획하고 있어서다. 고 맙고 감사한 일이다. 나이 든 수강생을 둔 덕분에 난생처음 외국여행 이라는 호사를 누리게 되었다.

그래서 얘긴데 다가올 명절에도 외국여행을 가는 사람이 꽤나 많을 것이다. 차례를 미리 지내고 가는 사람도 있고 아예 집안 행사로 여행을 다니는 사람들도 많다.

견문을 넓히고 돌아와서 일상을 점검하는 여행은 좋은 경험임에 틀림없다. 하지만 자랑거리를 늘리는 일에만 몰두하는 사람 또한 있다. 그런 사람이 가까이 있으면 마음이 불편하다. 나도 예외는 아니다. 말이 섞이는 자리에 있다 보면 여행을 화제로 많은 얘기가 오간다. 그럴 때 나는 외국여행을 간 적이 없어서 그냥 듣기만 한다. 그런데 대뜸 물어오는 사람이 있다. 어느 나라를 갔다 왔냐고 말이다. 그러면 솔직하게 말한다. "전 외국은 아직 못 나가 봤어요."라고 하면 혀를 찰 듯이 불쌍한 인간으로 쳐다보는 것이다.

그러고는 외국에서 본 것을 과장된 몸짓으로 자랑하는 것이다. 자랑을 해도 괜찮다. 하지만 단순히 관광을 한 것을 가지고 그 나라를 아주 많이 아는 것처럼 말할 때는 가관이다. 빈 수레에 돌덩어리 하나가 들어가서 소리를 내는 것처럼 유치찬란한 일이다. 최소한 그 나라의 역사와 문화를 알고 말하는 것이 아니라 가이드가 몇 가지 말한 것을 가지고 자기가 유식해서 알고 있는 것처럼 자랑을 하고 으스대는 것이 여간 밥맛이다.

전에는 자식 자랑이나 마누라 자랑을 팔불출로 여겼으나 요즘에는 외국 여행 자랑을 하는 사람을 팔불출로 여기고 싶다.

엄밀히 말하면 관광과 여행은 구분되는 것이다. 모든 게 다 여행은 아니다. 그럼에도 관광을 한 것을 여행으로 멋지게 둔갑시켜서 좌중을 압도하고 자랑하는 모습은 꼴불견이다. 몇 개국 어디를 갔다 왔다는 등의 개수를 늘리는 것이 마치 인생의 큰 업적이라도 되는 양 말하는 것은 유쾌하지 않게 들린다. 결국은 돈 자랑인 것이다. 나는 돈이 많아서 이렇게 외국 여행을 다닌다는 무식한 폭로인 것이다.

가진 것을 티 내지 않고 잘 쓰는 것이 돈의 흐름이어야 한다. 보고 느낀 것을 소중하게 인식해서 삶의 자양분으로 삼아야 할 것을 드러내서 썩은 인격을 보여주는 것은 역겨운 일이다. 물론 나도 이 나이에 외국 여행 못 가본 것이 자랑일 수는 없다. 그렇다고 고개 숙일 일 또한 아니다.

사람은 사는 모습이 다양하다. 어찌어찌하여 못 갈 수도 있고 또 많이 갈 수도 있다. 여행지는 사람 사는 곳이다. 무엇을 어떻게 배우고 느끼고 왔는지 모르지만 더 우쭐대고 촐랑거리는 사람으로 변해서 왔다면 안 간 것만 못하다.

자고로 여행을 통해서 삶을 성찰하고 그래서 좀 더 배려하고 함께 사는 지구촌의 사람들을 이해하는 여행이었으면 하는 것이다. 그저 자랑거리를 몇 개 더 늘리는 속물로 산다면 여행이 무슨 소용이 있겠는가? 돈 지랄이지.

그런 사람은 여행 자랑뿐이 아니라 자식 자랑도 한다. 자기는 못났지만 자식은 그렇지 않다는 배경을 깔고 이야기를 시작한다. 하지만 요즘 젊은이는 함부로 말하기 어렵다. 시대의 상황도 그렇거니와 자기 절제력을 가지려면 어느 정도 나이가 들어야 한다. 아직도 젊은 청춘이라면 많은 시한폭탄을 지니고 사는 것이다. 어느 때 안전핀을 놓치고 사고를 칠 줄 모른다. 젊다는 우연성이 예측불허기 때문이다. 그러하기에 젊은 자식을 대놓고 자랑하는 일은 삼가야 한다. 자기 마누라도 예외가 아니다. 사람은 알 수 없는 일이다.

어느 날 갑자기 자랑거리가 가십거리가 될지도 모르니 가능하면 말을 아끼는 것이 실속 있는 사람이다. 얼마 지나지 않아서 루머의 주인공으로 등장할지 모른다. 자식 자랑도 조심하고 마누라 자랑도 마찬가지다. 그리고 외국여행 자랑은 좀 삼가시라.

아직도 나처럼 못 간 사람이 있다. 배려는 이해다. 남을 이해하는 마음이 없는 사람은 바보다. 멍청한 것이다. 멍청함을 드러내지 말고 조용히 있으면 된다. 그러면 인격에 손상이 없게 된다. 입을 벌려서 욕을 먹지 마라. 괜히 욕먹을 일을 찾아서 나대지 않아야 정신이 깨끗하고 맑다. 외국 여행 갔다 오면 좀 나아진 면이 있어야 하지 않을까? 그 비싼 항공료나 숙박비를 지불했으면 좀 나아진 구석이 있어야 하는 게 아닐까?

11

걱정을 가장한 비난을 일삼지 말라.

내 동생은 말을 하는 직업이다. 정치라는 것이 타협과 협상이라는 말이 있다. 그 최전선에서 일하는 직업이니 말을 많이 한다. 어디를 가든 말로서 시작을 한다. 그런데 그 동생이 하는 말이 "저는 말주변이 없습니다."라고 운을 떼는 것을 가끔 보게 된다. 그런데 동생이 말을 못해서 말 주변이 없다고 스스로 밝힌 것은 아닐 것이다. 겸손하게 분위기를 만들고자 그렇게 말을 시작했을 터이다.

그래서 나는 동생의 그 말을 들을 때마다 속으로 이렇게 생각을 한다. '말 주변이 없다면 말의 중심에 있다는 얘기군!' 하고 나름대로 좋은 해석을 한다. 어쨌든 동생은 말을 많이 하고 산다. 바라건대 말만 잘하는 정치인이 아니라 말도 잘하는 정치인이길, 나뿐이 아니라 많은 시민들이 바랄 것이다. 기대에 부응해서 말을 실천하는 바른 정치인이 되길 염원하는 것이다.

사람은 스토리를 엮어가는 동물이다. 스토리가 배제된다면 아무런 삶의 의미가 없다. 하지만 자기의 스토리보다 남의 스토리에 열광

하고 시간을 보내는 사람이 의외로 많다. 우리 주변을 살펴보면 오지랖이 넓어서 인지 모르나 남의 일에 소매를 걷어붙이고 나서는 사람이 있다. 그런 사람 대부분은 자기 일에는 부진한 사람이다.

우리 나이쯤 되면 노후 걱정을 화두로 내세울 때가 많다. 그러면 자기는 노후 걱정이 없다며 그런 걱정을 하는 사람을 무척이나 걱정해주는 척하면서 비난을 하는 경우다.

자기는 문제를 해결했으니 남의 문제에 대해서 연민을 갖는다는 식이다. 하지만 내가 보기엔 경제적 해결은 했는지 모르나 정신적 노후를 전혀 대비하지 못한 모습이다. 언제 철이 드나 할 정도로 말을 던져놓고 어떻게든 봉합하려고 아등바등하는 것을 보면 안타깝기 그지없다.

그리고 건강 문제에 관해서도 마찬가지다. 서로 어떤 식으로 건강을 유지하는지 설왕설래하는데 자기는 아무런 걱정 없이 건강하다고 한다. 그런 사람이 얼마 전에 감기로 되게 고생을 한 것을, 알 만한 사람은 다 아는데도 말이다. 아무리 말이 고파도 그렇다 할 말 안 할 말을 마구 해가며 감 놔라 대추 놔라 하는 것은 현명하게 사는 일이 아니다.

그리고 은근슬쩍 걱정을 해주는 척하면서 상대를 비난하는 것은 치졸하기까지 하다. 상대를 낮춰 자신을 올리는 수법은 가장 비열하게 자기를 알리는 일이다. 하수끼리는 통할지 몰라도 고수가 보기엔 아직 멀었다는 것을 안다.

남의 자녀 얘기가 나오면 서로 진심을 다해서 응원하고 격려해준다. 자기 자식처럼 아끼고 생각한다는 의미다. 하지만 그런 사람은 자기 자랑을 일삼고 남의 자녀 얘기는 뒷전이다. 근래에 그런 사람이 부쩍 많다.

자기 일에는 소원하면서 남의 일을 걱정해주는 척 은근히 비난을 일삼는 사람 말이다. 듣기에 따라서는 무척이나 인류애가 느껴지고 잠깐은 좋은 사람 이미지가 있겠지만 오랜 시간 같이하다 보면 관계의 우호적인 걱정이 아니라 자기만족을 위해서 상대를 비난하고 있다는 것을 알 게 된다.

나이가 많으면 흔히 말하는 사람을 보면 반 무당이 된다. 오랜 세월 사람을 겪어봐서 아는 것이다. 사람 얼굴 보면 답이 나온다. 거기에다 몇 마디 말을 건네 보면 이력까지 꿰게 되는 것이다. "척! 보면 압니다."라는 말이 괜히 나온 것이 아니다. 사람 사는 게 거기서 거기다 보니 자연 알게 되는 것이다. 그렇다고 사람을 넘겨짚어서 이러니저러니 말을 하기보다는 말을 아끼는 것이 보통이다. 그런데 분별 없이 자기 생각을 집어넣으려는 부류가 있어서 그야말로 걱정이다.

말을 하는 사람은 답을 알고 얘기하는 것이 대부분이다. 생각해보라. 답답해서 말하는 것이지, 답을 구하려고 말을 꺼내는 사람은 거의 없는 것이다. 그러니 남을 걱정해주는 척하며 은근히 비난할 생각을 하지 마라. 차라리 가만히 듣고 고개만 끄덕여 주는 것이 답답한 속사정을 말하는 사람에게는 더 큰 위안이 된다. 괜히 나서서 이러쿵저러쿵 말도 안 되는 말로 위안이나 격려를 하려고 덤비지 마라.

자신의 도량이 크지 못하면 상대에게 도움이 되지 않는다는 걸 스스로 알아야 한다. 자기 그릇을 알라는 것이다. 제 그릇이 간장 종지만 하면서 남의 그릇 크기가 작다느니 크다느니 거기에 놓으면 안 되느니 하는 것은 감정의 수치다. 과잉 친절이고 굴절된 배려다.

걱정을 해주는 척 상대를 비난하지 않기를 바란다. 나이 든 사람은 이 점도 명심할 일이다.

12

아! 참 답답하다.

둘이 산지 꽤나 됐다. 애가 둘인데 한 명은 장가가서 분가하고 한 명은 군대에 있다. 그래서 우리 부부만 단출 하게 지낸지 오래다. 그러다 보니 가끔 고기가 먹고 싶어도 아내가 잘 해주지 않는다. 아내의 말을 빌리자면 음식 할 맛이 안 난다고 한다. 왜냐하면 고기 조금 먹자고 이것저것 양념하고 재고하느니 차라리 나가서 사 먹자는 것이다. 나야 뭐 별로 음식 타박을 하지 않을뿐더러 먹는 것을 가리지도 않고 식성이 좋아서 개의치 않고 따르기로 했다.

일전에 네 식구가 함께 지낼 때는 식사시간이 되면 왁자하니 분위기가 고조되고 어떤 음식이 나오는지 관심이 상승되는데 요즘은 식사시간이 돼도 절간이다. 서로 대화가 끊어지면 말없이 우적우적 씹다가 눈길만 마주친다.

오늘처럼 어쩌다 고기가 당기는 날에는 외식하자고 아내가 졸라댄다. 그래서 내가 승낙을 하면 여간 좋아하는 것이 아니다. 하지만 나는 가끔은 제동을 건다. 사 먹는 음식이 자극적이고 돈도 아깝다는 생각이 들어서다. 하지만 매번 그럴 수는 없는 일이니 세 번에 두 번 정도는 청을 들어준다.

고기는 역시 씹는 맛이다. 그리고 다 먹고는 폼 나게 이를 쑤시는 거다. 마치 중국 영화의 그 누구처럼 말이다. 아, 그런데 그 홍콩배우? 이름이 떠오르지 않는다. 그래서 내가 묻는다. "아, 거 왜 있잖아요?" 하니 눈을 치켜뜨며 쳐다본다. "아, 왜 영화! 홍콩 배우 그 멋진 사람 이름이 생각이 안 나네?" 하니까 "누구요?"라고 시큰둥하니 묻는다. "아, 우리 예전에 많이 봤잖아요. 홍콩 영화에 주연으로 나오고 우리나라 CF에도 출연했던 남자 배우 있잖아?" 하니 이젠 짜증스럽게 대꾸한다. "홍콩 배우가 어디 한둘이야! 잘 모르면 얘기 하지 마요!"라고 단호하게 고개를 돌린다.

나는 기분이 슬슬 상하기 시작하는 것이다. 그래서 이쑤시개를 입에 물고 "아, 이렇게 이쑤시개를 물고 총질하던 배우 있잖아? 아, 그래! 사랑해요! 밀키스! 하던 배우 말이야!"라고 약간은 들떠서 말을 했는데도 시니컬하게 "그래서 그 남자가 누군데요? 이름을 말해야지, 이름을? 이름도 모르면서 뭘 설명을 한다고 나, 참!" 이렇게 야멸차게 무시하는 것이다. 그래서 나도 화가 머리끝에서 폭발하기 일보 직전이다.

아! 답답하다. 이름을 제대로 기억하지 못해서 설명이 안 되는 내가 답답하고 그리고 이 정도 설명해줬으면 아! 그래 누구라고 맞장구 쳐주지 못하는 아내도 답답하다.

나이 들면 고유 명사가 생각이 안 난다. 실종되는 것이다. 머리카락만 빠져나가는 것이 아니라 머릿속에 든 고유명사들이 하나 둘 빠져나가서 어떤 상황을 설명하기가 어려워진다. 서로 말이 막히면 어떤 것도 소통이 되지 않는다. 나이 들어서 조급증은 심해지고 고유명사는 떠오르지 않으니 같이 사는 사람끼리 이해해줘도 모자랄 판에 서로 설명 불가에 대한 불만만 차오르는 것이다. 그럴수록 서로의 기억을 도와서 차분하게 설명을 하고 기억이 나게끔 해줘야 하는데 신경질부터 내고 짜증을 부리기 일쑤다.

이런 정신의 노화에 대처하는 여유와 부드러움을 가져야 마땅한 일이다. 하지만 학습이 되어 있지 않다. 늙어 본 경험이 없어서다.

우리는 어쩌다 어른이다. TV프로그램 제목이 '어쩌다 어른'이라는 말이 가슴에 팍 와 닿는 것이다. 우리는 준비되거나 연습되지 않은 인생을 산다. 모든 것이 첫 경험이고 첫 느낌이다. 그래서 마음을 다독이고 살아야 한다. 감정을 저급하게 폭발하지 말고 그럴 수도 있다고 한 발짝 물러서서 생각해주는 여유가 있어야 한다.

저 사람이 모르는 것이나 내가 모르는 것이나 답답해하지 말고 서로의 기억을 깨워줄 수 있는 인내와 차분함이 배려고 이해다.

우리는 맘속으로 딴 생각을 서로 하면서 집으로 오다가 아내가 "주윤발 아냐? 아까 말하려던 배우가"라고 외치는 것이다. "아, 맞다! 그래 주윤발이다." 그런데 그 주윤발이 아까는 전혀 생각이 안 나서 괜히 아내를 미워했다. 잠시나마. 창피한 일이다. 나와는 무관한 사람 때문에 아무런 잘못도 없는 아내를 살짝 업신여긴 것이다. 그것도 모르냐고 속으로 매몰차게 몰아붙였었다. 하긴 아내도 나를 어디까지 속으로 몰아쳤는지 알 수는 없는 일이다.

　나이 들어서는 관용과 베풂이 우선이 되어야 한다. 몰라도 이해하고 잊어버려도 이해하고 좀 바보 같아도 이해하고 느려도 이해하고 살아야 한다. 똑똑한 노인보다는 잘 웃고 배려하는 노년 부부가 아름답다.

13
잘 말하기 위한 몇 가지 팁

말 잘하는 것을 부단한 연습으로 연마되는 기능이라면 잘 말하는 것은 말하기 전에 사려 깊게 생각해야만 하는 말하기의 기본이다. 그래서 잘 말하기가 말 잘하기보다 더 어렵다. 기능보다는 기본이 더 중요하고 우선하기 때문이다.

말 잘하는 사람의 직업군은 대략 이렇다. 연예인이나 아나운서 또는 말로서 밥을 먹는 정치인과 교수들, 아니면 사기꾼 등이다. 하지만 잘 말하기는 행복하기를 원하는 모든 사람의 바람이다. 잘 말해서 인간관계를 원활하게 하고 자연스럽게 살기 위함이다. 그래서 '잘'이라는 부사에는 수없이 많은 준비가 필요하게 된다. 무엇보다도 언어 선택을 잘 해야 한다. 그래야만 상대를 기분 나쁘지 않게 하면서 나의 의견을 관철시킬 수 있는 것이다.

같은 말을 되풀이하거나 접미사를 생략해서 건방지게 표현해서는 안 된다. 그리고 강압적인 표현을 한다거나 남들이 쉽게 사용하지 않는 전문적인 단어를 쓴다는 등 마음을 열지 못하는 말은 이미 말이 아니다. 그것은 단지 무의미한 혼자만의 행위일 뿐이다. 특히나 아래에 열거하는 말을 자주 쓰면 신뢰가 사라진다.

가령, "사실은 말이야," 라고 하는 말을 자주 사용해서는 사실이 아닌 것처럼 들린다. 마찬가지로 "정말로?" 라는 말로 자주 되묻는 사람은 의심한다는 생각이 들어서 믿고 말할 수 없게 된다. "정말로?" 대신에 "그렇구나." 라고 응답하는 것이 좋다.

'거침없이 하이킥' 인가 '지붕 뚫고 하이킥'에서 나왔던 서민정 씨 [지금은 미국으로 이민 가서 산다]가 남편의 말에 "그렇구나, 그랬었구나."라고 맞장구를 치는데 그 모습이 너무 아름다워 보이는 것이다. 항상 눈웃음을 짓고 사는 서민정 씨는 말도 곱게 하는 사람이다. 난 개인적으로 왕 팬이다. 말을 하는 모습이 너무 착하고 사려 깊어 보이기 때문이다. 서민정 씨는 잘 말하는 사람이다. 화려한 수사를 사용하는 것도 아니면서 상대를 편하게 이해하는 사람으로 보인다.

그리고 "솔직히 말해서"라는 말도 반복하게 되면 솔직하게 들리지 않는다. 왜냐하면 사람은 늘 솔직해야지 말할 때만 솔직히 말해서, 라고 한다면 신뢰하게 되지 않는다.

또한 "이건 비밀인데"라고 털어놓는 말은 될수록 듣지 않아야 한다. 아마도 많은 사람한테 그런 식으로 말을 했을 것임에 틀림없다. "이건 비밀인데 너만 알고 있어."라고 하는 것은 폭탄을 돌리는 것이나 마찬가지다. 위험한 일이나 사건 사고를 알고만 있으라는 것인데 사람이 그 비밀을 지키기가 쉬운 일이 아닐뿐더러 그 일이 터지고 나면 덤터기를 쓸 수가 있다. 그러니 "비밀인데"라고 시작하는 말은 듣지 않겠다고 거부하는 것이 낫다.

말은 습관이라 생각 없이 나올 때가 많다. 하지만 잘 말하기 위해서는 생각을 전제로 한다. 생각을 해서 상대를 배려하고 이해하는 차원에서 말을 해야 한다. 그러다 보면 아무 말이나 하는 것이 아니다. 말을 고르고 골라서 하게 되는 것이다. 신중하게 단어를 선택하게 되는 것이다. 그렇지 않고 되는대로 말을 내뱉으면 분명 후회하게 되니 말이다.

말은 도로 담을 수 없다. 물론 사과를 할 수는 있지만, 이미 늦은 과오에 대한 반성과 후회가 따르게 된다. 그래서 말하기 전에 생각을 깊이 해야 한다. 글은 수정을 거쳐서 나온다. 하지만 말은 거침없이 나올 때가 많아서 낭패인 경우가 많다.

말은 인격이다. 진심이 있어야 한다. 그 진심이 변형되어 말로 감싸려 하면 들통이 난다. 차라리 말 없음이 말보다 더 많은 메시지를 전할 때가 있다.

자고로 나는 그렇다. 말을 많이 하지 않는 하루가 되게 해달라고 기도한다. 말을 하는 강사치곤 어처구니없는 기도 내용이다. 간결하고 참다운 말만 하기를 바라는 마음에서 그런 기도를 하는 것이다. 말이 곧 삶이다. '어떤 말을 많이 하는 가'는 그 사람인 것이다.

"사실은 말이야, 솔직히 말해서, 이건 비밀인데 너만 알고 있어."라든가. "정말로? 진짜야?"라고 의심해서 되묻는 말은 삼가야 한다. 단어 선택을 잘 해야 잘 말하게 된다.

14
어른 노릇 하기

　나이 들면 잔소리를 안 듣게 된다. 그래서 그런지 잔소리를 하는 사람이 된다. 젊은 사람이 하는 일이 마땅치 않아 보여서 자꾸 잔소리를 늘어놓게 되는 것이다. 하지만 듣는 사람 입장에서야 좋을 리만무다.

　핵가족 시대에 살다 보니 명절이나 가족행사에 가끔 보는 사람을 붙잡고 잔소리를 하니 어느 누구도 반기지 않는 것이다. 그러니 잔소리는 금물이다. 하지만 눈으로 보고 있자니 분통이 터지고 일러주고 싶어 안달이 나서 또 잔소리를 하게 되는 것이다. 나도 그런 사람으로 늙는 게 아닌지 돌아봐야겠다.

　그래서 명절 밑에 하는 스피치 강의 시간에는 덕담에 관한 얘기를 주로 한다. 이번 설 명절에는 자식과 손자한테 세배를 받고 나서 어떤 덕담을 할 것인지 미리 나와서 발표해 보라는 식이다.

　그러면 대다수가 공부를 잘했으면 좋겠다. 건강하게 컸으면 좋겠다. 사회에 훌륭한 인재로 자라라 등 자신이 소원하는 바를 자식과 손자에게 일러 주는 것이다. 듣기 나름이지만, 자신의 기대를 자식과 손자에게 짐으로 안겨 주는 느낌이다. 발표를 듣고 나서 피드백을 하면서 이렇게 부탁한다. "이번 설은 감사한 마음을 전하세요."라고 말이다.

내 삶의 증인이 되는 자식과 손자에게 이래서 고맙고 저래서 감사하다고 구체적으로 말하라고 주문하는 것이다. 어른이 매번 옳을 수도 없거니와 어른이라고 해서 항상 가르침을 줘야 한다는 것은 강박이다. 그러니 함께해서 무엇보다 고맙고 가족의 인연으로 만나니 기쁘기 그지없다는 고마움을 표현하라고 부탁을 한다.

잔소리를 해서 생활하는데 도움이 될 거라는 생각은 너무도 순진한 어른 자신만의 오류다. 요즘은 가족이라도 많은 시간을 같이 할 수 없는 환경에서 살기에 어쩌다 만나서 하는 잔소리는 그야말로 잔소리지 굵은 소리가 아니다.

"술 먹지 마라. 집에는 일찍 들어와라. 건강에 해로우니 담배를 끊어라. 운동을 하고 있냐? 말을 함부로 하지 말라. 집안일을 도와주라." 등등 그동안 가슴에 묻어두었던 말을 남김없이 꺼내봐야 아무런 소용이 없다.

자식은 응원해야 하는 것이다. 손자도 마찬가지다. 내 삶의 증거인 그들의 인생에 밑거름이 되도록 뒤에서 응원해야 한다.

내가 이제 꽃이고 내가 열매가 아닌 바에야 튼튼하게 잘 자라도록 어둠 속에서 힘을 주는 뿌리가 되어야 한다. 우리 자손들의 인성은 가르치는 것이 아니라 보여주는 것이다. 구구절절 옳은 말로 훈계한다고 잘 사는 것이 아니다. 매 순간 단정하고 절제 있는 행동으로 어른의 삶이 간결해야 한다. 그렇게 보여주면 되는 것이다.

매의 눈으로 집요하게 잘못하는 일을 일러주지 말고 알아도 모른 척할 때가 있어야 한다. 물론 쓸데없이 오점을 남기는 일에는 단호하게 꾸짖어야 한다. 하지만 그런 일은 거의 많지 않다. 보기에 불편할 뿐이지 자식과 손자에게는 더없이 중요한 그들의 선택으로 결정된 일일 것이다.

우리가 보는 것은 우리 삶의 기준에서고, 그들은 나름대로 열심히 잘 살고 있는 것일 것이다. 결국 세대 차이에서 오는 가치관의 불편함을 강요하지는 않는지 자신의 의중을 살펴야 한다. 설령 미욱한 점이 있다고 해도 일일이 지적을 하고 가르치려 들지 말고 가려주는 것이 어른의 태도다.

우리는 게임을 하고 자란 세대가 아니기에 다 큰 자식이 조그만 게임기를 가지고 고개를 숙이고서 열중하는 모습이 못마땅하게 보인다. 하지만 그것이 자녀의 취미 생활이라면 그대로 지켜봐야 한다. 우리가 TV를 보거나 윷놀이를 즐기는 것처럼 그들도 재미있는 놀이에 빠져 있다고 봐야 한다. 아무리 복장이 터져도 그것은 그들의 취미라 여겨야 한다.

놀이가 진화하고 변한 것이지 다 큰 자식이 할 일이 아니라고 단정해서는 안 된다. 오히려 그 작은 스마트폰으로 어른은 알 수도 없는 어마어마한 또 다른 세상을 보고 있다고 생각해야 하는 것이다.

예전의 어른은 물음에 답을 가진 사람이었다. 아이들이 물어보면 자신 있게 말할 수 있는, 하지만 이젠 아니다. 세상이 많이 복잡하고 어려워졌다. 우리가 이러니저러니 설명을 할 수 있는 단조로운 세상이 더는 아니다.

외려 어른이 아이에게 수시로 물어야 살아갈 수 있는 디지털 세상인 것이다. 어른의 지식보다 뛰어난 복잡한 기계를 아이들이 더 민첩하게 잘 다루기 때문이다.

그래서 어른의 역할이 이제는 머리가 아니라 가슴이 되어야 한다. 이성과 감성에 관한 조율을 해야 하는 것이다. 지켜보고 응원하는 것으로 어른의 역할이 바뀐 것이다.

지시하고 감독하고 잔소리하는 역할에서 이제는 지켜보고 응원하고 말을 걸어오게 하는 기다림의 역할을 해야 하는 것이다. 요즘 애들한테 어른 노릇 하기가 정말 어려워졌다.

15

차 마시고 싶은 사람, 밥 먹고 싶은 사람,
술 마시고 싶은 사람

스피치 발표 주제로 '차 마시고 싶은 사람, 밥 먹고 싶은 사람, 술 마시고 싶은 사람'이 누구인지 말하고 그 이유를 밝히라는 미션을 준다. 미션은 보통 일주일 전에 문자로 통보한다. 그러면 일주일 동안 발표 주제가 머리에서 떠나지 않고 삶에 윤활유 역할을 한다. 살아 있다는 느낌, 그냥 살아가는 것이 아니라 과제로 인한 사유가 깊어지는 것이다.

일반 스피치 학원에서는 아마도 잘 시행하지 않는 과제일 것이다. '혼자서도 잘해요.'라는 삶과 '함께 해도 잘해요.'라는 삶은 궁극의 행복을 추구하기 위한 것이다. 그러한 일환으로 사고하는 힘을 길러주는 과제를 내는 것이다.

내가 누군가를 가르친다기보다는 함께 주제에 대해서 일주일간 생각하고 공부하는 수업 방식이다. 누가 발표를 잘하고 못하고는 그렇게 중요하지 않다. 누가 어떤 생각을 갖고 사는가를 보고, '나도 그럴 수 있지'라는 공동체 의식을 갖는 것이다.

'같이'가 '가치'가 되는 시공간이 바로 스피치 강의실이다. 발표하는 자세와 발음도 중요하지만 그 내용이 얼마나 소중하고 공감할 수 있는가가 더 유의미한 일이다.

그래서 우리는 서로 배운다. 서로가 서로의 거울이 되는 것이다. 일방적인 개인의 자질과 능력을 평가 분석해서 우열을 가르고 스피치 기능을 가르치는 일이 아니다. 조금은 느리고 불편하더라도 남이라는, 청중이라는 거울을 통해서 자기 모습을 보는 것이다. 그러하기에 더디고 획일적이지 않아서 성과 위주의 강의가 아니다. 충분히 토론하고 토의하면서 자기 삶의 내용을 소담하게 풀어내는 것이다. 사람 냄새가 많이 나는 수업이다. 그래서 웃고 떠들고 노래하고 손뼉치고 흥이 넘친다. 긴장과 설렘도 따르지만 결국 잘 사는 일과 행복한 일의 결합인 웰니스[wellness]의 장(場)인 것이다.

미션으로 돌아가면 우선 '차 마시고 싶은 사람'은 하소연의 대상이 되거나 그 상대가 되어 줄 만한 사람일 것이다. 문제없는 사람이 없듯 내 문제를 상의하고 조언을 받을 사람, 아니면 내가 한 일에 대해서 격려해주고 응원해 줄 사람을 찾으면 될 것이다. 그래서 차 마시고 싶은 사람은 멘토나 스승을 거론하는 경우가 많다.

사는 것은 미지의 세계를 매 순간 경험하는 일이다. 아무리 능력자고 전문성이 뛰어난 사람이라 해도 먼저 세상을 산 사람보다 지혜롭기는 쉽지 않다. 그래서 어른으로 생각되는 사람과 차 한 잔을 마주하고 삶의 어려움을 얘기하고 조언을 구하고 싶은 것이다. 그러한 사람이 있어야 한다. 없다면 깊이 생각해서 찾아야 한다. 살아온 만큼 많은 사람을 만났으리라. 그 사람 중에 나를 알아줄 사람 나를 밝히고 싶은 사람을 생각하고 발표하는 것이다.

그리고 '밥 먹고 싶은 사람'은 뭐니 뭐니 해도 고마운 사람을 떠올리게 된다. 나에게 고마운 사람, 나를 도와준 사람, 내 인생의 힘이 되어준 사람을 만나서 밥을 사고 같이 식사를 하고 싶은 것이다. 아주 큰 변화를 가져다준 사람이면 좋지만 그렇지 않고 평범한 일상에 작은 행복을 준 사람이라도 상관없다. 밥을 사고 싶은 사람은 고마운 사람이 제격이라 생각한다. 부탁을 스스럼없이 들어 준 사람이나 작은 선물을 해준 사람, 콘서트에 초대해준 사람도 좋고 기쁜 일에 동참을 요구해 준 사람도 좋다. 가끔 볼 때마다 미소를 보낸 사람도 밥을 같이 먹고 싶은 사람이다. 그런 사람을 물색해 보라.

그리고 '술을 먹고 싶은 사람'은 아무래도 용서를 구할 사람이나 용서하고 싶은 사람과 자리하고 싶다. 물론 막역한 친구도 좋지만 이런 미션을 받고는 그래도 그동안 응어리진 사람과 화해의 의미로 술 한잔하는 것도 나쁘지 않을 것이다. 작은 상처를 주고받았거나 아니면 아픔으로 남아 있는 사람, 또는 보기 싫을 정도로 피하고 싶은 사람과 화해를 하고자 할 때 술자리가 제격일 것이다.

스피치는 행동을 요구하는 학문이다. 말로만 그치면 소용이 없다. 잘 살고 행복하게 살기 위해서 공부하는 것이 스피치의 목적이다.

스피치는 영혼과 가까이 있는 것으로 사람을 깊게 하고 사람답게 하는 역할을 도모하는 것이다. 그러므로 미션을 통해서 성숙하고 발전해야 한다. 미션만으로 끝을 내면 말 잘하는 사람으로만 살게 된다. 이는 기능만 있고 기본이 미성숙한 사람으로 성공을 담보할 수는 있을지언정 행복할 수는 없는 일이다. 우리는 스피치를 통해서 웰빙과 해피의 합성어인 웰니스[wellness] 하기를 바라는 것이다.

16

첫 말은 부드럽게 끝말은 분명하게 하라.

전화가 울렸다. 모던한 카페에서 수다를 떨던 몇 사람이 경쾌하게 울리는 벨 소리에 전화를 받는 사람을 주목하게 된 것이다. 마치 슬로모션의 필름을 지켜보듯이 한 순간 정적에 휩싸였다.

스마트폰을 든 사람은 미간을 찌푸리며 발신자의 이름을 확인한다, 찰나의 몇 초는 노안으로 오는 현상인 원시의 시력을 근시로 당기면서 생기는 지극히 못생김의 눈주름과 짜증스러운 표정의 조합이었다.

대뜸 목소리 톤을 높여서, 아마도 평소보다 두 배는 새된 소리로 응답한다. "왜?" 그 딱 한마디였다. 전화를 건 상대방이 누구인지는 몰라도 아랫사람이라는 걸 모두가 짐작할 수 있었다.

수다를 떨다가도 주제가 인생이거나 철학적인 용어를 접할 때 아주 심오하게 삶의 문제를 설파하는 사람에게 우리는 경외심을 갖는다. 함께 한 사람이 그럴 경우 우리는 그의 말에 귀를 쫑긋 세우고 한마디의 말도 놓치지 않으려고 주의를 기울인다. 방금 전까지 그런 분위기였다. 분위기를 주도했던 그 사람이 전화를 받기 전까지는 말이다.

그런데 "왜?"라는 단말마적인 그 한마디는 어떻게 설명이 가능한가? 이 자리에서 가볍지 않은 삶의 주제를 마치 공기놀이하듯 유쾌하게 관통하던 이 멋진 사람이 이런 전화 매너를 가졌다니 도저히 이해가 되질 않았다.

나만 그런 생각에 사로잡혀 있었을까? 눈을 카메라처럼 돌려서 옆 사람의 표정을 읽었다. 다들 나와 비슷한 느낌의 그 어떤 것, 마치 아무런 안전장치 없이 높은 곳으로부터 추락하는 것 같은 표정들이다. 그래서 한순간 물을 끼얹은 것 같은 침묵이 흘렀다. 어색했다. 하지만 그 누구도 이 어색한 긴장감의 끈을 잘라내지 못하고 있었다.

이어서 "그래? 하지만. 그렇더라도 아니야 난 모르겠어. 응, 응, 난 아무래도 못 들은 거로 하고, 나중에........" 그리고는 툭하고 테이블에 스마트폰을 던져 놓는다.

전화 통화를 하면서 첫 말의 부드러움이 없고 끝말이 분명하지 않음을 바로 목전에서 봤다. 때문에 다시 멋진 말로 이전의 주제로 돌아간다고 해도 조금 전까지 가졌던 좋은 이미지가 되살아나지는 않을 것 같았다.

사람은 그렇다. 믿음보다 실망이 차지하는 비율이 마음 안에 더 많은가 보다. 장황하게 아는 것을 풀어내는 것보다 친절하고 다정한 실생활 언어에서 신뢰도는 결정된다.

심심찮게 주위 사람들의 폰 통화를 듣게 된다. 공간의 협소함도 있지만 목소리가 큰 사람들이 화를 삭이지 못하고 질러내는 소음 때문이다.

첫 말을 부드럽게 내지 못하고 "왜?" "뭔데 전화를 했어?" "왜 또?" 이런 거두절미한 통화는 소통이 아니다. 일방통행이고 건방진 말이다. 아무리 아랫사람이라고 해도 "네, 여보세요?"라고 말을 시작해야 한다. 그러고 나서 통화를 해야 하고 반드시 끝말은 분명하게 말해야 오해의 소지가 없다. 얼버무려서 상대를 혼란에 빠뜨리지 말고 자기의 소신을 말해야 한다. 물론 여지를 남겨서 책임으로부터 멀어지려 하거나 시간이 해결해주는 지혜로움을 알고 있어서 확언을 안 할 수도 있지만 그러한 일상이 자주 반복되는 일은 없다. 마무리는 산뜻해야 한다. 그것이 인격으로 나타나는 것이다. 우물쭈물 자신의 생각이 없이 묻어가려는 심산은 소극적인 처사다.

첫 말은 부드럽게 시작하라. 이는 말뿐만이 아니다. 첫 숟갈의 밥도 마찬가지다. 천천히 오래 씹어서 침샘을 자극해야 위장과 소화에 도움이 된다. 그래야 인슐린이 천천히 분비가 되어 당을 분해하고 저장을 하는 것이다. 첫 술에 배부르지 않음을 알면서도 급하게 몇 번 씹지도 않고 삼키지 마라.

그다음부터는 속도가 조금 빨라도 되지만 첫 숟가락은 천천히 몸에서 받아들이는 준비를 마련해 주는 것이 몸에 대한 배려다. 음식의 하나인 술도 마찬가지다. 첫 잔을 원 샷으로 몸을 한 번에 흔들지 말아야 한다. 첫 잔은 입술을 적시는 정도로 술이 몸으로 들어간다는 신호를 보내는 것이 좋다. 훌쩍 들이켜서 몸이 채 준비도 되지 않은 상태에서 알코올이 위장을 덮치면 소화액이 놀라고 위액이 갑자기 분비되어 몸의 균형을 깨뜨리는 것이다.

서두르지 마라. 아랫사람이라고 함부로 말하지 말고 처음을 부드럽게 말을 시작한다는 생각을 잊지 말아야 한다. 그리고 마무리는 분명해야 한다. 그래야 사람이 야무지고 단단해 보인다. 그렇게 보이는 사람은 그렇게 행동하려 한다. 그것은 매우 중요한 삶의 덕목이다.

처음은 부드러운 이미지 마무리는 단호함이 매력이다. 아무리 식견이 넓고 철학적으로 무장을 하고 있다고 해도 생활에서 무너지면 도로 아미타불이다. 생활과 밀접하지 않은 그 어떤 지식도 소용이 없고 앎과 일상이 결합하지 않는 사람은 신뢰할 수 없는 것이다.

따로 국밥은 언제든 밥이고 국으로 나눌 수 있음이다. 사람도 마찬가지다. 단지 지식만 가진 사람과는 관계하고 싶지 않은 것이다. 지식을 실천하는 사람과 관계를 맺고 살고 싶은 것이다. 말이 삶이다. 어떻게 말하고 사는지가 곧 그 사람의 삶이다. 그러니 부드러운 첫마디와 단호한 끝마디는 제대로 챙겨라.

17
목소리에 대한 편견

　동네 식당인데 비교적 청결하고 분위기도 있다. 주인아주머니의 단아하고 조용한 품성이 그런 분위기를 자아내는 것이 아닌가 한다. 항상 미소를 잃지 않고 손님과 조용히 나누는 대화는 손님도 품위를 지키게 만드는 일이다. 그래서 소모임이 있을 때는 으레 그 집으로 모이곤 한다.

　강의가 끝나고 나면 몇몇 이서 함께 식사를 한다. 그러면 동네 분들이 자주 오는 곳이라 서로 눈인사도 하고 수인사를 나누기도 한다. 점심시간은 비좁을 정도로 손님이 들어찬다.

　지난 수요일의 얘기를 하려고 한다. 맞은편에 앉은 손님 둘 중에서 한 분은 아는 사람이고 다른 사람은 면식이 없는 사람이다. 그런데 어찌나 큰 목소리로 말하는지 식사를 하는 우리 테이블까지 선명하게 들리는 것이다.

　내용인즉 그렇다. 내가 아는 사람을 몰아붙이는 거센 말소리인 것이다. 격음이 많이 섞인 말들이 불쑥 불쑥 튀어나오는데 얼굴을 마주한 아는 분은 조용조용하니 말을 하며 고스란히 그 사람의 말을 듣는 중이다. 눈인사는 했지만 못내 불편한 자리라 얼른 식사를 마치고 자리를 떴다.

그리고 가까운 카페로 자리를 옮기고 커피를 마시는데 나와 같이 간 사람이 묻는다. "아까 그 목소리 들으셨어요. 큰 소리로 화를 내는 걸 보니까 선생님이 아는 분이 꽤나 잘못한 것 같던데요."라는 것이다.

나는 별로 다른 사람의 일에 의견을 내지 않는다. 지켜보긴 했지만 실상을 알지 못하는데 이렇다 저렇다 사견을 늘어놓기가 그래서다.

하지만 나도 일견 같은 생각을 가지고는 있었다. 말을 입 밖으로만 안 냈을 뿐이다.

그런 일이 있고 나서 며칠 후에 그 두 사람의 얘기를 자세히 듣게 된 자리가 있었다. 내가 그 식당에서 본 아는 사람을 만난 것이다. 그래서 당사자의 말을 들을 수 있었다.

그런데 참 어이가 없었다. 자기가 잘못한 일을 오히려 큰 소리로 뒤집어씌우더라는 것이다. 참 편리한 사고방식인지는 모르나, 자기가 잘못한 일을 전혀 기억하지 못하고 말을 하더라는 것이다. 그래서 자기도 처음에는 거짓말을 하는가 보다, 라고 생각을 했는데 그게 아니라는 생각을 했다고 한다.

정말 진지하게 말하는 것으로 봐서 조작된 기억을 가진 사람이라고 판단했단다. 그러면서 전후 사정을 얘기하는데 듣고 보니 그 말이 맞았다. 본인은 전혀 다른 기억만을 하고 있다는 것이다. 정확한 어휘로 말하기는 어렵지만 자기 자신을 보호하는 기능이 뇌에 작동해서 불리한 것을 아예 기억하지 않는 것이다. 거짓으로 말을 돌리는 것이 아니라 조작된 기억을 믿어서 진실로 알고 있는 사람이라는 것이다. 듣고 보니 전혀 일리가 없는 말도 아니다.

의학적 견지에서 설명할 수 없다는 안타까움이 있기는 하지만 그 말의 내용을 충분히 이해할 수는 있었다.

나도 젊어 한때는 술을 지고는 못 가도, 마시고는 가는 사람이라 두주불사 주종 불사하고 부어라 마셔라 하던 치기가 작동하던 시절이 있었다. 그때의 기억으로는 술을 마신 다음날에 내가 한 말을 전혀 기억 못 하는 경우가 있었다.

뇌가 스스로 귀찮고 자신을 혐오하는 일들이나 발언을 지우는 것이다. 그래서 술이 깨고 나서는 오리발을 한두 번 내민 것이 아니었다. 가장 가까이서 본 아내가 분통이 터져 말하는 것을 여러 번 봐온 것이다. 그래서 지금도 그때의 일로 나는 꼼짝 못 하고 순한 양처럼 살고 있는지 모른다.

거짓말쟁이, 하지만 거짓말이 아니라 거짓말인 줄 모르고 자기 확신으로 믿고 말하는 거짓말쟁이가 있다. 분위기상으론 큰 소리로 말하고 화가 잔뜩 난 표정으로 손짓 발짓하는 사람이 남들이 볼 때는 정당성을 부여받는 경우가 많다. 그래서 보는 사람은 '저 사람이 얼마나 억울하면 저럴까'라고 그 사람을 당연히 옳다고 생각하는 것이다.

하지만 목소리 크게 내는 사람이 다 옳은 것이 아니듯 잠자코 듣는 사람이 다 잘못한 것이 아닌 것이다. 화를 내는 사람의 정당성은 많은 경우 맞을 확률이 높지만 꼭 그렇지는 않다는 점도 알아 두어야 실수하지 않게 된다.

표면상으로만 본다면 잠자코 미안한 얼굴을 짓던 지인이 백번 잘못한 자세였다. 고개를 숙이고 조용한 목소리로 얼굴을 붉히고 있었으니 말이다. 그래서 사람은 현상으로만 볼 수 없다. 본질로 가기 위해서는 자기 자신도 속이는 마음의 속성을 이해해야 한다. 그러니 아예 남의 일에 미주알고주알 사견을 늘어놓는 일은 삼가는 게 좋다.

목소리가 큰 사람도 작은 사람도 자세를 움츠린 사람도 자세를 공격적으로 드러낸 사람도 단순하게 봐서는 진실을 찾기 어렵다. 거북이 등을 타고 나타나는 진실의 모습을 끝까지 지켜봐야 할 일이다.

18
고맙다고 말해줘서 고마워요.

성인이 되면 다면적인 속성을 가지게 된다. 즉 가정에서의 위치와 역할 그리고 사회에서의 일로 맺게 되는 직책과 지위, 각종 모임에 소속된 임무 등으로 몇 개의 얼굴을 가지고 살아야 한다. 이를 외적 인격이라 하여 표현하는 말이 페로소나다.

그런데 이러한 다면적 역할을 하면서 만나는 많은 사람들에게 호평이 이어지는 사람이 있고 악평이 쏟아지는 사람도 있다. 그 둘의 극명한 차이는 평판이다. 그러한 평판에서 호평인 사람의 경우다.

나 같은 경우는 악평을 가진 사람과는 잘 만나지 않는다. 일부러라도 만나지 않고자 노력하는 것이다. 내가 선한 사람이라서 가까이하지 않으려는 것이 아니라 어쩌다 물들지도 모른다는 염려에서 오는 병적인 거리감 같은 것이다. 하여간 악평을 받고 사는 사람과는 교제를 하지 않으려 한다. 선입견이라는 것을 배제하기가 어렵기 때문이다.

호평을 받는 사람으로부터 식사 자리를 제공받았다. 그 사람의 좋은 면은 바로 직선적인 호의다. 지난 일의 보답 차원에서 밥을 산다는 것이다. 거절할 명분이 많지 않아 그러마하고 같이 식사하는 자리를 가졌다.

일상적인 수다와 잡다한 뉴스를 얘기하면서 주변 인물 A에 대한 궁금증이 있어 물었는데 솔직하니 자기가 겪은 일을 늘어놓는다. 내 물음도 사실은, 확인하는 차원에서 물었던 것이다. A가 신뢰할 수 없는 사람이 아니겠냐는 것이었고 그 확신을 마주한 사람한테서 듣고 싶었던 것이다.

그 사람 말에 의하면 A는 매우 약삭빠르고 손해 보지 않으려는 성향을 지닌 사람이라고 말하는 것이다. 본인의 경험담을 토대로 얘기하는 것을 보면 역시나 하고 나도 고개를 끄덕일 수밖에 없었다.

하지만 얘기의 결론은 그게 다가 아니었다. 자기는 그 A라는 사람과 지금도 그렇고 앞으로도 친분을 유지할 것이라는 얘기다. 그 얘기를 마저 듣고서 나는 의아한 생각이 몰려왔다. 그처럼 얍삽한 사람이라면 관계를 맺지 않는 것이 좋을 텐데, 어찌 그렇게 생각을 할까 궁금했다.

하지만 그 사람은 A라는 사람을 이렇게 정리하는 것이다. A라는 사람은 위에 열거한 그러한 점만 좋지 않고 다른 점은 좋다는 것이다. 하지만 나는 한 가지 안 좋은 면이 너무 크게 자리하면 다른 장점이 있다고 해도 멀리하게 된다.

하지만 그 사람은 사람마다 가진 약점과 단점보다는 장점을 보고 사람을 만난다는 것이다. 놀라운 일이 아닐 수 없다. 보통은 불편한 면을 보고는 마주하지 않으려 하는 것이 인지상정일 텐데 그렇지가 않다. 좋은 면이 있으니 단점은 그리 중요하지 않다는 것이다. 단점을 알면 대처가 가능해서 마음 다칠 일도 없다는 것이다.

나는 왜 그 사람이 많은 사람들로부터 호평을 받고 사는지 알게 되는 계기가 되었다. 모난 것도 둥글게 만드는 호의적인 마음으로 살기 때문이었다.

그리고 그 사람은 말을 순화해서 잘 한다. 잘 웃으며 스킨십도 적당히 한다. 그 사람 습관 중에는 누가 고맙다고 말하면 그 말을 되받아서 "고맙다고 말해줘서 고마워요."라고 꼭 자기도 고맙다는 말을 하는 것이다. 멋지다. 나도 배워야겠다는 생각을 했다.

좋은 것은 얼마든지 훔쳐도 된다. 파블로 피카소가 말했던가? '유능한 예술가는 모방하고, 위대한 예술가는 훔친다.'라고 우리는 항상 위대한 생각들을 훔치는 것에 대해 부끄러워하지 않았다"고 말했다.

같은 말을 해도 사람마다 다르다. 감정과 표현 방법에서 차이가 난다. 좋은 것은 훔쳐서 사용하는 것이다. 나도 고맙다는 말을 들으면 이처럼 말할 것이다. "고맙다고 말해줘서 고마워요."라고, 그리고 씽긋 웃어 주련다.

얼마나 멋진 말인가 고맙다는 말을 되돌려 줄 수 있다는 것이, 사람은 나눌 때 함께 하는 것이다. 움켜쥐는 것은 아집의 행태이다. 배울 것이 있는 사람에게는 마다 않고 배워야 한다. 나이 불문 장소 불문이다. 어디에서든지 누구에게 건 배워서 나름대로 사용하는 것이 중요하다.

사람이 가진 단점이 아니라 장점을 보고 사람과 관계한다는 그 사람의 정신을 배워야겠다. 더구나 "고맙다고 말해줘서 나도 고마워요."라고 말하는 습관도 멋지다. 훔쳐야겠다.

19

낭독하라! 인생이 바뀐다.

　사람은 동물이다. 움직이는 물체라는 뜻이다. 다시 말해서 표현하는 것이다. 그러한 표현의 가장 많은 부분을 우리는 말로 한다. 그래서 말이 중요하다. 삶의 정점에 말이 있는 것이라고 봐도 무방하다. 그러한 면에서 말은 잘 해야 한다. 잘 못하면 소통뿐만이 아니라 삶자체가 엉망이 된다. 말은 수려하고 거침없으며 자연스러워야 한다. 그러기 위해선 갈고 다듬어야 하며 정진하는 학습이 있어야 한다.

　여기서 중요한 것은 학습을 하는 매체가 반드시 있어야 한다는 것이다. 저절로 말을 잘 한다는 사람을 보지 못했다. 그러면 학습은 어떠한 교재로 어떻게 공부해야 하는 것일까?

　우리는 살면서 이러한 고민에 봉착하지 못했다. 참으로 안타까운 일이다. 가장 중요한 삶의 표현을 공부하지 않고 무작정 살면서 말한다는 것은 매우 우매한 일이다.

　간곡하게 부탁하고 바라는 일이다. 책을 낭독하라. 소리 내어 읽어야 한다. 평소의 자기 말소리보다 조금 높여서 낭독해야 한다. 그러면 누구와 대화를 하건 강의나 발표를 하건 자신을 제대로 표현할 수 있는 것이다.

이러한 훈련이나 학습의 바탕이 없다면 자신의 목소리를 듣지 않아서 생경한 것이다. 그러한 생경함은 자신을 주눅 들게 한다. 익숙하지 않은 것은 불편하기 때문이다. 그래서 우리는 책을 눈으로만 보지 말고 약간 큰 소리로 낭독해야 한다. 그러면 눈으로 한 번 기억하고 소리로 기억하면서 몸은 그러한 감각을 기억해내어 자연스러운 상황을 맞이하게 되는 것이다.

독서는 눈으로만 하는 것인 줄 안다. 하지만 전혀 아니다. 나는 반드시 소리 내서 읽으라 한다. 소리는 우리 몸에 감응을 한다. 오장 육부에 영향을 미친다. 그래서 몸을 건강하게 진동한다.

그러면 어떤 책을 낭독할 것인가? 이 문제를 고민하게 된다. 사람은 대부분 취향과 성격에 맞는 것을 쉽게 고르고 읽는다. 이를 나무랄 수는 없다. 하지만 사는 일은 단순하지 않다. 예견치 않은 순간순간의 일들이 무수히 일어난다. 그러므로 다양한 책을 읽어야 한다.

삶이 만만치 않기에 읽는 책이 다양하게 짜여 져야 한다. 그래야 준비된 지식이 말로 나오는 것이다. 내 안에 없는 것은 남에게 줄 수 없다는 말이 있다. 말도 그렇다. 내가 아는 것만큼만 표현이 되는 것이다. 물론 전문적일 수는 없다. 매번 말이다. 하지만 다양한 책을 많이 읽고 나면 자기도 모르게 글이 말의 리듬을 타고 나온다.

그런데 문제는 눈으로만 본 사람은 그렇지 않다는 것이다. 눈으로만 읽은 사람은 표현하지 못한다. 다시 말해서 아는 것을 말로 표현해 내지 못하는 것이다. 하지만 책을 소리 내서 읽은 사람은 다르다. 글이 말이 되는 것이다. 아주 자연스럽게 툭툭 튀어 나오는 것이다. 책 속의 글들이 말이 되어서 자연스럽게 나온다. 그래서 시원하게 문제 해결을 하거나, 상대를 설득할 수 있고 이해를 얻게 되는 것이다. 이것은 매우 주요한 일이다.

왜냐하면 상대만이 좋아지고 상대를 위해서만이 아니라 자기 자신한테 엄청나게 좋은 효과를 나타내기 때문이다. 우선은 내재되는 지식이 순환되는 과정을 거치게 되어 학습효과가 높아지는 것이다. 심리적으로 안정감을 가질 뿐만 아니라 자신감이 팽배해지는 일이다.

또한 호흡이 좋아지고 성대가 좋아져서 호감 가는 목소리를 갖게 된다.

그리고 긍정적인 성격으로 변하게 되는 것이다. 낭독을 하는데 왜 성격이 좋아지고 긍정적인 마인드가 되는가? 라는 질문은 잘못이다. 우리 뇌는 말의 지배를 받는다. 거의 모든 뇌세포는 말소리로 인식되는 것이다. 그래서 뇌의 에너지가 순환이 되어 건강은 물론이고 정신도 맑아지는 것이다. 말을 하는 행위는 배출이다. 에너지가 밖으로 나오는 것이다.

마음 안에 가득 쌓인 지식도 너무 긴 시간 저장하면 썩는다. 스스로의 무게로 자만하게 되는 것이다. 하지만 낭독을 통해서 지식을 비워내게 된다. 아무리 많은 지식을 넣어둔다고 해도 낭독으로 순환하게 되면 마음이 가벼워지는 것이다.

이는 어떠한 자리에서 자신만이 아는 것을 자랑하고 싶어 하는 우월감을 억누르는 효과가 있는 것이다. 사람은 공부를 하게 되면 남보다 우월하다는 인식을 가지게 된다. 그러면 자기가 아는 것을 노출하고 싶어진다. 나는 너보다 뛰어나다는 것을 은연중에 표현하고 싶어지는 것이다.

하지만 평소에 낭독을 하게 되면 이렇게 부질없는 마음을 누그러뜨릴 수 있게 되는 것이다. 다시 한 번 요약하자.

낭독은 우선 건강에 좋다. 심신을 안정시키고 자신감을 갖게 한다. 또한 자만하여 아는 것을 떠들게 되는 것을 막는다. 왜냐하면 평소의 낭독으로 인해 남 앞에서 말하지 않아도 이미 자기가 말한 효과를 갖기 때문이다.

그래서 남으로부터 겸손하다는 평을 듣게 된다. 알지만 나대지 않고 있기에 그렇다. 그리고 낭독으로 목소리를 가다듬어서 좋은 소리를 갖게 된다. 그러한 좋은 목소리는 상대로 하여 호감을 유발한다. 그러므로 관계는 호전되고 삶은 여유와 행복으로 충만하게 되는 것이다. 이러한 낭독의 힘은 새로운 인생의 변화를 꾀하게 만든다. 작은 습관의 변화가 결국은 삶을 바꾸는 일이다. 낭독하라. 그러면 인생이 멋지게 바뀐다.

에필로그

1
인간의 주제는 생존이고 부제는 번식이다.
(아름다운 노년을 위하여)

　의식적이든 무의식적이든 행위의 본질은 생존과 번식에 있다. 사는 일은 살아가기 위한 몸부림이다. 처절할 정도로 사는 것에 모든 역량이 집중되어 있다. 죽기 위해서 애쓰는 사람은 없거니와 그러한 생명체는 어디에도 존재하지 않는다. 이미 존재할 수 없다. 살기 위한 모든 행위가 개념으로 구분될 뿐이다. 그것은 경제 행위로 이루어지거나 위험으로부터 안전망을 확보하는 일등 다양한 형태로 나타난다. 그리고 본능적인 번식은 사랑이라는 이름으로 그리고 결혼이라는 제도를 통해서 이루어진다. 이 제도는 한낱 요식 행위일 뿐 번식을 우아하게 포장하기 위한 것이다. 너무 리얼해서 추하게 표현이 되었음을 자인한다.

　그러면 면면히 들여다보기로 하자. 먹는 것은 죽음에 대응하는 방식이다. 죽지 않기 위해 치르는 신성한 의식이다. 그러한 먹는 일을 조금 더 품위 있고 우아하게 유지하기 위해서 우리는 좋은 레스토랑을 찾고 유기농 식품으로 건강식을 찾는 것이다. 그러한 일련의 선택은 경제적인 여유와 맞물려 있다.

돈으로 교환되는 음식이 건강과 밀접하기 때문에 비싼 음식이 더 건강에 좋다는 식의 허무맹랑한 문제를 논하는 것은 아니다. 건강을 지키기 위한 상식과 지혜는 개별적이어서 나름의 기준이 있고 그러한 판단으로 먹거리를 선택하고 해결하는 것은 비싼 음식과 저렴한 음식으로 단순 비교할 수만은 없다는 일이다. 하여간 먹는 일은 일차적으로 목숨을 유지하는데 필수불가결한 일이다.

또한 번식에 대한 본능은 이성의 선택으로 이루어진다. 이성을 찾는 잣대는 호감과 매력이다. 성적인 충만감을 가져다줄 수 있는가의 여부이다. 하지만 여기에 사회적인 욕구가 포함되어 이성을 향한 끌림이 그 본질을 훼손하고 있다.

가령 본능적인 느낌으로 인지되는 이성의 동반자를 만나야 하는데 사회 환경적인 영향을 받아서 자신이 원하는 이성을 배제하는 우를 범하게 되는 경우를 말한다.

자, 이 정도로 적나라하게 말했으니 사람과 동물의 차이가 없다는 비판이 날을 세울 것이다. 나는 이쯤에서 인간이기 때문에 인간일 수 있는 조건을 제시하고 또 그러한 것이 인간다운 면모라고 생각하여 형식을 본질 위에 입히고자 한다.

생존의 주제를 합법적으로 합리적으로 수행하기 위해서 우리는 계약을 한다. 사회적으로 그러한 계약은 서로 간의 믿음으로 이루어진다. 그래서 서로 피해가 없는 균형점에서 교환가치를 제공하고 제공받는 것이다.

이 행위는 교환가치로 얻을 수 있는 다양한 욕구를 충족할 수 있는, 예를 든다면 음식을 마련하기 위한 비용이나 의류, 주거를 할 수 있는 비용 등 생활에 필요한 자원을 얻는 과정으로 사회적 계약 관계가 유지되는 것이다. 그러한 계약으로 생존은 안전하게 지켜진다.

또한 부제인 번식은 선택받기 위한, 잘 선택하기 위해서 능력을 과시하게 된다.

명문대를 졸업하려 하고 멋진 옷과 고급 자동차와 넓은 주택을 마련하고자 애쓴다. 좀 더 그럴싸한 선택의 조건을 보여주고자 부심하는 것이다. 그러한 것들은 번식을 위한 포장에 불과하다. 사랑이라는 우아한 이름도 좋은 번식을 위한 포괄적 개념인 것이다.

껍질을 벗기고 과육을 지나서 그 씨앗에 이르면 단 두 개의 명제가 남는다. 하나는 생존이고 하나는 번식인 것이다. 그러한 핵심에 접근하기까지 나무와 줄기 가지와 잎 그리고 바람과 햇빛과 물이 필요하다. 하지만 그 마지막에 이르면 열매 안에 씨앗이라는 작은 본질이 단단하게 자리한다. 그것은 살기 위한 생존의 법칙과 동물적 본능의 번식이다. 이 두 본질에 많은 형식이 필요하고 그러한 형식은 내용을 감싸는 인간적이고 이성적인 모양새를 갖게 되는 것이다.

단번에 생존을 보장받고 거리낌 없는 번식이라면 아주 원시적인 경우가 되고 만다. 야만적이고 저질스럽고 치사하고 부도덕한 이유가 되기에 인간은 많은 껍질을 안고 살아가는 것이다. 어떠한 행위도 이 두 가지 명제를 크게 벗어나지 못하면서 말이다.

어울리는 옷을 입고 멋진 차를 타고 화려한 언변을 지니고 각종 문화생활을 한다고 해도 결국은 이러한 생존과 번식을 위해서 사회가 마련한 직간접적인 장치에 순응하는 일이다. 그러한 장치 안에서 우리는 우아한 연출을 하는 것이다. 부정하지 마라. 본능을 다스리기 위한 장치에 의연하고 자연스럽게 행동하는 것뿐이다.

아름답다는 것은 가장 유연한 방식으로 삶을 유지하게 한다. 이는 생존과 번식의 동물적 자연성을 가장 심미적으로 표현한 것이다. 인류가 가진 가장 지고한 발상이다.

아름다움은 죄와 가장 멀다. 그리고 가장 유려하다. 가장 생명력이 길고 적이 없다. 생존과 번식의 결전장에서 가장 공정한 심판의 자격을 가진 것이 바로 아름다움이다. 아름다움은 인간이 지닌 가장 큰 장점이고 존재의 감동이다. 아름다움은 나이와 무관하다.

노인도 품위를 지키며 몸을 다스리고 마음을 챙기면 얼마든지 아름다울 수 있다. 그리하여 아름다운 노년을 위하여 이 글을 바친다.

2

남들에게 속으로라도 욕먹지 마라.

　나이 든 사람에게 대놓고 욕을 하거나 싫은 소리를 하는 사람은 드물다. 하지만 속으로는 얼마든지 욕을 해댄다. 단지 듣지 못할 뿐이다. 아니 들을 수 없기 때문이다. 겉으로 듣는 욕만 내상을 입히는 것은 아니라고 본다. 속으로 하는 욕도 영혼을 병들게 한다.

　건강한 영혼을 지니고 살려면 남들이 속으로 하는 욕도 듣지 않고 살아야 한다. 그러려면 최소한의 공중 예절을 지키며 살아야 별말을 듣지 않게 된다.

　산책길에서 반대쪽으로 걷는다든지 지금은 우측통행이니까 될 수 있으면 우측으로 보행을 해야 한다. 그런데도 좌측으로 아무 생각 없이 걷는 어른이 있다. 그럴 때 젊은 사람들이 눈을 흘기는 것은 이미 속으로 욕을 하고도 남은 것임을 알아채야 한다. 그런 줄도 모르고 무심히 좌측보행을 해서 욕을 먹을 필요는 없다. 그뿐이 아니다. 산책길에서 '커억' 하면서 가래침을 뱉는다거나 지나치게 큰 음악 소리를 듣는 경우, 이미 남들에게 속으로 욕을 들었음이다. 본인만 모를 뿐 자신의 영혼은 상처를 입었을 것이다. 느껴야만 느껴지는 것은 몸이다. 하지만 몸에 있으며 미세한 파장을 경험하는 영혼은 몸이 느낄 수 없는 영역을 감지하는 것이다. 좋지 않은 말이나 상황에 자주 노출되면 영혼은 병이 든다. 병든 영혼을 이끌고 사는 몸은 어느 순간 고통을 호소하게 되는 것이다. 그러므로 쓸데없이 싫은 소리를 들을 이유가 없다. 귀가 아니라 영혼의 들림을 말하는 것이다. 남들이 속말하는 것을 영혼은 안다. 그래서 사람의 마음을 지배하고 지배당한 마음은 몸을 괴롭히게 되어 있는 것이다. 그러니 제발 공중 예절이나 준법정신을 갖고 살아야 한다. 사회적으로 어른을 누가 감히 어쩌고저쩌고 말을 하겠나? 속으로 욕을 하고 싫은 내색을 할 뿐이다.

살아보니 알지 않은가. 눈에 보이지 않은 것도 실재하는 것임을, 우리가 지구의 자전을 느끼지 못해도 믿는 것처럼 눈에 보이지 않는 진실을 외면할 수는 없다. 오히려 눈에 보이지 않는 것이 사람을 살게 하고 죽게 하는 것이다.

국가가 눈에 보이는가? 공기가 눈에 보이는가? 눈에는 보이지 않아도 우리는 국가 안에서 살아가는 국민이고 눈에 보이지 않는 공기로 인해 숨을 쉬고 존재하는 것임을 아는 것이다. 이는 매우 중요하다. 마찬가지로 들리지 않아도 소리가 존재하는 것처럼 속으로 하는 말이 영혼을 위로하고 영혼을 병들게 하고 영혼을 지치게 한다. 미약하나마 반복된다면 힘이 된다. 에너지는 어떠한 파장으로든 사람의 영혼을 지배하는 것이다.

많은 사람들이 속으로 응원하는 소리를 듣는 영혼은 위대해져 성공하는 삶으로 연결되어 갈 것이다. 반면에 속으로 욕하는 소리를 듣는 영혼은 나약해지고 병들어 실패와 좌절을 친구 삼아 살아가게 될 것이다.

나이가 들면 듣기 싫은 소리의 범위에서 멀어져 간다. 직접적인 훈계로부터 격리되어 가는 것이다. 아주 가까운 가족이나 친척들로부터도 안 좋은 소리는 듣지 않게 된다. 예우라는 측면도 있지만 나이가 한몫을 하는 것이다. 나이 많은 사람을 앞에 놓고 싫은 소릴 하는 사람은 별로 없을 테니까. 하지만 속으로 하는 말이 사라지는 것은 아니다. 들리지 않는 곳에서 하거나 마음속으로 한다. 그러면 그러한 소리는 에너지를 갖는다. 직접 들리지 않는다고 그 에너지가 사라지는 것이 아니다. 오롯하게 영혼은 그런 에너지를 수용하는 것이다. 많은 사람으로부터 칭송을 받는 사람은 위대해지고 훌륭한 사람이 된다. 많은 사람으로부터 힐난과 욕을 듣는 사람은 인생의 하수로 전락하게 된다. 물론 속으로 하는 말을 두고 하는 말이다.

한평생을 살면서 남에게 욕을 먹을 필요는 없다. 그러려면 인간적이고 상식적인 행동 규범에서 벗어나면 안 된다. 대놓고 말은 안 해도 이미 욕을 한 것이라고 생각하면 된다. 여기서 하나하나 상식에 관한, 준법에 관한 공중 예절에 관한 것을 논하지는 않겠다.

사람답게 살려고 노력하면 된다. 너무 타인의 대한 배려가 부족하거나 같이 사는 공동체 의식이 결여되면 영혼이 욕을 먹는다고 생각하라. 영혼이 자꾸 욕을 먹으면 마음과 몸이 망가진다. 그렇게 살고 싶지 않으면 사회가 요구하는 규범과 도덕을 지키도록 노력하라. 애쓰라!

3

더불어 사는 사회를 위한 노년의 아름다운 배경

'고령화 사회'는 총인구 중 고령인구가 차지하는 비율이 7% 이상일 때를 말하고, 고령사회는 14% 이상일 때, '초 고령 사회'는 20% 이상일 때라고 UN에서 정한 기준에 의하면 그렇다. 여기에서 고령인구(노인)란 65세 이상을 의미하는데 우리나라는 2017년 고령인구가 14.2%를 기록하며 고령사회로 진입했다. 2000년에 고령화 사회에 진입한 지 17년 만으로 세계에서 미국 73년, 독일 40년, 일본 24년을 뛰어넘으며 가장 빠른 고령화 속도를 기록했다고 한다.

노인의 인구 비율이 증가하는 추세를 보여주는 통계청의 자료를 감안할 때 노인의 생활상은 이제 더 이상 우리 사회의 단면이 아니라 배경인 것이다. 그러므로 성장 발전하는 사회, 건전하고 행복한 젊은 사회를 위해 우리 노인들은 참신한 배경이 되어야 하는 것이다. 하지만 배경이 너무 화려하거나 추잡하면 전경의 무늬가 예술성을 잃고 퇴색하고 만다.

그래서 은퇴 이후 노년의 삶은 가족과 이웃을 응원하고 사회를 위해서 봉사하면서 자신도 행복해야 하는 과제를 안고 있는 것이다.

하지만 노년의 삶은 생리적인 노화현상마저 감당하기에도 역부족일 때가 있다. 그러므로 품위를 지키며 건강을 유지하는 일은 결코 쉬운 일이 아니다. 그리하여 삶의 완성기인 노년을 잘 마무리하기 위한 생활 지침서를 나름대로 정리해 본 것이다. 또한 젊은 사람들의 이해를 촉구했다. 왜냐하면 우리는 같은 시대를 살아가는 사람들로서 멋진 인생 그림을 완성해야 하기 때문이다.

젊은 사람들은 노화를 겪지 않고도 이해하며 살아야 한다. 그래야 더불어 사는 일에 거리낌이 없을 것이다. 또한 노인은 노화를 막을 수는 없지만 아름다운 삶의 배경으로 살아가도록 노력해야 한다.

아름다운 노년을 위하여

넌 늙어 봤냐?
난 젊어 봤다.

초판인쇄 2018년 11월 8일
초판발행 2018년 11월 15일

지은이 김영빈
발행인 조현수
펴낸곳 도서출판 더로드
마케팅 최관호 최문섭
IT 팀장 신성웅
편집 TYPIWORKS
디자인 TYPIWORKS

주소 경기도. 고양시 일산동구 백석2동 1301-2
　　　　넥스빌오피스텔 704호
전화 031-925-5366~7
팩스 031-925-5368
이메일 provence70@naver.com
등록번호 제2016-000126호
등록 2016년 06월 23일
ISBN 979-11-63338-006-1 (03810)

정가 16,000원
파본은 구입처나 본사에서 교환해드립니다.